HIELO OBSCURO

LOS NUEVES SALVAJES
LIBRO 2

A.R. KNIGHT

PRÓLOGO

El rostro apareció en la pantalla y Alissa se contuvo para no estremecerse. Redes de cicatrices surcaban aquella cara. Parches de piel mostraban el falso blanco de la carne cocida. Eso podría haberle pasado a ella. O algo peor. Alissa se forzó a sonreír.

—Me alegra verte feliz —dijo el hombre—. Temía que hubieras olvidado cómo hacerlo.

—Sobrevivimos gracias a la esperanza, Bakr. No creo que muchos me siguieran si solo mostrara tristeza.

No es que la tristeza fuera difícil de encontrar. Sus naves estaban cerca una de la otra, la fragata de Bakr y el crucero de lujo de Alissa, girando en un punto muerto del espacio donde el único rasgo distintivo era que no había ningún rasgo distintivo. Muy lejos de las colinas rojas de Marte y sus ciudades abovedadas. De aquellos pasillos abarrotados donde se alzaban brazos desafiantes contra las corporaciones y su esclavitud salarial.

Su hermana, Marl, habría sido uno de esos brazos. Ahora dormía para siempre en el hielo de Europa.

—¿Dónde encontraremos esperanza ahora? —preguntó Bakr—. No tenemos planeta. Solo restos dispersos como fuerzas. Ni monedas con las que pagar a quienes permanecen con nosotros.

Habían controlado un tercio de Marte. El mayor puerto espacial. La Voz Roja había sido respetada. Ahora, solo estaba desesperada. Alissa cerró los ojos por un momento. La desesperación también significaba peligro.

—Mi hermana puede ayudarnos con esto último —respondió Alissa—. Te enviaré los detalles. No será un viaje corto, pero es necesario.

—¿Y después?

—Con el dinero, reconstruimos. Sin él...

Pronunciar esas palabras la desgarraba. No merecían un final así, en la oscuridad y derrotados. Los hombres y mujeres de Marte merecían más de lo que las corporaciones se dignaban a darles. Pero los discursos poderosos no creaban flotas, no cambiaban las mentes de aquellos con el dedo en el gatillo.

—Entonces conseguiré el dinero —dijo Bakr.

—Por favor, Bakr. Me salvaste la vida una vez. Te necesito de nuevo.

—Me tienes.

Con el asentimiento del capitán quemado, Alissa cortó la transmisión. Se recostó en el cómodo sofá de su camarote, rodeada por los restos de sus lujos. Un par de cuadros aún colgaban de las paredes, no las habituales proyecciones sino pinturas reales. Paisajes de la Tierra. Tomados cuando su familia dio el salto a las estrellas, con Alissa apenas recién nacida. Entonces estaban llenos de esperanza. De posibilidades. Necesitaba eso ahora.

CAPÍTULO 1
ABANDONANDO GANÍMEDES

El sistema solar se extendía en el cristal frente a ellos, planetas, estaciones espaciales y cometas que pasaban girando unos alrededor de otros. Davin Masters extendió la mano, presionó con el dedo la pequeña forma de Ganímedes y trazó una línea de regreso a la Tierra. Cuando Davin retiró la mano, la línea osciló, cambiando mientras el ordenador del *Whiskey Jumper* calculaba el tiempo que tardaría en llegar y la ruta óptima.

—¿Crees que nos dejarían aterrizar siquiera? —dijo Phyla, con su cabello fogoso recogido en una cola de caballo apretada—. Sé que las lecturas dicen que todavía aguantamos una G, pero no estoy segura.

—También podríamos enfermar —respondió Davin—. Los huesos se nos convertirían en papilla mientras escupimos los pulmones.

—Aun así quieres ir.

—He oído que las playas son increíbles.

Phyla se rio y negó con la cabeza. Davin sonrió para sí mismo, pero la sonrisa se desvaneció mientras miraba la línea, ahora un trazo verde sólido que dibujaba una ruta elíptica desde Ganímedes hasta la Tierra. Solo tardaría unas pocas semanas. Factible con los motores del *Jumper*. Pero todo costaba dinero, y allí no les esperaba ninguno. Especialmente para gente que aún era buscada por asesinato.

—Es agradable oírte reír —dijo Davin—. No lo había escuchado últimamente.

No comentó que Phyla se tocara el costado derecho después de reír, un tierno reconocimiento de las quemaduras de láser que aún le dolían después de que Marl le disparara en Europa. Disparos recibidos intentando limpiar sus propios nombres. Y el único que podía hacerlo los tenía como rehenes. Davin tenía más que unos cuantos insultos preparados para la próxima vez que viera a Bosser, y el remate sería el extremo útil de su arma.

—No has estado gracioso —dijo Phyla, mientras la sonrisa moría en sus labios—. No es que alguien pudiera estarlo.

Davin volvió a alargar la mano hacia el cristal, deslizó para borrar la ruta hacia la Tierra y dibujó otra. Esta vez más lejos del Sol, pasando los grandes anillos de Saturno, pasando Urano, hasta el borde helado de la expansión de la humanidad. Neptuno. Los iconos que mostraban estaciones espaciales prácticamente desaparecían más allá de Saturno, con solo dos puestos avanzados en Urano para la minería. Neptuno en sí estaba más allá del alcance rentable de la mayoría de las corporaciones, un sumidero de tiempo lleno de riesgos debido a los fuertes vientos del planeta y su aislamiento.

—Supongo que las playas no serán tan atractivas por allí —dijo Davin.

—¿Crees que están preparados?

—No tenemos elección —dijo Davin—. O nos vamos mañana, o enviará más androides tras nosotros.

El capitán se levantó de la silla del copiloto.

—¿Y después de esto? —preguntó Phyla—. ¿Vamos a hacer lo que Bosser diga para siempre?

—Si Bosser nos paga lo que está ofreciendo —dijo Davin,

poniendo una mano en el hombro de Phyla—, el resto de vosotros podréis marcharos. Estableceros como queráis.

—¿Y tú?

—Él mató a Lina —fue todo lo que dijo Davin. Era todo lo que necesitaba decir.

CAPÍTULO 2
VIOLA REGRESA

Y a te das cuenta de que casi mueres cada vez que te vas, ¿verdad?

Puk hablaba mientras revoloteaba alrededor de la cabeza de Viola, metida en lo más profundo del armario de su dormitorio. Una maleta, diseñada para semanas de viaje y cubierta con logotipos de Galaxy Forge, descansaba abierta sobre la cama. El equipaje tenía secciones de sellado al vacío para extraer todo el aire y permitir el máximo espacio.

—¡Pero me muero por dentro cada día que estoy aquí sin hacer nada! —respondió Viola, con la voz amortiguada por un jersey.

—Eso es una exageración. Tus constantes vitales están en realidad mucho más estables aquí que con los Nueves Salvajes.

—No me refería a eso —dijo Viola, saliendo del armario con un montón de ropa en los brazos.

Alguien llamó a la puerta. Tres golpes secos, la señal característica que usaba el padre de Viola desde que, años atrás, una Viola mucho más joven y medio dormida pensó que estaba invadiendo su espacio y le lanzó una lámpara a la cara cuando entraba por la puerta. Su padre había combatido el envejecimiento hasta un punto muerto, logrando un rostro artificial de cuarenta años mediante tratamientos parciales. Su madre, y cualquiera con suficiente dinero, tenía el mismo aspecto una vez que eran lo bastante mayores como para que sus vidas estuvieran en riesgo. No había señal más clara de estatus.

Viola apartó la mirada de la de su padre, concentrándose en doblar su ropa. No le iba a gustar su decisión, y no quería ver la decepción en su rostro.

—Así que te vas —dijo su padre. No era una pregunta. Puk captó el tono y flotó silenciosamente hacia su base de carga. Algunas conversaciones no necesitaban las intervenciones sarcásticas de un robot.

—¿De verdad pensaste que me quedaría? —dijo Viola.

—Tenía la esperanza —las palabras llevaban un filo, un tinte de autoconciencia—. Recuerdo lo que es ser joven, por mucho que diga tu madre. Pero hay una diferencia entre ver el sistema solar y hacerlo en compañía de criminales buscados. ¿Te han dicho siquiera que puedes unirte?

—Aún no se lo he preguntado —dijo Viola—. No sé por qué Davin diría que no.

—¿Has pensado en el hecho de que todos ellos, y lo sé porque he investigado sus nombres...

—¿Has hecho qué?

—Son peligrosos. Una cosa es cuando te dejan en casa. Otra cuando te vas con ellos —su padre dijo esto como si le estuviera explicando una simple operación matemática. Como si hurgar en el historial de los Nueves Salvajes sin el consentimiento de Viola, sin el consentimiento de ellos, fuera perfectamente lógico—. ¿Sabes lo que descubrí?

—¿Que son un grupo de personas malvadas y terribles que solo conseguirán que me maten? —Viola se acercó a su maleta y dejó caer la ropa dentro, acomodándola en su posición correcta. Era más fácil ocultar la ira en sus ojos con la espalda vuelta.

—No. Que están entrenados, Viola. Que tienen experiencia. La mayoría de ellos eran militares. ¿Qué vas a hacer en esa nave además de estorbar?

Su intención era buena. Viola sabía que su padre solo estaba intentando convencerla de que se quedara. Que no estaba tratando de decir que ella era inútil. Pero Viola solo podía centrarse en la idea de que no era lo suficientemente buena. Que no merecía un lugar en el *Jumper*.

—Quizás eso sea todo lo que esté haciendo —dijo Viola lentamente, tanteando la respuesta—. Quizás no dure mucho. Me haré daño. O me asustaré y huiré. Pero si me quedo aquí, siempre me preguntaré. Siempre lamentaré no haberlo intentado. Así que sí, me voy.

Mientras hablaba, Viola levantó la mirada de la maleta y miró directamente a su padre. Sin un pestañeo en su rostro. Sin un atisbo de rubor. Cuando había huido de Ganímedes antes, Viola lo había hecho sin enfrentarse a nadie. Sin tener que defender su elección. Expresar las razones les daba nueva vida, y Viola se irguió más, sostuvo la mirada de su padre.

Su padre asimiló las palabras y asintió. Luego, antes de que Viola pudiera reaccionar, dio un paso adelante y la envolvió en un fuerte abrazo.

—Te queremos, Viola. Solo vuelve con nosotros —dijo su padre—. Davin y su grupo tienen suerte de tenerte.

—Claro, ahora lo dices —murmuró Viola, pero su voz ya no tenía filo.

Una hora después, con la maleta rodando bajo su propio impulso detrás de ella, Viola entró en la bahía dominada por la estructura modular del *Whiskey Jumper*. La gran nave no era precisamente aerodinámica, construida mediante la unión de diferentes componentes, como cabinas para la tripulación, la cabina de mando y una bodega de carga secundaria con una unidad médica acoplada al gran cubo central. En la gravedad cero del espacio, sin embargo, eso no importaba.

Una rampa se extendía desde el módulo central de carga,

y por ella desaparecían las gruesas piernas reforzadas con metal de Mox. El hombre, una gigantesca bola de músculos, llevaba un exoesqueleto en todo momento. Le proporcionaba más fuerza, velocidad, y la opción de llevar un cañón láser que escupía fuego a una velocidad demasiado rápida para que los ojos de Viola pudieran verlo. Al lado de Mox, ¿qué iba a hacer Viola aquí? ¿Cómo podía siquiera compararse?

—¡Eh! —la alegre voz de Trina vino desde cerca de la parte trasera de la nave, su cabello verde hoja asomándose por detrás de los motores—. ¡Mira quién ha aparecido! ¡Ven aquí atrás!

Viola miró alrededor, pero no había nadie más de pie allí en la bahía, así que caminó alrededor de la nave hacia la parte trasera, donde Trina estaba de puntillas mirando dentro de uno de los cuatro nódulos circulares grandes, dos a la derecha y dos a la izquierda, que dirigían el impulso del *Jumper*.

—Eres más alta que yo —dijo Trina—. ¿Puedes echar un vistazo aquí dentro y decirme qué ves?

Viola asintió, se movió a donde estaba Trina y miró en la profunda oscuridad del nódulo. El *Jumper* generaba su impulso a través de gas ionizado expulsado por los nódulos, lo que significaba que pequeñas tuberías empujaban el gas comprimido hasta la boquilla abierta. Al expandirse, el gas empujaba la nave hacia adelante. Si el *Jumper* necesitaba más potencia, un mecánico en la sala de máquinas podía encender el gas mediante un pequeño interruptor capaz de activar tanques adicionales, quemando el combustible rápidamente para un impulso extra. Los ojos de Viola fueron directamente a ese interruptor, principalmente porque saltaban chispas de él como el espectáculo de fuegos artificiales más diminuto del mundo.

—Es el encendedor —dijo Viola.

—¿Crees que puedes arreglarlo?

—Creo que sí.

—Entonces demuéstramelo —dijo Trina—. Esta nave podría usar una mecánica de respaldo.

Durante los siguientes veinte minutos, Trina lanzó una herramienta tras otra a Viola, mientras Puk flotaba cerca proyectando una luz brillante sobre el nódulo. Por primera vez en el día, Viola pudo sumergirse en la pura resolución de problemas. Un giro aquí para desbloquear el acceso al circuito, un tirón con los alicates para separar los cables que se habían enredado, manteniendo así el circuito completo y haciendo que saltaran chispas. No era difícil, pero cuando los destellos de luz dejaron de estallar en su cara, Viola no pudo evitar sonreír.

—¿Ya habéis arreglado eso vosotras dos? —la voz de Davin llegó desde atrás.

—Bueno, no creo que tu nave vaya a explotar ya —respondió Viola.

—También añadiría que ahora tendrás cierta redundancia en el mantenimiento del *Jumper* —dijo Trina.

—Genial, porque es hora de irnos —dijo Davin mientras Viola volvía a montar el encendedor—. Viola, le dije a Mox que pusiera tus cosas en el camarote libre. Antes era de Cadge, así que lo siento por cualquier cosa rara que encuentres allí.

¿Su maleta ya estaba a bordo? ¿Ni siquiera una conversación? Viola se giró para preguntar por qué, pero Davin ya estaba caminando de vuelta a la parte delantera de la nave, con Trina siguiéndolo.

—Parece que estás dentro —dijo Puk.

—Eso parece.

CAPÍTULO 3
EL DOCTOR

Las quemaduras de iones dejaban cicatrices negras y dentadas, cortes ramificados difíciles de cubrir con precisión con ungüento. Erick vendó el muslo del trabajador, la desafortunada víctima de una prueba de motor fallida. Un gel sintético amarillento rezumaba por debajo del vendaje, pero se absorbía en la piel del trabajador. Hidrataba y adormecía mientras los nanobots en la mezcla reparaban los nervios del herido.

—Nunca desaparecerá por completo —dijo Erick—. A menos que te la amputes y consigas una nueva.

El trabajador pareció confundido.

—Me refiero a la pierna. Amputarla —intentó aclarar Erick.

—¿Amputar? —la voz del trabajador subió una octava—. ¿Voy a perder mi pierna?

—No, no es lo que he dicho —Erick suspiró y dejó que su mano flotara sobre los puntos donde rezumaba el gel. El aire estaba notablemente más frío por encima, señal de que el gel estaba haciendo su trabajo. Extraer energía, calor, del aire circundante y usar esa misma energía para reparar células dañadas, unir la piel, hacer desaparecer cicatrices.

—Pero tú...

—Estarás bien —le interrumpió Erick—. No apoyes peso en ella durante el resto del día. Mañana podrás volver al trabajo.

—¿Ni siquiera un día libre? ¿Estás seguro? —el trabajador miró el vendaje, torciendo la boca en un gesto de descontento —. Dolía bastante.

—Estoy seguro de que sí. Ahora, puedes marcharte —respondió Erick, abriendo la puerta de la sala.

El trabajador, cojeando, se fue. Una mirada a la cámara de la sala de espera mostró a muchos más con problemas similares. Un complejo enorme lleno de personas jugando con químicos y máquinas peligrosas provocaba eso. Aun así, era mejor que estar sentado en el *Jumper*, aburrido y viendo pasar las horas lentamente.

Un golpe, y luego la puerta se abrió. Entró una mujer, con el pelo de un brillante tono verde, como la hierba en una mañana soleada.

Una mañana soleada. ¿De dónde había salido eso? Hacía décadas que no veía una de esas, un amanecer real sobre un prado real. Demasiado tiempo.

—¿Erick? —preguntó Trina.

—¿Mmm? —dijo Erick, aún aferrado a aquella mañana perfecta.

—¿Qué estás haciendo?

—Salvando a enfermos y heridos —Erick parpadeó, volviendo al presente—. ¿Y tú?

—Diciéndote que vuelvas a la nave. Davin dice que no estás respondiendo al comunicador.

—No lo tengo en la sala conmigo. Es una distracción.

—¿De qué? Mi evaluación clasifica a esos pacientes de ahí fuera como casos menores. No son ninguna prueba para tus habilidades.

—Considéralo cortesía, entonces.

—He visto los registros, Erick —Trina ladeó la cabeza y le

miró fijamente—. Tu volumen de comunicaciones en el *Jumper* apenas se registra. Una, quizás dos transmisiones al día. El resto de nosotros triplicamos eso o más.

—¿Espiando a un viejo, Trina?

—Solo buscando irregularidades. No puedo evitarlo.

—Tengo mis razones. Supongo que prefiero el cara a cara en lugar de esos pitidos.

Porque esos pitidos transportaban oleadas de felicidad, culpa y momentos perdidos, todo en uno. Transmitidos desde la Tierra, cálidos y amistosos recordatorios de las vidas que se estaba perdiendo. Hija, hijo, nietos pasando por cumpleaños, bodas y nacimientos mientras Erick estaba aquí fuera, recomponiendo a trabajadores.

—Es difícil de explicar —continuó Erick.

—La gente dice eso, pero es inexacto —respondió Trina—. Lo que realmente quieren decir es que no desean hablar de ello.

—Es más educado.

—Mira, coges una máquina. Como esta de aquí —Trina se acercó a un Vitals, llamado así porque si te parabas cerca y lo encendías, enfocaba sus sensores en ti durante unos segundos y te daba una lectura completa de tu respiración, presión sanguínea y latidos—. Si funciona mal, puedo desmontarla. Averiguar qué está roto dentro, o dónde falla el código. Tú haces lo mismo con las personas, ¿verdad?

—Más o menos.

—¿No es el cerebro solo otra colección de piezas? —Trina miró a Erick.

—Piezas que actúan en contra de su diseño, según mi experiencia.

—Digo que si buscas el problema, en lugar de ignorarlo, podrías encontrar la respuesta —Trina esbozó una sonrisa y señaló con la cabeza hacia la pantalla que mostraba a los trabajadores en espera—. Además, mantengo lo que dije antes. Son pacientes fáciles. Tu presencia aquí es innecesaria.

Erick abrió la boca para responder. Trina tenía razón. Buen sueldo, pero estos no eran pacientes de verdad. Siguiendo el protocolo para cada pequeño accidente. Una revisión médica y autorización para volver al trabajo.

—Me intriga, porque estas lesiones están perfectamente dentro del rango de la mayoría de robots médicos comunes —continuó Trina.

—Está averiado —dijo Erick—. Por eso me preguntaron si podía hacer horas extra mientras esperaban las piezas.

—Ah —asintió Trina—. Ya no lo está. Lo he arreglado.

—Lo has arreglado.

—Sí. ¿Quieres la versión corta?

—Por favor —Erick se masajeó las sienes.

—Enviaron piezas desde Miner Prime. Piezas que podrían fabricar aquí mismo, en vez de esperar. Es fácil reconfigurar el acoplador de potencia de una lanzadera de transporte ligero para que funcione en un robot —Trina luchaba con las palabras, resistiéndose a entrar en detalles específicos—. Me llevó veinte minutos.

—Parece que me has rescatado, Trina.

—Me lo puedes agradecer más tarde —Trina miró su comunicador—. Esto ha llevado más tiempo del que esperaba. Llegamos tarde.

—Entonces supongo que será mejor que nos vayamos —dijo Erick—. ¿Dijo Davin adónde, esta vez?

—Neptuno.

—Fascinante.

Erick reflexionó sobre los comentarios de Trina. Mirar el problema. Arreglar el problema. Todo para ella era una serie de cadenas lógicas que llevaban, inevitablemente, a la solución correcta. ¿Cuál sería para él? ¿Volver a la Tierra, sentarse a la sombra en un día brillante y ver a las generaciones más jóvenes de sí mismo reír, saltar y jugar?

El tren tubular que llevaba a la pareja de vuelta hacia el muelle asignado al *Jumper* se deslizaba por la superficie de

Ganímedes. Mirando hacia arriba a través del techo transparente, Erick podía ver los furiosos remolinos marrones y rojos de las tormentas de Júpiter, retorciéndose y agitándose. Las naves espaciales trazaban líneas en la vista, yendo y viniendo desde la luna con piezas y personas de todo el sistema solar. Era una vista maravillosa, asombrosa. No era suficiente.

CAPÍTULO 4
DISPARO PRECISO

Creo que nos merecemos una copa de despedida, ¿no te parece? —dijo Merc, sentado frente a Opal en uno de los muchos bares de hora feliz cercanos a las instalaciones de Galaxy Forge en Ganímedes. Abarrotado con la variedad de ingenieros, mecánicos y pilotos de prueba que empleaba Galaxy Forge, el bar bullía con acrónimos y jerga industrial que creaba un agradable e ininteligible telón de fondo. Le recordaba a Opal los barracones, la camaradería en la aventura compartida.

Merc se reclinó en su silla, con los brazos extendidos sobre los reposabrazos, y le dedicó a Opal una sonrisa dentuda. Sus ojos se arrugaron en los bordes. El pulso de Opal se aceleró. Odiaba esa mirada. Amaba esa mirada. Desde Miner Prime, el piloto no había dejado de lanzarle sonrisas seductoras acompañadas de comentarios suaves. El constante riesgo de muerte había catalizado su estrecha conversación en algo completamente distinto. Antes de darse cuenta, Opal había empezado a preocuparse por él. Y ahí estaba, bromeando sobre volver al mismo fuego que casi lo había matado la última vez.

—¿Sigue siendo un juego para ti? —respondió Opal, inclinándose hacia delante, con los codos sobre la mesa. La sonrisa de Merc se quebró.

—¿Ves esto? —Merc se levantó la camisa, mostrando la cicatriz circular en su pecho del disparo que recibió en Europa—. Este es mi recordatorio de que es muy real.

La imagen le trajo de vuelta aquel día. Cargando a Merc de regreso a la nave. Lo peor había sido su respiración. Las inhalaciones entrecortadas, las exhalaciones con tos. Ojos cerrados, luchando por su vida por puro instinto.

—Nunca me han herido —dijo Opal—. Los francotiradores nos mantenemos al margen.

—No cambies ahora —replicó Merc—. Te lo digo, no merece la pena.

—Lo sé, lo he visto —Opal miró sus manos. Sus dedos se entrelazaban entre sí—. No quiero volver a verlo. Especialmente no a ti.

—Eh, recibí ese disparo viniendo a salvarte —dijo Merc—. Así que, ya sabes, mantente lejos de problemas y yo estaré bien.

Opal sintió que la sangre le subía a la cara, el calor ascendiendo desde su garganta. Estaba tratando todo esto como una broma. Merc, que había volado en lo que realmente era solo un papel militar ornamental alrededor de la Tierra, actuando como si no hubiera un precio que pagar en una vida como esta. Nunca había probado la arena roja de Marte mientras una tormenta de arena te cubría en medio de un tiroteo, nunca había visto a amigos que no regresaban, nunca se había quedado mirando el asiento vacío en el transporte sabiendo que si hubieran girado a la izquierda en vez de a la derecha, todavía habría una persona allí.

Respira.

Merc lo notó. Los labios apretados de Opal, tan tensos que estaban exprimiendo la sangre de ellos, eran una pista. El piloto de combate extendió la mano y la puso sobre la de Opal. Ella la miró. Su mano callosa, áspera de tanto agarrar palancas de vuelo. Las suyas también lo eran, solo que por los rifles.

—¿De verdad temes que vaya a pasar algo? —preguntó Merc, con la risa ligera desaparecida de su voz.

—Solo no te mueras.

—Tendré cuidado, lo prometo.

—Más te vale cumplirlo —Opal ofreció una pequeña sonrisa—. Y he cambiado de opinión sobre esa copa.

—Ahora hablas mi idioma —dijo Merc, introduciendo el pedido.

CAPÍTULO 5
BOXER

El ring cambiaba conforme la multitud se movía, sus puños en el aire y sus rostros gritando formaban las paredes alrededor de Mox y los tres guardias de seguridad fuera de servicio que habían decidido enfrentarse a él esta noche. El *Jupiter's Bastard* había curado el aburrimiento de Mox al aceptar al hombre de metal en las peleas rutinarias y desordenadas del bar. La mayoría de las noches, Mox podía contar con un grupo de trabajadores de Galaxy Forge buscando algo que no estaba en su manual de políticas corporativas: un poco de apuestas, un poco de sangre y mucha emoción visceral.

El bar era como un petardo encendido: puntos brillantes de color dispersos entre vastas sombras. Excepto en el ring, donde el DJ mantenía un bot flotante cubierto de luces sobre la acción mientras cambiaba mezclas frenéticas.

El primer guardia, Uno, arremetió contra Mox directamente, inclinándose hacia delante y dando un paso para lanzar un gran gancho de derecha que incluso los borrachos del público podían ver venir. Mox se apartó hacia su derecha, esquivando el puñetazo y dejando que su impulso llevara a

Uno entre el segundo guardia, Dos. Lo que dejó a Tres en el lado de Mox.

—Eh —dijo Mox, atrapando el débil jab con la izquierda de Tres con la suya propia, para luego lanzarlo al suelo, donde se desplomó.

La multitud vitoreó, mezclado con algunos abucheos. Los corredores de apuestas del *Bastard* gritaron nuevas cuotas. Mox esperó, sintió la patada golpear la parte posterior de su rodilla. El primer guardia soltó un grito, y Mox se dio la vuelta para encontrar al hombre cojeando hacia atrás. Siempre se olvidaban del exoesqueleto. Espinilla contra metal duro y estriado no era una buena jugada. Dos avanzó, adoptando una postura que Mox no reconoció. Piernas flexionadas, brazos en ángulo recto.

—¿Qué estás haciendo? —preguntó Mox.

—Estás a punto de averiguarlo —dijo Dos.

Dos avanzó hacia delante y hacia abajo simultáneamente. Aquellos ángulos rectos se convirtieron en una serie de golpes horizontales, golpeando el estómago de Mox, los riñones, las costillas. Golpes fuertes, además. Mox retrocedió, levantando los brazos para bloquear cualquier continuación. La multitud vitoreó de nuevo. Sin idea de a quién animaban ahora. Dos no presionó el ataque, pero se mantuvo con un ceño decidido. Quizás este, a diferencia de los demás, sabía lo que hacía.

No es que eso fuera a cambiar nada.

Mox impulsó sus piernas, saltando en el aire. El DJ desvió el bot de luz mientras Mox describía un arco de dos metros de altura y volvía a caer, con el puño por delante, contra Dos. El hombre rodó. El puño de Mox encontró el aire, pero el traje compensó el movimiento de Dos, deteniendo el impulso de Mox más rápido de lo que cualquier persona habría sido capaz. Así que cuando Dos intentó aprovechar, intentó golpear a Mox con una patada alta en la cara, el hombretón ya tenía su brazo levantado para bloquear. La pierna de Dos rebotó en la mano izquierda de Mox, lo que dejó al guardia expuesto para que la derecha de Mox hundiera el abdomen de Dos. Se desplomó en el suelo, gimiendo.

Uno, favoreciendo su pierna, miró a Mox desde el lado del ring y negó con la cabeza.

—¿Te rindes? —dijo Mox.

—Eres un tramposo —dijo Uno—. Eso es lo que eres.

—Tres contra uno —respondió Mox—. Más que justo.

La multitud estaba perdiendo interés. Percibían que el combate había terminado. El dinero cambió de manos y el ring se disolvió.

—Te crees muy listo solo porque tienes ese metal —continuó Uno—. Quítate eso y no eres nada.

Mox se acercó a Uno, que se mantuvo firme y miró hacia arriba a Mox. Una mezcla de miedo y desafío en su rostro. Una mirada que Mox pensó que él mismo había tenido alguna vez, antes de las cirugías, cuando era vulnerable. Nunca más.

—Ríndete —dijo Mox.

El rostro de Uno se suavizó, la ira derrotada por el deseo universal de no ser reducido a pedazos. Mox también había visto esa mirada antes, en este guardia y en todos los demás anteriores. Una cosa es hablar a lo grande, y otra respaldar lo que se dice.

—¡Mox! —llegó una voz desde la multitud. La de Davin—. ¿Qué demonios estás haciendo?

—Ríndete —repitió Mox, ignorando al capitán.

—Vale, bicho raro. Me rindo —suspiró Uno, cojeando hacia su compañero caído. La multitud restante se dispersó inmediatamente para cobrar o pagar sus apuestas.

Davin se abrió paso a través de la gente, miró a los dos hombres heridos y luego a Mox, quien asintió.

—¿Estás herido? —dijo Davin y, ante las cejas levantadas de Mox, alzó las manos—. Solo pregunto porque nos vamos de esta roca, y prefiero a mi tripulación de una pieza.

—¿Adónde?

—Oh, te va a encantar esta. Neptuno.

—Nunca he estado —dijo Mox mientras uno de los camareros del *Bastard* se acercaba con una ficha de monedas. Davin miró el valor cuando Mox lo tomó de la mano del camarero y silbó.

—Parece que ganarías más haciendo esto que volando conmigo —dijo Davin.

—No es tan divertido —respondió Mox mientras la pareja salía del bar.

—Y no me tendrías a mí para mantener las cosas interesantes.

Mox se rio.

—¡Eh! —Mox reconoció la voz de Uno y se volvió—. ¡Si alguna vez te quitas ese esqueleto y te conviertes en un hombre de verdad, vuelve y veremos quién gana!

—Amigo —interrumpió Davin antes de que Mox pudiera decir algo—. Mi colega Mox aquí te machacaría incluso si estuviera desnudo, borracho y le faltara una pierna. Créeme.

—¿Por qué tiene el traje, entonces, si es tan bueno? —preguntó el guardia.

—Porque mola —dijo Davin.

Solo que no era eso. Mox permaneció callado durante todo el camino de vuelta al *Jumper*. Permaneció callado mientras los motores se encendían, con Trina contando hasta Phyla cuando pudieron despegar. Permaneció callado y observó, desde la pantalla de la cocina, cómo Ganímedes se alejaba y Júpiter, el gigante del sistema solar, se encogía para mostrar las estrellas.

CAPÍTULO 6
NEPTUNO

Contrastando con el negro absoluto del espacio, la gran esfera azul de Neptuno parecía un Sol aguamarina. Davin, frotándose los ojos a esa extraña hora en que la alarma de proximidad del *Jumper* le despertó, contemplaba desde la cabina aquel distante orbe. Distante era un término relativo. Neptuno parecía estar al alcance de la mano, más allá del cristal. Aún a miles, millones de kilómetros, pero vaya, al menos habían llegado al vecindario correcto.

—¿Dónde está? —dijo Davin, mirando la pantalla de sensores vacía. Los débiles anillos de Neptuno comenzaban a aparecer, motas de polvo y hielo arremolinándose. Nada hecho por el hombre en los escáneres.

—Debería estar por aquí, si su plan de vuelo es correcto —respondió Phyla—. Según el momento de su llegada y la velocidad orbital prevista, deberían entrar en nuestro alcance en un minuto.

Bosser había transmitido los detalles de la operación. Un carguero de Eden, el *Amerigo*, flotaba alrededor de Neptuno mientras una nave de investigación y minería, el *Karat*, sondeaba las profundidades de Neptuno en busca de gemas raras. Un diamante de hielo. La información de Bosser era escasa sobre qué eran los diamantes de hielo, solo decía que eran valiosos. Y que Eden tenía motivos para sospechar que alguien podría intentar apoderarse de la carga por la fuerza.

—Al menos no hay nadie más aquí —dijo Davin, esperando a que apareciera el carguero.

—¿Leíste el último párrafo de Bosser?

—Conseguir primero los diamantes, la tripulación y el carguero después. Sí, lo leí —respondió Davin—. ¿Te sorprende realmente?

—Por una vez, me gustaría trabajar para alguien que tuviera corazón.

—Oye, ¿no trabajas técnicamente para mí? —preguntó Davin, mirando a Phyla con expresión herida.

—Como decía...

La consola emitió un pitido y en el borde apareció un rectángulo verde. Un segundo después, cuando llegó la transmisión de identificación del carguero, *Amerigo* apareció sobre la forma. Estaba orbitando a gran altura alrededor de Neptuno. Tan lejos del Sol, los paneles solares recogían una pequeña fracción de su energía normal, por lo que el carguero habría encontrado un patrón de espera que minimizaba el uso de energía hasta que el *Karat* terminara su misión.

El *Amerigo* no era el carguero más grande que Davin había visto, pero tampoco era pequeño. Un kilómetro de largo, con la mayor parte de ese espacio disponible para carga, Eden había construido el carguero para mínima tripulación y máximo beneficio. El *Amerigo* era blanco, de una palidez gélida que lo hacía destacar contra el azul profundo de Neptuno, como una lanza arrojada en el cielo nocturno.

—Un barco grande para gemas pequeñas —dijo Phyla—. Deben pensar que obtendrán un botín enorme.

—Bosser dijo que el *Karat* estaba lleno de nueva tecnología, supongo que esperan que dé buenos resultados. Establece rumbo de intercepción y empecemos a hablar —dijo Davin.

—Si quieres llamar, el botón está justo ahí.

Davin pasó el dedo por la consola, arrastrando el pequeño icono de un teléfono —algo que ya nadie tenía pero que todos seguían entendiendo— hasta el rectángulo del *Amerigo*.

La señal se disparó hacia el carguero. Alguien en el puente probablemente estaría entrando en pánico al ver la luz de llamada encendida, considerando que estaban en el borde del espacio humano. Saturno y sus lunas albergaban los asentamientos más lejanos, así que esto estaba muy lejos. Y comparado con el cinturón de asteroides, Neptuno no rebosaba de materias primas. No es que los gases atmosféricos no fueran un combustible valioso, pero ¿por qué venir hasta aquí cuando Júpiter podía mantener abastecida a la humanidad durante, bueno, siempre?

—*Jumper*, el *Amerigo* os recibe —dijo una voz tensa y cortante, entrecortada con estática—. Nos informaron de que veníais hacia aquí.

—Tardamos un tiempo. Lo siento —respondió Davin—. No elegisteis precisamente un sitio cercano.

—No sois los únicos que desearían estar más cerca de casa.

—¿Por qué dices eso?

—Hablaremos cuando atraquéis. Es difícil saber quién está escuchando por aquí.

La consola emitió un pitido cuando llegó una ruta de atraque desde el carguero, una línea translúcida que se arqueaba desde el *Jumper* hacia Neptuno. Se cruzaría en unas horas con el carguero, el *Jumper* encajando en la bahía principal del *Amerigo* sin que Phyla tuviera que tocar los controles.

—¿No son un poco paranoicos? —dijo Phyla después de que el carguero cortara las comunicaciones un momento después—. ¿Quién más va a estar escuchando?

—Por cómo sonaba ese tipo, es como si ya lo supieran —Davin se recostó en el suave sillón de cuero, miró hacia el planeta azul profundo, y esperó a que todo se desmoronara.

CAPÍTULO 7
AS DE LOS CIELOS

El Viper tenía un aspecto impresionante. Viola se apartó de la punta del ala que había estado detallando. Con Trina declarando que ambas se volverían locas sin trabajo durante el largo viaje a Neptuno, había sido un día de desmantelamiento tras otro. Hasta que levantaron la vista y se dieron cuenta de que el *Jumper* casi había llegado, y entonces todo consistió en volver a poner las tripas del *Jumper* en su sitio. El Viper era la última pieza, el pequeño caza era un nido de alas, cañones láser y motores. La cabina individual estaba ocupada en ese momento por su piloto, Merc, quien realizaba comprobaciones previas al vuelo.

Davin había llamado hace un momento, dijo que se estaban acercando al carguero y quería el Viper listo. Un seguro en caso de que las cosas se pusieran feas. Así que Viola trajo las últimas piezas de blindaje, Opal se ocupó de las baterías, y Merc ejecutó las comprobaciones de sistemas para encontrar las luces verdes. Observar a esos dos durante las semanas de viaje hasta aquí, al piloto y a la francotiradora, nunca dejaba de hacer reír a Viola. Merc no paraba de hablar, soltando una historia ridícula tras otra durante las comidas de papilla en polvo, mientras Opal permanecía allí negando con la cabeza, lista para intervenir con los acontecimientos reales.

Viola permanecía callada durante esas cenas, callada la mayor parte del tiempo. ¿Qué iba a aportar a las historias, a los recuerdos revividos de tiroteos y vuelos frenéticos? ¿Una anécdota sobre un proyecto frustrante? ¿Un profesor injusto o una de las interminables visitas a otro rincón de las fábricas de su padre?

—Procedimientos de acoplamiento iniciados —la voz de Phyla sonó por el intercomunicador del *Jumper*—. Espero que estéis listos para hacer nuevos amigos.

—Vamos —le dijo Opal a Viola—. Él nos avisará si hay algo mal con el caza. Tenemos que asegurarnos de que nuestros "nuevos amigos" no sean todo lo contrario.

—¿Qué? —preguntó Viola mientras seguía a Opal de vuelta a los camarotes.

—Usaste un rifle en Europa, ¿verdad? —estaba diciendo Opal.

—Técnicamente, sí —respondió Viola—. Aunque no creo que le diera a nada.

—Da igual. Solo tienes que parecer peligrosa —Opal entró en su habitación, abrió la taquilla de dos metros de altura que abrazaba la pared del fondo y le entregó un arma rechoncha a Viola. Tenía una parte superior bulbosa que terminaba en una boquilla, con mangos largos en la parte delantera y trasera, y un gatillo justo cerca de su dedo posterior.

—Recogí esta mientras estábamos en Ganímedes —dijo Opal—. La empresa de tu padre fabrica armas muy extrañas.

—No fabrican armas —dijo Viola. Porque Galaxy Forge era una compañía minera, un proveedor de materiales. De ninguna manera estaban en el negocio militar.

—Claro que no —dijo Opal, empapando las palabras con tanto sarcasmo que Viola se estremeció—. Esta originalmente era para trabajos mineros, para limpiar rocas deleznables. Pero acortas el cañón así, haces que las cámaras de mezcla estén comprimidas para que la reacción sea más rápida, y tienes algo letal que atravesará los escudos de energía.

Viola escuchaba lo que Opal estaba diciendo. Galaxy Forge adaptaba su tecnología a cualquier fin rentable que pudiera. Viola debería haberse sentido enfadada, frustrada porque la noble empresa que dirigía su familia tuviera un lado manchado. En cambio, empuñó el arma. La realidad había estado rompiendo tantas de sus convicciones que una más apenas sabía amarga.

—Hagas lo que hagas, no me apuntes con eso —dijo Puk cuando Viola, ya en su habitación, se ponía una ropa menos sucia. Algo que no estuviera tan cubierto de aceites y mugre del Viper.

—Podría usar un poco de práctica de tiro... —respondió Viola.

—Puede que la consigas —pitó Puk.

—¿Qué significa eso?

—He estado escaneando las frecuencias de radio —dijo Puk—. Los protocolos estándar de Eden para una misión como esta sugieren que las dos naves deberían estar en comunicación constante, actualizándose mutuamente sobre el progreso, planes y demás. Desde que estamos en el sistema, no ha habido ni un pío. Silencio radiofónico.

—Tal vez sea directa, de haz concentrado.

—¿Pero por qué? No hay nadie más aquí. Enviar una comunicación directa significa dar en la nave directamente. Es mucho más fácil emitirla en un canal estándar. Para eso están.

—Tú y tu lógica —dijo Viola, pero el robot tenía razón—. Sigue escuchando y avísame si oyes algo.

—Lo tienes, Viola.

En la bodega principal del *Jumper*, Viola y Opal se reunieron con Davin y Mox alrededor de la rampa. Trina y Erick manejaban las torretas gemelas del *Jumper* en caso de que todo resultara ser una emboscada. Merc en el Viper, listo para darse la vuelta y abrir un camino a través del *Amerigo* de dentro hacia fuera. Cuando el *Jumper* se asentó en la bahía de atraque del carguero, una parte de Viola casi deseaba un recibimiento hostil, solo para ver qué pasaría. Davin la miró entonces, como si pudiera escuchar sus pensamientos, y Viola sintió que se sonrojaba.

—Dejadme hablar a mí —le dijo Davin.

—Vale —dijo Viola, bajando la mirada. Mierda. Aquí estaba ella tratando de mantener la calma, ser profesional, y sale con *vale*.

La rampa bajó rápidamente, con un estallido cuando el blindaje se desenganchó y luego un siseo constante mientras el gas propulsaba la rampa hacia abajo. Davin fue el primero en subir, manteniendo la mano levantada para que todos los demás se quedaran atrás.

—Vuestro capitán tiene un deseo de muerte, ¿no? —dijo Puk, flotando detrás de Viola—. Tienes a Mox ahí mismo, el tío podría recibir una docena de disparos sin resultar herido, ¿y no lo dejas ir primero?

—Cállate —murmuró Viola.

Entonces Davin les hizo señas para que avanzaran. Viola iba en tercer lugar, Opal cambiando de posición, con su francotirador largo y delgado, para apuntar más allá de ellos. No tendría que haberse molestado. Las únicas personas en la bahía eran unos pocos tripulantes demacrados, y uno que vestía el uniforme color crema del capitán del barco. Ninguno armado. El capitán, un hombre cuyo rostro lleno de cráteres contaba una historia tras otra de problemas, observó en silencio cómo los Nueves bajaban por la rampa.

—Davin Masters —dijo Davin, extendiendo su mano—. Somos los Nueves Salvajes. ¿Qué podemos hacer por usted?

—Capitán Gage Marcosi —dijo el hombre mayor, estrechando la palma ofrecida de Davin—. Y usted puede recuperar mi nave.

CAPÍTULO 8
ELIGIENDO LA TRIPULACIÓN

E l *Karat* se difuminaba en medio de una tormenta de estática azul. Se reunieron en el único espacio de reuniones del *Amerigo*, una sala cuadrada dominada por una mesa central y una pantalla que conquistaba toda la pared. Restos de comida, la misma sustancia polvorienta que tenían en el *Jumper*, indicaban que la sala servía como cafetería en tiempos más concurridos. La tripulación de los Nueves, con sus armas sobre la mesa o enfundadas a su costado, y el capitán del carguero estaban sentados, mirando fijamente al *Karat*.

—No podemos conseguir una imagen mejor. Los vientos son demasiado fuertes, y ha estado en esa tormenta desde entonces —dijo Gage.

—¿Desde entonces? —preguntó Phyla.

—Nosotros lo enviamos —respondió Gage—. Llegó al objetivo, los informes eran sólidos. Los diamantes de hielo estaban siendo capturados. Hasta que se quedó en silencio. Luego esa tormenta se acercó y el *Karat* soltó su amarre. Los últimos días solo ha estado flotando a la deriva con el viento.

—Parece un viaje movido —comentó Merc.

—¿Cómo es que no se ha destrozado? —preguntó Opal.

—Por su diseño —dijo el capitán—. El *Karat* es un milagro. Puede soportar esos vientos de mil kilómetros por hora y dejar que se deslicen a su alrededor. En parte por eso Eden está pasando por todos estos problemas con vosotros. Una nave normal de ese tamaño no merecería la pena intentar salvarla en esta situación, pero el *Karat* es algo especial.

—¿Qué situación? —dijo Davin.

—¿Habéis notado que no hay nadie más en esta sala aparte de vuestra tripulación y yo?

Davin no lo había notado. Pero, mirando alrededor, vio que las puertas estaban cerradas. Las únicas personas eran los suyos.

—No puedo confiar en ellos —continuó el capitán—. Porque algunos de ellos se llevaron el *Karat*. Y no sé quién de aquí, si es que hay alguien, sigue con nosotros.

Hubo un segundo de silencio mientras esto calaba, seguido por una serie de rápidas comprobaciones de armas. Davin entendió ahora por qué el capitán no les había pedido que dejaran sus armas en el *Jumper*. Podían ser emboscados en cualquier momento. Lo que significaba...

—Erick, Trina, ¿me recibís? —habló Davin por su comunicador.

—Aquí —la voz del médico sonó con claridad.

—Sellad la nave —dijo Davin—. No todos por aquí son amigos. Tampoco son necesariamente enemigos, pero hasta que sepamos quién es qué, no quiero que nadie piense que tiene libre acceso al *Jumper*.

—Justo cuando iba a dar un paseo... —dijo Erick.

—Esta vez no. —Davin cortó la llamada.

—Capitán —preguntó Viola—. ¿Está seguro de que esta sala es segura?

—¿Te refieres a si alguien nos está escuchando? —Gage se reclinó en su silla y miró hacia el techo—. Si al enemigo le importara lo suficiente, quizás. Estáis sentados en un carguero de mercancías, señorita. Aquí hay poca necesidad de vigilancia. Así que habrían tenido que instalar los dispositivos por su cuenta.

—No hay que arriesgarse —dijo Mox.

—Pero os pediré que toméis uno —respondió Gage—. Necesitamos recuperar el *Karat*, y tenemos que hacerlo rápido. Si alguien aquí le dice a esa nave que vais en camino, el *Karat* puede, y lo hará, huir.

—¿Cuál es tu plan? —dijo Merc—. Hasta ahora, todo lo que he oído es que no pudiste evitar que tu propia tripulación se volviera traidora y ahora nosotros estamos metidos en ello.

—Se os paga para sacar a Eden de este lío —Gage le lanzó una mirada fija a Merc—. Tenemos una lanzadera de servicios a bordo. Diseñada para transportar tripulación hacia y desde el *Karat*. La usaréis para ir a Neptuno, aterrizar en el *Karat* y recuperarlo.

—Creía que habías dicho que esos vientos ahí abajo superaban los mil kilómetros por hora —dijo Phyla—. No hay forma de que una lanzadera estándar pueda manejar eso.

—Los vientos fluyen en bandas. Un buen piloto puede esquivarlas. ¿Supongo que alguno de vosotros es lo suficientemente capaz?

—Podemos manejarlo —dijo Davin—. ¿Cuántos podemos llevar?

Gage presionó un botón en su comunicador y la imagen en la pantalla cambió a una nítida y clara de la lanzadera en forma de cuña. —Solo aguanta cinco personas. Cuatro si alguna de ellas sois vosotros.

El capitán se volvió hacia Mox mientras hablaba.

—Así que nos vamos a dividir —dijo Davin—. ¿Un equipo va a una misión de rescate y el resto se queda aquí jugando a adivinar quién es el traidor?

Gage asintió. No estaba tratando de ocultar la situación. Davin tenía que reconocerle eso.

—Mox, Phyla, Opal y yo iremos a Neptuno —comenzó Davin.

—No puedo —interrumpió Phyla.

—¿Qué? ¿Quién va a pilotar la lanzadera?

—¿Quién va a pilotar el *Jumper*? —respondió Phyla—. Merc también tiene que quedarse. El *Karat* ha estado en esa tormenta de viento. ¿Por qué no están huyendo? Porque tienen que estar esperando ayuda. Tendremos que lidiar con eso.

—Yo puedo pilotarla —dijo Viola—. La lanzadera, quiero decir. He pilotado las naves de mi padre antes.

—La chica tiene talento —añadió Merc—. Hemos bailado en los simuladores.

Davin miró a Viola, intentando evaluarla. Sabía que apenas tenía veinte años, apenas estaba acostumbrada al espacio, ¿y ahora iba a confiar en ella para pilotarlos hacia las furiosas tormentas de Neptuno?

—¿Crees que estás preparada para esto? —preguntó Davin—. Porque ahora es tu oportunidad. No podrás decir que no allá abajo, cuando dependamos de ti.

Podría considerarse cruel, poner a Viola en el punto de mira. Pero era mejor probar su temple ahora, aquí arriba, que descubrir que no estaba preparada cuando las cosas se complicaran.

—Estoy lista —dijo Viola, respondiendo a la mirada de Davin con una suya, directa.

—Bien —asintió Davin—. Mox, Viola, Opal y yo bajaremos. El resto, intentad que este carguero sea lo más resistente a lásers posible.

Mientras caminaban de vuelta al *Jumper* para equiparse, Davin no oyó ninguna queja. Nadie habló sobre el miedo que tenía, lo peligroso que sería. Cómo había conseguido una tripulación así, Davin no lo sabía, pero desde luego estaba agradecido.

CAPÍTULO 9
DIVISIÓN

De vuelta en el *Jumper*, Davin se colocó su equipo. Un par de armas enfundadas, listas para disparar rayos láser paralizantes o letales según lo requiriera la situación, una chaqueta gris gruesa y desgastada para amortiguar el impacto del fuego enemigo. Pantalones con correas y bolsillos para guardar la variedad de herramientas y primeros auxilios que Davin llevaba siempre que salía a una misión terrestre. Y Melody, una escopeta de bolas de fuego, diseñada para lanzar esferas de calor que incineraban a los objetivos.

Todas las armas del *Jumper* dependían de energía, plasma, fuego, cosas que podían ser absorbidas por las paredes de la nave sin abrir un agujero hacia el espacio en caso de un disparo fallido. Demasiadas historias de idiotas con balas abriéndose paso al vacío.

—Pareces un arsenal andante —dijo Phyla cuando la puerta de Davin se abrió.

—¿Nunca llamas? —le preguntó Davin a Phyla, quien entró y se apoyó contra la pared, observándole.

—¿Contigo? Jamás —respondió Phyla—. ¿Crees que esto es una buena idea?

—¿Hablas de mi indumentaria o de la misión?

—De cualquiera de las dos, en realidad —pero Phyla no sonreía.

—No, no quiero dividir al equipo. Pero no veo otra alternativa.

—La última vez que estuvimos en esta situación, a punto de invadir Europa, intenté convencerte de que no huyeras —dijo Phyla—. Pero eso fue por nosotros. Para limpiar *nuestros* nombres. Esto es solo un trabajo.

—Un trabajo bien pagado —dijo Davin—. Que nos vendría muy bien.

—Solo digo que si nos separas y todo se va al infierno, no podré ayudarte.

—¿Estás diciendo que yo seré quien necesite ayuda?

—Sí.

Davin se dio cuenta de que estaban juntos en el centro del pequeño camarote. Y vaya, qué diminuto se sentía este cuarto. Como si los dos ocuparan todo el espacio. Dondequiera que miraba, allí estaba Phyla. Podía oír su respiración, y su corazón palpitaba.

Davin parpadeó. Contrólate, hombre.

—Mira, no será por mucho tiempo. Estaremos de vuelta y rumbo a casa antes de que te des cuenta —dijo Davin.

—¿Dónde está tu casa? —preguntó Phyla, y cuando Davin no respondió de inmediato, continuó—. Porque para mí está aquí en esta nave, con Mox, Trina, Merc, Opal, Erick, Viola y tú.

—Entonces no dejes que le pase nada mientras no estoy.

Phyla se acercó y agarró el antebrazo de Davin.

—No estoy bromeando —dijo Phyla—. No quiero perder esto por unas estúpidas monedas.

—Yo tampoco —respondió Davin, sintiendo la lengua pesada en su boca, como si formara palabras en el agua. La mano de Phyla en su brazo era un toque ligero, con una ternura que faltaba en todas las veces que se habían sacado mutuamente del peligro. Davin miró esa mano, agrietada por las semanas en los confines secos del espacio, pero fuerte—. Cuídala. Cuídalos.

Phyla tomó aire, asintió y retiró su mano. Al desvanecerse su tacto, Davin sintió que la atmósfera cambiaba. La presión disminuía y de repente estaba mirando la media sonrisa de Phyla.

—Ya le he dicho a Mox que más le vale traeros a todos de vuelta con vida —dijo Phyla—. Y lo ha prometido.

—Bueno, ahora me siento mejor.

—No le pongas difícil cumplirlo —dijo Phyla, girándose y saliendo por la puerta.

Davin observó el espacio donde ella había estado, luego sacudió la cabeza. Lo último que necesitaba ahora, antes de lanzarse a las profundidades del planeta azul, era tener la mente confundida por las emociones. Volviéndose hacia la cama, cogió a Melody, se colgó la correa al hombro y salió. La puerta ocultó su habitación con un siseo y un clic. Davin se preguntó si volvería a verla alguna vez.

CAPÍTULO 10
DESCENSO

La lanzadera era un óvalo con alas que podían desplegarse desde la parte superior. Viola se detuvo, empujada por Davin que caminaba detrás. Reconoció el modelo de la lanzadera, una variante antigua de Galaxy Forge. Dejada de fabricar cuando los combustibles líquidos quedaron obsoletos, ya que las tendencias explosivas no eran ideales para viajes espaciales. Pilotar esto sería como retroceder en el tiempo, a cuando era una niña y veía enormes columnas de llamas rugir a través del cielo mientras las naves despegaban de Ganímedes. Ahora, no había explosiones ruidosas. Ni columnas de humo y fuego. Solo el empuje silencioso y masivo de la electricidad.

La nave se encontraba en una bahía secundaria tan abarrotada de suministros, tubos que iban y venían de tanques de combustible, y cajas con etiquetas como *Comida-Último*, que indicaban cuándo debían consumirse, que Viola vigilaba sus pies por miedo a tropezar. Gage, afirmando a la tripulación que pasaba que estaba despidiendo personalmente a los Nueves, condujo al grupo a través del desorden hasta la lanzadera. Cuando se detuvieron frente a ella, el capitán tecleó un código en un pequeño panel en el lateral de la lanzadera y una puerta se abrió, deslizándose hacia arriba y permitiendo que un conjunto de escalones cayera hasta el suelo de la bahía.

—Supongo que el presupuesto de Eden no alcanza para sus lanzaderas —dijo Davin.

—La he conservado intencionadamente. Es fiable. Bien fabricada —respondió Gage—. Si calculáis bien los vientos, todo irá bien.

—Fácil decirlo desde aquí arriba —intervino Opal. La francotiradora había estado lanzando miradas duras a todos desde que Davin anunció la división. Viola esperaba que Opal lo discutiera, que argumentara, pero nunca lo hizo. Viola sabía que Opal había sido militar, quizás estaba acostumbrada a órdenes que no le gustaban.

—Como dijo Davin antes, esto es solo un contrato. No tenéis que ir. Pero si no lo hacéis, cualquier miembro leal de la tripulación que esté abajo morirá. Y cuando vengan a por el *Amerigo*, probablemente nosotros también moriremos —dijo Gage.

—No estás ayudando —murmuró Mox.

—No es culpa nuestra que no puedas confiar en tu tripulación —añadió Davin—. Pero vamos a ir. Viola, entra ahí y comprueba si puedes pilotar esta cosa.

Con Puk zumbando detrás de ella, Viola subió las escaleras y entró en la estrecha lanzadera. El interior era austero, de una funcionalidad simple. Cada esquina marcada con un cartel que mostraba su propósito y la salida más cercana, de las cuales había cuatro. Dos de ellas, sin embargo, implicaban arrancar secciones de la parte delantera y trasera, lo que arruinaría la nave. La tercera era un pequeño portal en el techo que también era inutilizable mientras las alas de la lanzadera estuvieran extendidas. Dispuestos alrededor del interior, colgando detrás de cuatro sillas fijas y una mesa que podía convertirse en cama para procedimientos médicos, había trajes delgados para paseos espaciales o escapes en gravedad cero.

—Acogedor —zumbó Puk.

—Hace que el *Jumper* parezca un lujo —respondió Viola.

A la derecha estaba la cabina, a la izquierda un pequeño pasaje hacia los motores para el mantenimiento. Había dos asientos, acolchados en negro y robustos, que llenaban la cabina. La pantalla distaba mucho de las consolas del *Jumper* y su cabina con cristales de proyección. La lanzadera tenía un solo monitor en un terminal de tres secciones, por lo demás cubierto por un bosque de interruptores y diales analógicos. Viola nunca había visto una configuración tan anticuada. Todo en lo que había estado usaba pantallas contextuales para mostrar los controles importantes en cada momento. En las naves más nuevas, solo en la anulación manual las pantallas se deslizaban hacia arriba y las feas entrañas se volvían utilizables.

—Parece que va a ser un desafío —murmuró Viola.

—¿Pero puedes pilotarla? —dijo Davin desde atrás, mirando por encima de ella el conjunto de controles.

—Técnicamente, creo que sí —dijo Viola, acomodándose en el asiento del piloto y observando los controles—. Siempre que no intentemos hacer nada demasiado complicado.

—Esa es la idea —dijo Davin, luego salió para ayudar a Mox y Opal a cargar.

—Tengo la sensación de que las cosas nunca van así con este grupo —dijo Puk.

—Quizás esta vez tengamos suerte —respondió Viola.

Pasaron otros diez minutos de aprendizaje frenético mientras los demás Nueves abastecían de combustible la lanzadera, cargaban su equipo y abrían la puerta de la bahía. Algunos miembros de la tripulación del *Amerigo* hicieron acto de presencia, moviéndose por la bahía y apartando la carga. No sería bueno que los motores de la lanzadera incendiaran algo a la salida.

Viola activó el ordenador de vuelo y se centró en el *Karat*. Los sensores más potentes del *Amerigo* alimentaban de datos al ordenador de la lanzadera, así que no era difícil ver dónde estaba el *Karat* y dónde estaría. Suponiendo que el *Karat* no intentara huir, deberían poder encontrar un curso de intercepción que...

Pero esos vientos. Neptuno no estaba tranquilo ahora mismo. Si los datos meteorológicos del *Amerigo* eran correctos, varias tormentas enormes estaban arremolinándose alrededor del *Karat*. Vientos de cientos y cientos de kilómetros por hora. Si metían esta frágil lanzadera en cualquiera de ellas, giraría y se desintegraría. Viola examinó más de cerca la dirección de las tormentas. Formaban un triángulo asimétrico, con el *Karat* atrapado en el borde interior de la tormenta principal. Solo que esa principal se movía rápido, y la tormenta detrás de ella estaba a la deriva. Se estaba formando una ventana. La consola proyectaba que la apertura duraría unas pocas horas. Tiempo suficiente para acoplarse, recuperar el *Karat* y salir volando de allí.

—Tenemos una oportunidad —anunció Viola por el comunicador de la lanzadera—. Pero tenemos que irnos ahora.

—Entonces vamos —respondió Davin, apretándose en el segundo asiento de la cabina—. Opal y Mox están listos. Y preferiría no dar a los traidores que puedan quedar la oportunidad de estropearnos el viaje.

—Vale, sujétate —dijo Viola, pulsando la secuencia de ignición. La lanzadera se sacudió cuando sus pequeños propulsores de aterrizaje cobraron vida, elevando la nave ovalada un metro. Viola agarró la palanca de vuelo, no un mando robusto para dos manos sino un solo eje como los de los cazas. Con un suave empujón hacia la izquierda, la lanzadera giró en la bahía, girando hasta que las puertas abiertas y la inmensa extensión azul de Neptuno quedaron al frente. Con su mano izquierda, Viola empujó hacia arriba la barra deslizante que controlaba la aceleración. Los motores principales crepitaron, pero a tan baja potencia que Viola esperaba que ningún miembro de la tripulación restante fuera abrasado.

La lanzadera avanzó con cautela, pasando por delante de los trastos, por debajo de las puertas de la bahía, y luego salió. Libre del carguero y flotando por el espacio. Inmediatamente, al abandonar la gravedad artificial del carguero, el estómago de Viola dio volteretas. La lanzadera mantenía una mínima estabilización, suficiente para evitar que Viola flotara si tenía que caminar, pero tan ligera que aún sentía que podía salir revoloteando con la más mínima brisa.

El monitor le pitó, indicando que Viola tenía que corregir su rumbo o fallaría la interceptación.

—Mantente concentrada, pequeña —dijo Davin—. Sé que es bonito, pero podemos apreciar la vista de vuelta a casa.

—Lo siento —respondió Viola.

—Nada de disculpas. Simplemente hagámoslo.

Viola se concentró. Davin tenía razón. Esto no era un simulador, no era el aterrizaje en Europa, cuando el piloto automático y el androide, Fournine, manejaban la mayor parte del vuelo. Viola aflojó la palanca y la lanzadera se colocó en un vector de entrada que no la haría rebotar en la atmósfera ni convertiría la nave en una bola de fuego explosiva. Activó los escudos. Tiempo para interceptar el *Karat*: treinta minutos.

—Estamos a punto de quedar ciegos —dijo Viola mientras el escudo térmico de la cabina se deslizaba sobre el cristal. Durante los siguientes minutos, la lanzadera siguió la ruta programada hacia el *Karat* mientras la fricción de la reentrada ardía fuera.

—Ha pasado un tiempo desde que estuve en el horno —dijo Davin, manteniendo la vista en los medidores que mostraban la temperatura externa, la resistencia al viento y más signos que podrían significar la destrucción de su nave —. No suelo aterrizar el *Jumper* en atmósfera real.

—Yo nunca lo he hecho —admitió Viola. Europa y Ganímedes tenían atmósferas tan ligeras que apenas causaban impacto. Eran como caer a través del aire; Neptuno sería más como sumergirse en el océano.

—Ahora ya sabes lo emocionante que es —dijo Davin—. ¿Estáis bien ahí atrás?

—Mox se arrepiente de haberse metido en esta caja infernal, y yo también —gritó Opal.

—Eh, dad algo de ánimo a nuestra piloto —respondió Davin.

—¡Eres genial, Viola, pero el escudo térmico necesita una mejora. Nos estamos derritiendo aquí atrás!

Viola echó un vistazo a las lecturas y notó que la temperatura dentro de la lanzadera había subido a más de treinta y ocho grados Celsius, pero estaba disminuyendo. Ni siquiera había sentido el sudor formándose en su frente, las pequeñas gotas deslizándose por los lados de su cuello. Demasiado concentrada.

La consola central pitó, mostrando que las temperaturas externas estaban bajando a medida que su velocidad aérea se reducía y alcanzaban las secciones más frías de la atmósfera de Neptuno. Viola retrajo el escudo térmico y sintió que la temperatura de la lanzadera bajaba. Pasó del alivio, a lo refrescante, a hacer que ese sudor fuera muy, muy frío. Viola tembló mientras la lanzadera se calentaba de nuevo, estabilizándose en un punto intermedio fresco.

Frente a ellos, Viola tuvo su primera visión real de Neptuno. O, más bien, de la interminable niebla azul grisácea que envolvía el planeta. Sintió un peso en sus piernas, y el corazón de Viola se aceleró, sus pulmones respiraban más rápido.

—Neptuno tiene una gravedad similar a la de la Tierra —dijo Puk—. Por eso tus constantes vitales están cambiando. Deberías estar bien, pero será agotador durante un tiempo.

—Solo significa que tienes que hacer más ejercicio —dijo Davin.

—Mira quién habla, capitán —dijo Puk, zumbando hacia él y enfocando su cámara en la cara de Davin—. Su ritmo cardíaco es más bajo que el tuyo.

—Estoy simplemente emocionado ante la idea de hacerte pedazos.

Viola empujó ligeramente la palanca de vuelo para suavizar el descenso. La resistencia del viento estaba llevando su velocidad a un punto donde deberían poder planear hasta el *Karat*. Cuanto más combustible ahorrasen, menos probable sería que tuvieran que depender del *Karat* para salir de allí.

—Puedo notar cuándo no me quieren —dijo Puk, flotando por la puerta hacia Opal y Mox.

—¿Tu bot guarda rencor? —preguntó Davin.

—¿Puk? Qué va. Al menos, no lo programé para buscar venganza —dijo Viola—. Aunque supongo que...

—Eh, concéntrate. ¿Qué es esa mancha oscura allí adelante?

Davin señaló directamente al frente, donde una gran mancha esponjosa crecía para llenar la distancia y dominar la vista de la cabina. Destellos saltaban en su interior: relámpagos. Aún distante, Viola sintió que la palanca de vuelo tiraba hacia la tormenta. El viento se estaba acelerando, arremolinándose alrededor del fenómeno meteorológico e intentando arrastrar la lanzadera con él.

—Es la primera de las tres tormentas —dijo Viola—. Si podemos rodear esta, deberíamos llegar al *Karat* antes de pasar junto a las otras dos.

—Probablemente deberías empezar a rodearla, entonces.

Correcto. Viola miró la consola, pero el ordenador no estaba teniendo en cuenta la tormenta, lanzándolos directamente a través de ella en su ruta de encuentro con el *Karat*. Supuso que era demasiado esperar que la lanzadera tuviera alguna orientación meteorológica real programada.

—Voy a tener que pasar a manual para rodearla —dijo Viola.

—Dime lo que necesitas —respondió Davin.

Esa confianza ayudaba. Viola localizó el piloto automático y desactivó la opción de ruta. El ordenador seguiría intentando mantener la lanzadera estabilizada, pero ya no la forzaría a seguir su camino. Viola mantuvo un ojo en su velocidad aérea mientras movía la palanca hacia la derecha, inclinando la lanzadera lejos de la tormenta. La fuerza del aire veloz de Neptuno presionaba con fuerza contra la lanzadera, haciendo que la velocidad aérea se desplomara y que Davin soltara una ristra de maldiciones.

Viola balanceó la palanca de vuelo hacia el otro lado y la lanzadera atrapó el viento en sus alas como un pájaro y flotó. Solo que volvían a dirigirse directamente hacia la tormenta.

—Para ir contra el viento, tendremos que quemar todo el combustible —dijo Viola—. Pero si vamos con él, chocaremos contra la tormenta.

—¿Y si giramos a su alrededor? —dijo Davin—. Apunta al borde izquierdo. Sigue la corriente. Usa el impulso para girar hacia el *Karat*.

Viola miró la masa que se acercaba, como una discoteca furiosa en el aire, el efecto estroboscópico una serie de rayos de millones de grados saltando entre nubes de gas. Lo que Davin quería habría sido complicado en el espacio, con solo la física para calcular. Aquí, con vientos arremolinados que cambiaban de velocidad y dirección de un segundo a otro, trabajar alrededor del borde sería tan probable que los enviara al centro de la tormenta como que los llevara alrededor. Pero la alternativa era tomar el camino largo, quemar combustible luchando contra Neptuno y potencialmente dejándolos cayendo a las profundidades gaseosas cuando sus tanques se quedaran vacíos.

—Si tienes algún dios al que rezar, este es el momento —dijo Viola, inclinando la nave para iniciar el giro de Davin.

CAPÍTULO 11
RECIÉN LLEGADOS

apitán Gage —dijo Phyla, de pie en el puente junto al hombre. Merc, Erick y Trina habían vuelto al *Jumper*, manteniéndolo a salvo de posibles saboteadores—. No lo entiendo. Si no confía en su tripulación, ¿por qué no hace nada al respecto?

Habían estado siguiendo el descenso de la lanzadera hacia la atmósfera de Neptuno. El puente estaba dividido en dos mitades, con un pasillo central que discurría entre seis consolas, distribuidas en grupos de dos. Desplegado frente a la gran ventana orientada hacia delante se encontraba el casco del *Amerigo*, una gran cicatriz blanca en el negro espacio. Gage explicó que la elección del color facilitaba la identificación de problemas. Una grieta en el casco pintado de blanco perla destacaría mucho más que en un tono más oscuro.

Había otro tripulante en el puente que no había dicho ni una palabra. En comparación con el uniforme de Eden que llevaba Gage, el hombre vestía un extraño atuendo con la marca corporativa de Eden. Una camisa gruesa, de manga larga, que se fundía con unos guantes que le llegaban hasta los codos. Habría resultado ridículo en cualquiera menos serio. Si lo pusieran junto a Mox, Phyla no sabría quién de los dos mantendría mejor el rostro impasible.

—Porque nadie, excepto usted y Quinn, sabe que estoy buscando traidores. Aún no ha habido un motín armado, y no tengo ningún deseo de provocar uno.

—Pero ocurrirá eventualmente —rebatió Phyla.

—Cualquiera que planee apoderarse de este barco lo hará por el dinero que hay en nuestra carga —dijo Gage, siguiendo el parpadeo de la lanzadera en la consola de mando—. Si su hombre Davin hace su trabajo y recupera el *Karat*, y ellos ven que ya no estamos indefensos, el complot podría terminar ahí.

—Así que permanecerían ocultos. Usted nunca lo sabría.

—Pero seguiríamos vivos.

Phyla asimiló la declaración y la meditó. Dejar cuchillos desconocidos que te puedan apuñalar por la espalda era un plan pobre, pero ¿valía la pena el peligro de ahuyentarlos ahora?

—A todos ellos, Capitán —dijo Phyla—. Yo arriesgaría a todos para encontrar al traidor. Porque si han aceptado un soborno una vez, lo harán de nuevo y la próxima vez podría ser peor.

Ahora le tocaba a Gage reflexionar.

—Quizás, al ser mayor, trato la vida con más cautela que usted. Los años me dan más recuerdos que perder, más personas por las que preocuparme —dijo Gage—. Aunque entiendo su punto. Quedan ocho tripulantes a bordo de esta nave. El mínimo para mantenerla funcionando mientras el *Karat* se llevaba al resto. Si quiere poner a prueba su lealtad, llévese a Quinn y vaya.

—¿Y usted?

La consola junto a Gage emitió un pitido, un tono medio que atraía la atención, pero más suave que una alerta de peligro.

—¿Ve eso? —Gage señaló una pequeña flecha blanca en la

esquina superior derecha de la consola. Representando el área alrededor de la nave, la pequeña flecha estaba al límite del alcance del sensor, muy lejos más allá de Neptuno. En comparación con el *Amerigo*, el parpadeo era una diminuta fracción. Más pequeño que el *Jumper*. Eso significaba suministros limitados, combustible. Era poco probable que estuviera tan lejos por su cuenta.

—Un explorador —murmuró Phyla. La avanzadilla de una fuerza enviada lo suficientemente adelantada para asegurarse de que todo el grupo no estuviera acelerando directamente hacia una trampa. Una vez que comunicara que todo estaba despejado, no pasaría mucho tiempo antes de que llegara el resto.

—Si todavía hay un traidor en esta nave —dijo Gage—, actuará pronto. Buena caza.

Phyla asintió y caminó hacia la salida del puente. Cuando se acercaba, Quinn se interpuso frente a ella. Su rostro era una máscara de granito, ojos grises mirándola sin expresión. Como si fuera una pared en blanco. O nada en absoluto. El guardaespaldas no parecía llevar un arma, pero aquellos guanteletes eran gruesos, con mucho acolchado. Espacio para esconder algo.

—¿Adónde vamos primero? —le preguntó Phyla.

—Estarán dispersos —la voz de Quinn tenía la aspereza rasposa de alguien que no hablaba mucho—. Gage va a hacer sonar la alarma en un segundo, enviando a cada uno a sus puestos. Visitaremos a cada uno, confirmaremos sus intenciones y luego pasaremos al siguiente.

Phyla parpadeó. Había esperado que Quinn fuera un ejecutor mudo, apenas algo más que un poste demoledor capaz de murmurar unas pocas palabras. Un segundo después, mientras Quinn se movía hacia la salida, sonó una alarma en el puente y, presumiblemente, por todo el carguero.

—Suenas como si hubieras hecho esto antes —dijo Phyla.

—Todo el mundo tiene su precio —respondió Quinn

mientras avanzaban—. Mi trabajo es hacer que el coste sea demasiado alto.

—¿Es esa la frase que le dices a todo el mundo que conoces?

La boca de Quinn se crispó. Una rebelde elevación rápidamente aplastada de nuevo en la máscara de línea recta. Así que Quinn tenía una personalidad.

—Si nos hubiéramos conocido en mejores circunstancias, incluso podrías verme reír —Quinn miró hacia atrás a Gage, que los estaba observando, y asintió—. Ahora, sin embargo, tenemos otras cosas que hacer.

—Han llegado fuerzas al sistema —la voz de Gage llegó a través de altavoces ocultos—. Tengo todas las razones para creer que son hostiles. Por favor, diríjanse a sus puestos designados e informen cuando hayan llegado.

Quinn salió del puente y Phyla lo siguió, dejando al Capitán Gage solo con las consolas, el ruido de sus alarmas llenando los oídos de Phyla hasta que la puerta del puente los encerró en el silencio.

CAPÍTULO 12
HORA DE PARTIR

La alarma resonó por toda la bahía del *Jumper*, un estruendo como si fueran los peores platillos conocidos por el hombre. Merc dio un salto de un metro, casi estrellándose contra el techo de la cabina. Estaba jugando a ser espía, observando las cámaras alrededor del exterior del *Jumper* para vigilar a cualquier miembro de la tripulación del carguero que se acercara demasiado. Como último piloto en la nave, tenía que estar en la cabina de todos modos. Erick y Trina no sabían pilotar esta cosa.

—Merc, prepara el Viper —la voz de Phyla sonó por el comunicador.

—¿Vais a volver? —respondió Merc.

—No puedo. Tengo que ocuparme de un traidor.

—¿Entonces quién va a pilotar el *Jumper*?

—Depende de ti asegurarte de que no tengamos que hacerlo.

—Te das cuenta de que solo tengo un caza, ¿verdad? —dijo Merc—. Vale, soy bueno. Soy muy bueno. Pero sin ningún apoyo ahí fuera...

—Si no lo haces, nos atacarán antes de que estemos listos. Y entonces todos moriremos.

—O podrías venir al *Jumper* y largarnos de aquí.

Incluso mientras Merc decía esas palabras, sabía que eran inútiles. Si abandonaban el *Amerigo*, entonces Davin y los demás no tendrían adónde regresar. Serían presa fácil al volver de la atmósfera de Neptuno. Era esto, o nada.

—¿Merc?

—Haré lo que pueda —dijo el piloto, levantándose del asiento y dirigiéndose a través del *Jumper* hacia la bahía del Viper. Por el camino, Merc contactó con Trina para que preparara el caza, le dijo a Erick que fuera a la cabina, y pasó por su habitación para coger su traje de vuelo. El traje era de un rojo carmesí, del mismo tono que la insignia del antiguo escuadrón de Merc. La tela se ajustaba por diseño a medida que Merc se lo ponía, convirtiéndose en una segunda piel. Estaba diseñado para mantener el calor y reducir las posibilidades de un enganche accidental en caso de eyección o caminata espacial.

La máscara incorporada ya le había salvado la vida a Merc en el espacio sobre Europa, capaz de deslizarse y establecer un sello de vacío en un segundo si Merc pulsaba la almohadilla de emergencia bajo la muñeca de cualquiera de sus manos. Podía comprarle unos minutos de vida ahí fuera. No es que Merc quisiera experimentar eso otra vez. Reconciliarse con la muerte una vez era suficiente, gracias.

Trina ya tenía el Viper calentando motores cuando Merc llegó a la bahía, con las baterías cargadas y listas. La mecánica estaba comprobando las lecturas del sistema en su comunicador mientras Merc pasaba junto a ella y subía por la corta escalera hasta la cabina del Viper.

—¿Qué tenemos? —preguntó Merc a Erick por el comunicador.

—Veamos —respondió el médico—. Parece que tienes una nave de reconocimiento de largo alcance, un barco más grande que me resulta muy familiar, y un par de cazas de escolta.

—¿Muy familiar?

—Si estoy leyendo esto correctamente, parece ser la misma fragata que nos atrapó fuera de Europa.

—¿Qué hace aquí? —dijo Merc, acomodándose en el asiento.

—¿Quieres que se lo pregunte?

—Sí, si no te importa —dijo Merc mientras los sistemas del Viper mostraban todo en verde—. ¿Cuánto tiempo tengo?

—Depende. Si te quedas aquí esperando a que disparen, parece que tienes una hora. Si quieres salir y bailar un tango, bueno, podrías pillarlos mirando en la dirección equivocada.

Cualquier nave que se dirigiera a otro planeta necesitaba reducir su velocidad al acercarse a la órbita. Los sensores no podrían detectar un objetivo hasta que la nave estuviera cerca, relativamente hablando, lo que significaba que estos cabrones asaltantes tendrían que tomarse unos minutos para reorientarse y adoptar un patrón de ataque. Con un buen impulso de los motores, Merc podría acercar el Viper antes de que terminaran. Ganaría unos preciosos segundos de sorpresa.

Merc pulsó un botón en la única consola del Viper, una pantalla del tamaño de su palma extendida. Los tres propulsores de elevación del Viper, uno en la nariz y un par cerca de los motores, levantaron el caza del suelo del *Jumper*. Merc movió la palanca de vuelo hacia la derecha y el caza rotó, inclinándose con el movimiento. El carguero usaba mucha energía para generar una G, la misma que la gravedad de la Tierra. El caza giró con resistencia. No era exactamente la salvaje impetuosidad del vuelo sin peso.

Trina abrió la puerta del *Jumper* para él, y Merc impulsó el caza hacia la bahía del carguero más grande. Mientras que el *Jumper* podía mantener un escudo magnético durante breves intervalos para lanzar y aterrizar el caza, el carguero solo se molestaba en cerrar las puertas de su bahía en caso de emergencia. Como resultado, cuando Merc dirigió el Viper hacia el espacio, la negrura estaba rodeada por las paredes del *Amerigo* como un eclipse cuadrado.

Otro toque a la consola y las baterías desviaron su impulso a los motores principales, empujando el Viper hacia adelante. A punto de sumergirse en combate contra fuerzas abrumadoras. Opal, mientras tanto, se precipitaba a través de una densa atmósfera en una destartalada nave antigua. ¿Quién tenía peor suerte?

—Concéntrate en el ahora, colega —se susurró Merc a sí mismo—. Eso es lo que ella te estaría diciendo, de todos modos.

Echó un vistazo al escáner, aunque Merc sabía que Opal y su nave no aparecerían en él. Demasiado ocultos por la agitada atmósfera de Neptuno. Lo que sí estaba dispuesto en la pantalla, en triángulos pequeños y grandes, eran los objetivos.

El Viper dio un tirón al salir de la gravedad del *Amerigo*, como si se hubieran cortado las cuerdas que lo mantenían atado. Merc aprovechó la señal y aceleró a tope, dirigiendo el Viper lejos del carguero y hacia lo que parecía, a simple vista, un trozo vacío de oscuridad. Neptuno se extendía detrás de Merc, invisible excepto en su mente. El Sol brillaba a la derecha de Merc, un punto amarillento enfermizo tan lejano.

—Parece muy solitario aquí fuera —dijo Merc—. La Tierra siempre estaba rodeada de tantas luces, tantas cosas pasando.

—¿Te está entrando nostalgia? —respondió Erick—. Porque tengo un remedio para eso.

—¿En serio?

—Si lo quieres, tendrás que volver.

—Lo haré —dijo Merc.

El escáner mostró que los triángulos detectaban su presencia. Dos cazas, el explorador y el grande. Merc apretó los dedos alrededor de la palanca de vuelo, exhaló profundamente. Las probabilidades podrían ser peores.

Un deslizamiento de un dial envió parte de la potencia del

motor al blindaje del Viper, permitiéndole canalizar y disipar el calor. Absorbería suficientes láseres hasta que ya no tuviera adónde enviar el calor, entonces el Viper se derretiría como cualquier otra cosa. Los láseres eran baratos, y baratos de contrarrestar. Merc tenía que esperar que eso fuera todo lo que estos tipos llevaban. Si aparecían con proyectiles sólidos, entonces el Viper sería poco más que confeti.

La oscuridad de delante brilló, como si hubiera un error en la imagen. La nave más grande bloqueando la luz de las estrellas. El escáner de Merc tenía a los cazas a pocos minutos de distancia. Las dos pequeñas naves venían primero, la nave de exploración y su fragata compañera tardaban más en alinear su ataque. Dos contra uno al principio.

Mucho mejor.

La ventana de la cabina del Viper mostró un par de cuadrados azul claro contra el fondo, perfilando los cazas. Merc, manteniendo su mano derecha en la palanca de vuelo, pulsó otro botón en la consola que sombreó ambos cuadrados de un rojo rosáceo. Clasificados como enemigos. El Viper colocó un contorno dorado en el más cercano, apareciendo pequeños números que mostraban la velocidad actual debajo de la nave enemiga. Merc todavía no podía obtener una visual, no tenía idea de lo que estos idiotas llevaban, pero esperar a que dispararan era una mala elección.

Un movimiento de la palanca hizo que el Viper apuntara hacia el caza más cercano. Merc todavía no estaba a tiro, pero aquí está el secreto que la mayoría de los ordenadores de vuelo no captaban: los láseres no solo desaparecían después de cierta distancia. Perderían potencia, claro, pero producirían brillantes destellos a través de la ventana de la cabina y, en número suficiente, aún podrían causar problemas. El caza enemigo seguía avanzando a toda velocidad, lo que significaba que se toparía directamente con esos láseres antes de llegar a Merc. Su dedo presionó el gatillo y envió una serie de rayos directamente hacia la oscuridad, justo al centro del cuadrado rojo.

Un segundo después, ese cuadrado dio un fuerte descenso, alejándose de Merc. Y entonces fue visible, el cuadrado perfilando una pequeña nave en forma de disco, el Omni, que brillaba con la luz del sol. Diseñados solo para gravedad cero, los Omnis eran todo armas y propulsores, destinados a detenerse, girar y moverse en cualquier dirección que el piloto quisiera. El otro punto rojo había cambiado su ángulo, acercándose a Merc desde la derecha. Pero el descenso del primero había roto su trayectoria de ataque, y ahora el segundo estaba intentando alcanzarlo. Merc solo tenía que mantenerse lo suficientemente adelantado.

Empujando la palanca hacia adelante, Merc deslizó el Viper tras el primer Omni. Carecía de la velocidad unidireccional del Viper, así que Merc acortó la distancia y disparó en cuanto la consola indicó que estaba en el rango óptimo. El Omni se sacudió a izquierda y derecha, activando esos malditos propulsores de salto al azar. Sin embargo, los rápidos cambios no pudieron esquivar todo el fuego. Merc vio cuatro impactos absorbidos por el Omni y desaparecer, pero el quinto le arrancó un trozo de su carcasa.

Entonces el caza se detuvo. Disparó sus motores hacia Merc. Furiosos chorros de luz anaranjada brotaron del caza mientras se precipitaba hacia el Viper. Merc, manteniendo su fuego constante, retorció la palanca a la izquierda mientras giraba la muñeca. Esto envió al Viper lanzándose hacia la izquierda y activó pequeños propulsores de maniobra que hicieron girar al Viper como un sacacorchos, convirtiéndolo en un objetivo más difícil. Mientras Merc pasaba volando junto al caza detenido, vio destellos cuando la electrónica del barco se sobrecalentó y murió. Uno menos.

Merc echó un vistazo a su escáner para ver a qué distancia estaba el segundo caza detrás de él. Solo que no estaba lejos en absoluto. Justo en su cola y liberando láser caliente en su popa. El Viper se estremeció cuando un par de rayos dieron en el blanco y Merc tiró de la palanca hacia arriba, curvándose para salir del fuego. El segundo Omni no debería haber estado allí. Imposible que fuera tan rápido. Un vistazo al escáner corrigió el error. La nave que lo perseguía era el explorador, sus cañones rastreándolo incluso cuando su mayor masa hacía más difícil maniobrar. Se había corregido más rápido de lo que Merc pensaba. Lo que significaba que Merc acababa de curvarse hacia...

Frente a él, encuadrado en ese cuadrado rojo, se alzaba el otro Omni, escupiendo láser hacia él. Mientras el estómago de Merc se hundía en un baño helado, mantuvo su dedo en el gatillo y esperó tener un milagro más.

CAPÍTULO 13
EL KARAT

A Viola solo le llegaban alarmas. Una por la cizalladura del viento, que desgarraba las alas. Otra por la estabilidad de la lanzadera, la altitud cambiante mientras caían dentro y fuera de bolsas de aire. Una tercera indicaba que Viola ya no estaba sujeta, lo que ocurrió cuando Puk la liberó después de que las fuerzas G apretaran el cinturón y la alejaran del alcance de la palanca de control. Casi aplastada por una característica de seguridad no diseñada para soportar las tormentas de viento de Neptuno.

Pero se movían. Deslizándose por el borde de la masa arremolinada de azul profundo y negro, con relámpagos crepitando a la derecha de la lanzadera. A la izquierda, un sereno turquesa brumoso capturaba la luz menguante del día. La dicotomía habría sido hipnótica, excepto por, ya sabes, las alarmas.

Viola mantenía la palanca de control completamente a la derecha, inclinando la lanzadera para que los vientos la impulsaran a lo largo del borde de la tormenta. Cada pocos momentos, otra bolsa de aire hacía que el estómago de Viola se le subiera a la garganta. Davin gritaba algo. Había estado gritando cosas, pero Viola no podía oír ni una palabra. Respondiendo al caos, su cerebro bloqueaba las cosas una por una. Los ruidos se desvanecían, los latidos acelerados se apagaban, e incluso la percepción de sí misma se alejaba hasta que Viola solo podía sentir la palanca de control, los temblores que recorrían la lanzadera mientras luchaba por mantenerse unida. Sentía hacia dónde empujaban la nave, seguía las ráfagas de viento y combatía otras, todo para mantenerse enfocada en el *Karat*.

Se acercaron a la parte posterior de la tormenta. Viola podía ver el contorno de la violencia, una línea escarpada entre el Cielo y el Infierno. En la lejanía, otro par de tormentas jugaban en el horizonte. Entre ellas estaba el objetivo. Viola apuntó hacia él, aprovechando una última ráfaga de viento que empujó la lanzadera hacia el espacio abierto.

Y entonces cayeron en caída libre. Viola flotó de su asiento, solo un agarre mortal en la palanca de control evitó que golpeara el techo. Viola sabía que estaba gritando, pero no podía oírse. Davin, aún en su sitio con los cinturones puestos, agarró su muñeca e intentó tirar de ella hacia abajo. Los números de altitud se precipitaban hacia cero, con la alarma sonando cada vez más fuerte. Viola intentó tirar de la palanca hacia arriba, pero no había aire contra el que la lanzadera pudiera empujar.

Un tirón violento, la lanzadera fue arrancada del cielo por una mano invisible. Viola vio cómo el mundo giraba a su alrededor y se oscurecía mientras la lanzadera era lanzada hacia la tormenta. A través del borde exterior y hacia un momento temporal de calma, con relámpagos destellando alrededor. El centro de la tormenta. Viola cayó de nuevo en su asiento. Respira hondo, respira hondo.

—¿Estás bien? —la voz de Davin se elevó sobre el silencio.

—Va a doler más tarde —respondió Viola—. Tenemos que salir de aquí antes de que la tormenta nos cocine.

—Tienes mi permiso, si es eso lo que estás esperando.

Viola no lo esperaba, pero era porque no estaba segura de

qué hacer. ¿Volar de vuelta hacia ese tornado? ¿Esa bolsa de aire? ¿Intentar atravesar la tormenta y arriesgarse a los rayos? Esto no era algo que hubiera hecho antes. Nada para lo que se hubiese entrenado.

Viola movió la palanca hacia la derecha, apuntando más profundamente hacia la tormenta. Como si detectara su camino, una cortina de relámpagos convirtió todo lo que tenían delante en un blanco cegador.

—Eso no parece muy bueno —dijo Davin.

—Estadísticamente no tengo nada —dijo Puk—. Nadie ha recopilado información sobre las propiedades de los relámpagos de Neptuno.

—Silencio —espetó Viola.

El plan de vuelo situaba a la lanzadera en apuros a solo unos segundos en línea recta de la banda exterior de la tormenta, donde los vientos se intensificaban de nuevo para un asalto final. Cualquier ganancia de combustible por usar el viento para maniobrar se eliminó con el corte que estaban haciendo, donde Viola tuvo que bombear más energía a los motores para combatir la atracción del flujo interno de la tormenta. Si no se encontraban con otras catástrofes, la lanzadera podría llegar al *Karat* con suficiente combustible para arrancar sus motores de nuevo, pero no mucho más.

Su única forma de regresar al espacio era el *Karat*.

Un relámpago destelló de nuevo en el exterior. Un crujido metálico sonó un momento después desde la derecha de la lanzadera. Metal rompiéndose. Viola reconoció el sonido de las muchas pruebas de resistencia que había realizado en pequeños componentes construidos durante experimentos escolares y apartó la mirada de la tormenta hacia la consola. Mostraba un diagrama de la lanzadera, con el ala derecha sombreada de un amarillo intenso y pulsante. Luego sintió la resistencia, el ladeo mientras la lanzadera se inclinaba hacia la derecha.

—Hemos perdido el ala derecha —dijo Davin—. Tendremos que...

—Aumentar la potencia de los motores para estabilizarnos, lo sé —dijo Viola, aumentando la velocidad—. Vamos a ser zarandeados. Luego tenemos que salir pitando hacia el *Karat*.

—¿Antes íbamos por la ruta lenta?

—Estoy diciendo que puede que no lo consigamos.

El aumento de velocidad impulsó la lanzadera hacia adelante. Viola esperaba el giro contrario, o algo que arrancara la lanzadera, pero se mantuvo recta. Quizás no se había perdido toda el ala. Aún había una posibilidad de atravesarla.

Los vientos arreciaron de nuevo, rugiendo alrededor de la lanzadera, sacudiéndola. Esta vez, sin embargo, Viola estaba preparada para los empujones, los tirones y las caídas del clima de Neptuno. Rebotaron, dieron vueltas e hicieron una serie de medios giros que asustaron a Viola, temiendo que la lanzadera cayera directamente en picado. Después de lo que pareció una eternidad pero que, según el ordenador, fue menos de un minuto, salieron. De vuelta en la niebla turquesa, empujados por vientos más suaves, Viola respiró hondo.

—Buen trabajo, pequeña —dijo Davin—. Parece que el *Karat* está justo delante.

Davin tenía razón. Entre las tormentas gemelas del frente había una pequeña forma. Mantener el ritmo de esas tormentas ayudaría a disimular los movimientos del *Karat*, dificultando su intercepción.

—¿Deberíamos intentar hablar con ellos? —preguntó Viola.

—No es como si no nos vieran venir —dijo Davin—. Y quién sabe, tal vez encontremos algunos amigos ahí dentro.

Viola encendió el comunicador e intentó enviar un saludo, pero se encontró con el silencio. Ni siquiera un clic de reconocimiento.

—Cambia a la radio de corto alcance —dijo Davin—. Su comunicador podría estar dañado.

Viola asintió. Todas las naves tenían un transmisor de radio estándar como sistema de comunicación de respaldo. Menos complicado, sin forma real de elegir un objetivo específico, emitir una señal de radio seguía siendo una forma viable de obtener ayuda en una emergencia. Viola activó la radio. Una fuerte ráfaga de estática sonó a través de la lanzadera, pulsando en ondas crepitantes.

—¡Apágala! —gritó Davin, con las manos sobre los oídos.

Viola alcanzó el interruptor, estaba a punto de pulsarlo cuando la estática se detuvo y luego pulsó de nuevo. Viola se tomó un momento, escuchando, aunque dolorosamente, mientras la estática continuaba sonando en ondas. Eso no era normal. La estática de radio debería ser continua. Davin intentó alcanzar el interruptor, pero Viola apartó su mano de un golpe, aún escuchando.

—Creo que es un patrón —dijo Viola por encima del ruido.

La cabeza de Opal apareció en la cabina, asomándose por la entrada.

—No sé qué estáis haciendo aquí los dos, pero alguien está intentando hablar con nosotros —dijo Opal—. Esa estática es código Morse. Y dice *corred*.

CAPÍTULO 14
INTERROGATORIO

Phyla no sabía qué estaba pasando. No podía ver lo que ocurría con Merc, y la mitad del tiempo no conseguía información de Erick porque Quinn la tenía hablando con uno de los tripulantes del *Amerigo*. Ya habían conocido a tres de ellos y tras unas pocas preguntas a cada uno, Quinn negaba con la cabeza y se la llevaba. Al parecer, el hombre sabía leer a la gente, detectar si ocultaban algo o si estaban nerviosos, lo que hacía que Phyla se sintiera completamente decorativa.

—¿Para qué me necesitas siquiera? —dijo Phyla mientras caminaban por un pasillo—. Parece que lo tienes controlado.

—Si vas a poner una trampa, mejor no dejes que tu presa te vea haciéndolo —respondió Quinn.

Poniendo una trampa. Vale, colega.

Doblaron una esquina y entraron en la sala de máquinas principal del carguero. Un par de operarios con aspecto sucio vigilaban los sistemas de energía y la velocidad de la nave, que en ese momento avanzaba lentamente para mantener el carguero más o menos sobre el *Karat*.

—Hola, soy Phyla —se presentó la piloto del *Jumper*—. ¿Todo bien por aquí?

—Hola Quinn —dijo el más alto de los dos. Llevaba un grueso traje de trabajo corporativo que resultaba a la vez sobreprotector e impractico. Un cinturón enorme colgaba de su cintura, con más herramientas de las que Phyla había visto llevar a Trina. También sujetaba el pelo del hombre, que le llegaba a la cintura, atado en una cola apretada. Phyla habría considerado eso un riesgo para su propia mecánica, pero quizás a Eden le importaba un bledo—. ¿Qué hace ella aquí atrás?

—Haciendo un recorrido, Van —dijo Quinn—. ¿Habéis oído que tenemos enemigos en el sistema?

—¿Te refieres a si oímos las alarmas? —dijo Van—. Porque eran tan ensordecedoras que no pudimos oír mucho más.

El bajito, cuyo pelo estaba oculto bajo una gorra verde oscuro manchada, se recostó contra la pared. La forma en que miraba a Phyla la hizo mirar dos veces. No era la típica mirada que los hombres le lanzaban, sino una mirada perezosa de indiferencia. Como la que Phyla le daría a una silla que no pretendía usar. O a un pañuelo cuando lo tira a la basura.

—¿Por qué habéis venido hasta aquí para preguntarnos? —continuó Van—. ¿Crees que vamos a huir?

—¿Cómo lo haríais? —respondió Quinn.

—¿Qué quieres decir? Cortaría la energía de todo lo que no fuera esencial y la enviaría a los motores. Nos sacaría de aquí muy rápido —dijo Van—. Hay espacio patrullado alrededor de Urano.

Patrullado por tripulaciones patrocinadas por corporaciones. Phyla había llevado el *Jumper* por un amplio recorrido alrededor de Urano, algo no difícil ya que no se cruzaba mucho con Neptuno. A pesar de no tener autoridad real, las Leyes Libres otorgaban a los bolsillos más profundos la oportunidad de crear sus propios imperios donde las naciones de la Tierra no se molestaban en intervenir.

—¿Así que nos llevarías a todos contigo? —preguntó Quinn.

—Tranquilo —dijo Phyla, poniendo una mano en el brazo de Quinn. Van los miró a ambos, confundido.

—Creen que vas a vender la nave —murmuró el bajito.

—¿Por qué, Slip? —dijo Van, girándose para mirar a su compañero—. ¿Crees que quiero pasta? ¿Tan lejos de todo?

—No, creo que son estúpidos —dijo Slip—. Ni siquiera sabíamos adónde volábamos. ¿Cómo podríamos haber planeado algo?

—Un momento, ¿se llama Slip? —Phyla miró al bajito—. ¿Slip? ¿En serio?

—Me lo gané —dijo Slip, irguiéndose—. Porque puedo colarme en cualquier sitio, arreglar cualquier cosa en estas naves. ¿Cómo te llamas tú?

—¿Phyla?

—Ese también es un nombre extraño. ¿Cómo lo conseguiste?

—¿Al nacer?

—Y piensas que el mío es raro. Al menos yo lo elegí —Slip volvió a cruzarse de brazos.

Phyla se encogió de hombros. ¿Qué podía decir a eso?

—Bueno. Pues —dijo Van, acudiendo al rescate—. No somos la división de carga normal de Eden. Somos especiales. O, esta nave lo es. Misiones de espacio profundo, con cosas experimentales. Casi nunca sabemos adónde vamos.

—El hombre tiene razón —dijo Quinn—. Pocos miembros de la tripulación conocían el destino final. Y la mayoría de ellos están en el *Karat*.

Phyla miró a Quinn—. ¿Estás diciendo que puede que no haya otro aquí arriba?

—¿Otro qué? —preguntó Van.

—Traidor —dijo Slip—. Eso es lo que están buscando.

—Gracias —dijo Quinn, girándose y volviendo por el pasillo. Phyla se detuvo un momento, correspondió a la mirada desconcertada de Van con un encogimiento de hombros mientras ignoraba la mirada adusta de Slip, y luego salió tras el guardaespaldas.

—¿Qué ha sido eso? —dijo Phyla cuando alcanzó a Quinn, que se dirigía hacia los camarotes de la tripulación del carguero—. Ni siquiera hemos llegado muy lejos. Slip parecía raro.

—Siempre es así —dijo Quinn—. Y tiene razón. No había pensado en ello, pero los únicos que podrían haber preparado algo habrían sabido que veníamos aquí. Tengo la lista de quién conocía nuestro destino, pero está en mis aposentos.

—¿No usas un comunicador?

—Demasiado fácil de hackear —dijo Quinn—. El otro comunicador es seguro. Baja tecnología.

—¿Y no lo llevas encima?

—¿Tú llevas todo lo que tienes encima todo el tiempo?

—Solo digo que...

—Nadie más en esta nave sabe de ese comunicador. Si lo llevara encima, habría preguntas —dijo Quinn—. Además, si alguien intenta entrar en mi habitación, lo sabré.

Phyla se imaginó un montón de trampas. Alarmas, seguro, pero Quinn probablemente tendría algo mejor. Un disparo aturdidor en cuanto se abriera la puerta. Un animal exótico decidido a despedazar a cualquier intruso.

—¿Cuál es el plan entonces? —dijo Phyla, volviendo al presente.

—Conseguimos esa lista, la cruzamos con todos los que siguen en la nave, y entonces sabremos si nos queda alguien con quien hablar.

—¿Crees que tenemos ese tiempo? —dijo Phyla, mirando su comunicador. El último mensaje de Erick decía que Merc estaba enfrentándose a los cazas, que estaba en inferioridad numérica—. Porque ahora mismo, mi compañero ahí fuera podría necesitar ayuda.

—Se os está pagando —fue la seca respuesta de Quinn.

Phyla se enfureció por un segundo, a punto de arremeter contra el guardaespaldas por ser insensible, pero se contuvo. Quinn tenía razón. Les estaban pagando y, dada su elección de ocupación, las situaciones terribles a menudo encontraban a los Nueves Salvajes. Pero eso no significaba que tuviera que aceptarlo.

—No para morir —dijo Phyla—. Consigue tu lista. Yo vuelvo a mi nave para ayudar a mi piloto.

—Bien —dijo Quinn.

Las bahías de acoplamiento estaban hacia la parte delantera del carguero, cerca del puente. Dio tres pasos antes de sentir una mano en su hombro, y vio que le ofrecían un arma.

—Vas desarmada. Toma esto —dijo Quinn.

—Tengo muchas en el *Jumper* —respondió Phyla, apartando la pequeña arma.

—Puede que no llegues allí.

CAPÍTULO 15
REFLEJO

En combate, un piloto tiene que tomar innumerables decisiones cada segundo. A qué velocidad ir, hacia dónde girar, si disparar o no. Merc había tomado todas esas decisiones una y otra vez. Pero cuando vio al Omni frente a su Viper, esperando para volarlo en pedazos, Merc se estremeció. Flotando en el espacio sobre Europa. La agonía ardiente del disparo láser. La oscuridad cerrándose alrededor de sus ojos.

No otra vez.

Merc giró el Viper hacia abajo, alejándose del Omni, mientras un par de disparos rebotaban en los escudos del Viper. Entonces la nave exploradora, persiguiendo al Viper a toda velocidad pero incapaz de igualar el giro, se interpuso entre ambos.

Merc desplazó los escudos para cubrir la parte trasera del Viper y disparó hacia la fragata, que se mantenía alejada del combate. Larga y estrecha, con un banco de motores en el extremo y una serie de protuberancias similares a alas que se extendían desde el eje central. Torretas salpicaban la nave, con bultos entrecruzándose en la superficie. Esperaba que no estuvieran preparados para que un caza pasara zumbando, o llenarían el cielo con tanto fuego que el Viper simplemente desaparecería. Merc desvió toda la energía de los láseres a los motores, aumentando su velocidad.

—Estoy haciendo lo que puedo por ti, nena —murmuró Merc.

Entonces comenzó a hacer fintas, moviendo el Viper aleatoriamente mientras la fragata abría fuego. El ataque era esporádico, no querían arriesgarse a golpear a sus propias naves que aún perseguían al Viper. La nave exploradora y el caza tenían el mismo problema. Disparar y fallar, y golpearían la fragata. Pero uno de ellos acabaría alcanzando a Merc eventualmente.

El Viper se acercó a la proa de la gran nave y se deslizó por encima. El cuello estriado de la nave se extendía debajo de él, cajas y protuberancias para sensores, escudos y comunicaciones acribillaban el suave blindaje gris. Frente a Merc, ese gran banco de motores se alzaba como una montaña metálica. A lo largo de su superficie, una docena de grandes cañones rotaban, apuntando al Viper.

La última vez, cerca de Europa, esta fragata no había estado armada. Utilizaba torretas arpón. Merc miró la consola, la lectura de armas en la nave. Casi todos los cañones eran diferentes, modelos arrancados de otra nave o de un montón de chatarra y acoplados improvisadamente en esta.

Eso explicaba por qué fallaban tanto. Cuando las armas disparaban todas a diferentes tiempos, giraban a diferentes velocidades, resultaba difícil alinear un disparo.

Y eran demasiado lentas. Merc tiró de la palanca, enviando al Viper hacia arriba y sobre los motores.

—¡Cortar motores! ¡Propulsores traseros! —dijo Merc.

Los motores principales del Viper se detuvieron, mientras los propulsores de maniobra del caza se activaron, retorciendo la parte trasera de la nave mientras su impulso la llevaba sobre el borde de la sección de motores. Merc miró el largo bloque de motores a lo largo de la parte inferior de la ventana de la cabina. El vientre del Viper quedó expuesto. Una presa fácil durante un segundo.

—¡Vamos! ¡Escudos abajo! —dijo Merc, y el caza se sacudió cuando los motores volvieron a la vida, su movimiento aún llevándolo lejos de la fragata. Atascado inmóvil en el espacio.

La nave exploradora aprovechó la oportunidad, soltando una lluvia de láseres. Impactaron contra los escudos del Viper, la consola parpadeando en rojo mientras la última de la energía se agotaba. Merc ignoró las alarmas que aullaban mientras un par de disparos se hundían en la armadura de la nave. Entonces los motores de la fragata cortaron la línea de fuego de la nave exploradora. Al mirar la consola, el contorno del Viper seguía mostrando todo en verde. Sin daños críticos. Detrás de él, el escáner mostraba que la nave exploradora sobrepasaba el ángulo de Merc, obligándola a hacer un largo bucle más allá de la fragata.

Merc se lanzó hacia la parte inferior de la fragata, y luego deslizó el Viper junto al casco. Mantuvo el Viper cerca para que esos cañones no pudieran girar lo suficientemente rápido para disparar. Los escudos, tras un breve segundo sin recibir impactos, estaban volviendo, difuminándose a la vida. La única pregunta era...

¡Allí! El Omni se lanzó desde la parte superior de la fragata, con láseres destellando. Merc acercó el Viper más al casco. La consola se iluminó en amarillo, la alerta de proximidad. Menos de un metro de espacio, pero el Omni se excedió en su emboscada. Ahora estaba debajo del Viper. Cualquier disparo hacia arriba impactaría contra el casco de la fragata. Contra sus propios escudos.

—Vamos, no disparéis —dijo Merc mientras el Viper se dirigía hacia la proa de la fragata. El Omni dudó y el Viper aumentó la distancia, lanzándose frente a la fragata. Merc ascendió, aún dirigiéndose hacia el *Amerigo*, pero manteniendo la fragata en la línea de fuego. Láseres dispersos de las torretas de la fragata pasaron rozando el Viper, pero los movimientos aleatorios de Merc los mantenían adivinando.

—Todos los motores —dijo Merc, desviando toda la energía de los escudos del Viper a los propulsores.

Un momento después Merc fue empujado contra su asiento cuando el Viper saltó hacia adelante, acelerando de vuelta hacia el *Amerigo*.

Vivo. Estaba vivo. Solo que estaba huyendo. Por primera vez, Merc estaba huyendo de una pelea. Como un cobarde.

CAPÍTULO 16
PARTIDA DE ABORDAJE

No podemos huir —dijo Davin—. Literalmente, no podemos.

—Pero podemos responder —dijo Viola—. Si están utilizando ráfagas estáticas para transmitir, quizá puedan captar algo.

Viola observó cómo Davin se inclinaba hacia la consola y pulsaba a través de varios menús hasta que los esquemas del *Karat* aparecieron frente a ellos. La forma ovoide de la nave dejaba clara su función como nave minera. Una gran bodega a lo largo de la parte inferior para almacenar mercancías, con capas de laboratorio y espacio para la tripulación en la parte superior. El puente estaba situado hacia la parte delantera puntiaguda, lejos de las puertas de carga inferiores traseras. Si algo salía mal con la carga, habría un montón de sellos para mantener vivos a los pilotos.

Las dos pequeñas bahías para las naves de aterrizaje estaban en la parte superior central. Viola supuso que era porque el *Karat* podía encontrarse en territorios desagradables, y poder mantener otras naves lo más alejadas posible de la fuente de extracción era un buen plan. No sería mala idea tomar estos esquemas y enviárselos a su padre. Un poco de espionaje corporativo de paso.

—Mantengámonos en silencio —dijo Davin—. La radio no es segura. Gage piensa que esta nave podría no ser suya ya, así que cualquier aviso que demos solo advertirá a alguien de que vamos.

—¿No necesitamos que abran las puertas de la bahía? —dijo Viola.

—No. Anulación remota. Gage nos dio los códigos al salir. Están pensados para operaciones de recuperación de emergencia como esta. Nos acercaremos, transmitiremos el código, y las puertas deberían abrirse.

—Lo que significa que sabrán que estamos allí antes de aterrizar —dijo Opal.

—¿Qué, asustada por unos pocos piratas espaciales? —respondió Davin.

Opal negó con la cabeza y se dirigió a popa. La lanzadera se acercaba rápidamente al *Karat*, solo faltaban unos minutos para que alcanzaran el rango de transmisión. Sin el ala derecha funcionando, aterrizar la lanzadera sería menos un acoplamiento y más un choque. Esos propulsores de maniobra servían para despegar la lanzadera, no ayudarían a frenar. Y cualquier empuje importante en reversa de los motores dependía de que las alas mantuvieran la nave estable. Tirar con fuerza, y el lado más débil se curvaría, como un barco con un solo remo.

—Abrochaos los cinturones —dijo Viola, utilizando los intercomunicadores de la lanzadera para transmitir la orden a la parte trasera—. No va a ser un aterrizaje agradable.

Se acercaron al *Karat*, la nave más grande se extendía ante ellos como una ballena en uno de los océanos de la Tierra. La niebla de Neptuno difuminaba los bordes, haciendo que el *Karat* pareciera más un portal a una dimensión brumosa. Solo cuando la lanzadera atravesó el último banco de nubes, la nave secreta de Eden se manifestó.

—Vaya —Viola no lo dijo tanto como lo respiró.

El *Karat* era una esmeralda al atardecer, bandas de tonos verdes que se entrelazaban entre sí. No había protuberancias, ninguno de los voluminosos módulos que componían la mayoría de las naves mientras sus propietarios mezclaban y combinaban funcionalidades. Cualesquiera que fueran los motores que mantenían al *Karat* a flote estaban escondidos en algún lugar de la popa, cubiertos por el cuerpo.

—No tiene sentido —dijo Davin—. ¡Es una nave minera!

—¿De qué está hecha siquiera? —Viola estaba a punto de soltar algunas preguntas más antes de contenerse. Las únicas personas que podrían responder estaban en esa nave, y si el Capitán Gage tenía razón, pronto intentarían matarla.

—Ahora lo entiendo —dijo Davin.

—¿Lo entiendes?

—¿Por qué molestarse en intentar secuestrar una nave minera? Neptuno es enorme. Simplemente consigue tu propia nave y coge algunas gemas. Pero si el *Karat* es la verdadera recompensa...

Viola orientó la nave hacia las bahías gemelas. O al menos donde deberían estar. La parte superior del *Karat* era una cúpula lisa que fluía hacia el resto de la nave. Sin espacio visible para atracar. Al menos, no todavía.

—¿Listo con el código? —preguntó Viola.

—¿No vamos un poco rápido para un aterrizaje?

—Nuestro impulso es lo único que nos mantiene rectos. Si frenamos, la lanzadera va a ir en todas direcciones. Me gustaría saber hacia dónde apuntar antes de que eso ocurra.

—Si nos estrellas contra el lateral de esta preciosa nave, tú la pagas.

—Qué amable —Viola se preguntó cuánto costaría arreglar un rasguño en el Karat. Probablemente más que todas las monedas que había ganado en toda su vida.

Davin cambió la consola al comunicador de corto alcance de la lanzadera e introdujo el código. Cuando pulsara el botón de envío, la lanzadera emitiría el código en todas las direcciones. Cualquier cosa que estuviera escuchando recibiría el mensaje. Cualquier persona, también. Pero el código solo eran números, sin sentido a menos que los secuestradores del *Karat* también lo conocieran.

—Allá vamos —dijo Davin, pulsando el botón de enviar.

Aparecieron grietas en la parte superior del *Karat*, una parte superior a la que se acercaban demasiado rápido. Una plataforma se elevó desde la parte superior de la nave, veinte metros de ancho. Debajo del casco había un espacio abierto lo suficientemente alto como para que la lanzadera cupiera, seguido de un suelo metálico gris más estándar. Viola podía ver a través de la bahía y hasta el otro extremo. Acoplamiento de doble lado. Muy guay.

—Al menos no pintaron el interior del mismo color —dijo Davin—. No es una nave espacial sin pasillos grises.

La lanzadera no tenía frenos de aire. La intención era utilizar la resistencia atmosférica y los motores principales para reducir el empuje, y luego cambiar a los propulsores de maniobra cuando estuvieras lo suficientemente cerca para aterrizar. El problema era que, con los vientos de Neptuno soplando detrás de ellos, no había forma de que la lanzadera se ralentizara lo suficiente para atracar solo con los propulsores. Y cuando Viola cambió el empuje principal a reversa, la lanzadera se sacudió como si alguna criatura gigante la hubiera cogido como un juguete.

Viola mantuvo un ojo en la velocidad aérea mientras el otro prestaba atención al ángulo de descenso. La plataforma se acercaba rápido, la golpearían o la pasarían en diez segundos. Ahora mismo, sería un accidente. Davin parloteaba sobre frenar esto o girar aquello. Puk declaraba hechos inútiles como que la lanzadera no estaba diseñada para aterrizar con estos vientos. Viola ignoró a ambos y se concentró.

Nueve.

Viola aumentó la potencia de los motores y la lanzadera giró a la derecha, el sacacorchos del ala dañada.

Ocho.

Un deslizamiento de la consola cambió el diagrama a los controles de aterrizaje.

Siete.

La plataforma estaba muy a la izquierda. Viola pulsó el botón de los propulsores de maniobra en el lado derecho, cambiando la palanca de vuelo a su mano izquierda.

Seis.

El morro de la lanzadera pasó sobre las afueras del *Karat*, el aire verde azulado de abajo se transformó en una dura masa verde claro.

Cinco.

Los propulsores de maniobra se activaron en el lado derecho, impulsando la lanzadera hacia la izquierda. Su velocidad aérea se acercaba al punto en que la lanzadera caería como una piedra.

Cuatro.

Viola tiró de la palanca de vuelo hacia atrás, apuntando el morro de la lanzadera hacia arriba. Al mismo tiempo, con la mano izquierda, cortó el empuje inverso.

Tres.

Cambiando de manos de nuevo, Viola tocó la consola y arrancó el resto de los propulsores de maniobra.

Dos.

La lanzadera estaba hundiéndose, el morro pasando justo por debajo del techo de la plataforma. Viola cortó los motores. La lanzadera se tambaleó cuando su masa cayó en manos de los propulsores de maniobra.

Uno.

Con la plataforma debajo de ellos, Viola activó un último disparo del empuje inverso, llevando la lanzadera a una caída. El morro apuntaba demasiado alto, y los propulsores no estaban correctamente colocados para sujetar la lanzadera. Iban a golpear con fuerza.

—¡Agarraos! —gritó Viola.

La lanzadera cayó y golpeó la plataforma con la popa primero, el impacto hizo que el morro se estrellara hacia abajo. Los propulsores amortiguaron parte del giro, haciendo que Viola saltara de su asiento pero sin llegar al techo, sus manos golpeando la consola para silenciar las alarmas.

—No diré que es el aterrizaje más bonito que he visto nunca —dijo Davin, soltando sus correas—. ¿Estás bien?

—Estoy viva —dijo Viola, volviendo a su asiento.

—Bien. Vamos a tomar el control de una nave.

CAPÍTULO 17
LA JUMPER

Siempre había algo que se estropeaba en una nave. O estaba a punto de estropearse. Esta vez, era el puntal de aterrizaje trasero izquierdo. Trina vio las lecturas cuando la *Jumper* aterrizó en la *Amerigo*, el breve destello amarillo en su cuadrícula de estado que se mostraba cerca de los motores, su lugar habitual mientras la nave estaba en movimiento. Un destello que significaba que, durante un momento crítico mientras la *Jumper* se asentaba en la bahía, el puntal casi se rompió y envió la nave estrellándose contra el suelo. Nada bueno cuando estás en territorio potencialmente hostil.

El problema resultó ser un par de tornillos que durante el vuelo de salida habían sido golpeados por algún desecho espacial —aunque, dado que los puntales se replegaban durante el vuelo, no era probable— o se habían desgastado con el tiempo. En cualquier caso, los tornillos estaban sueltos y la junta que conectaba el puntal con la *Jumper* no aguantaría muchos más viajes antes de partirse por la mitad. Por suerte, los tornillos eran algo que Trina siempre tenía a mano. Como la comida, los Nueves Salvajes morirían sin ellos.

—¡Trina! —gritó Erick desde la rampa de la *Jumper*—. ¡No llevas el comunicador!

Trina parpadeó ante la afirmación, luego miró hacia donde estaba su caja de herramientas en el suelo de la bahía de carga. Su comunicador estaba encima. No había razón para que el dispositivo se rayara mientras desmontaba el puntal.

—¿Debería llevarlo? —respondió Trina.

—¡Merc está volviendo a la nave de carga!

—¿Ya los ha derribado a todos?

—No, le superaban en número. Tenemos que salir y ayudarle —Erick le hizo un gesto para que se acercara a la rampa. Trina se quedó junto al puntal. Todavía había que cambiar un tornillo. Ataque o no, si la *Jumper* despegaba ahora, no habría posibilidad de que aterrizara de nuevo. Al menos, no de forma agradable.

—No es buena idea. Uno de nuestros puntales necesita reparación.

—¿Cuánto tardarás?

—¿Cuánto tiempo tengo?

—Phyla viene. Tienes hasta que llegue.

—Ese cálculo es imposible —dijo Trina—. Pero lo intentaré.

El doctor asintió y desapareció por la rampa. Trina aplicó su llave al tornillo, haciéndolo girar. Con los tres, la *Jumper* no tenía tripulación suficiente para un combate. Alguien tenía que vigilar los motores. Tenía que pilotar. Y luego otras dos personas en las armas. Ninguna cantidad de matemáticas convertiría a tres personas en cuatro. Trina dio un giro final a la llave y el tornillo saltó.

El puntal gimió, con el peso recayendo sobre el primer tornillo que había sustituido. Trina lo observó durante un segundo, asegurándose de que podía soportar la tensión. Redundancia era una palabra seria. Cada sistema, cada pieza de la *Jumper* necesitaba un respaldo. Si pudieran permitírselo,

Trina habría abogado por lo mismo para el elemento humano. Resultó que las personas eran demasiado caras.

Mientras Trina cogía el tornillo nuevo y lo colocaba en su sitio, escuchó el gemido ondulante de los motores de la *Jumper* pasando por sus ciclos de prevuelo. Sonaban condenadamente bien. Sin titubeos, sin obstrucciones inesperadas en las rejillas de ventilación. Oír un sonido tan perfecto era como escuchar una sinfonía. El éxito sincronizado de tantas piezas haciendo zumbar la máquina.

Y entonces un fuerte chirrido de metal rozando contra su propia parte sin aceitar. Las puertas de la bahía se cerraban rápidamente, disparándose desde arriba y abajo para encontrarse en el medio con un estruendoso golpe. La *Jumper* estaba atrapada.

CAPÍTULO 18

LOS PASILLOS

El traidor ha cerrado las puertas desde el puente de emergencia —dijo Gage a través del comunicador.

—¿No puede abrirlas? —preguntó Phyla, corriendo por los pasillos del carguero hacia las bahías del *Jumper*—. Si no salimos ahí fuera, Merc no tendrá apoyo. Y usted tendrá un grupo de abordaje llamando a su puerta.

—Nada. Tienen los códigos de anulación, y el puente de emergencia solo está diseñado para usarse si este no funciona.

Phyla casi podía oír el encogimiento de hombros a través del comunicador. El capitán sonaba resignado, condenado a perder la partida. Sin embargo, Phyla no tenía tiempo para esas tonterías. No cuando su piloto estaba ahí fuera.

—Si Merc está atrapado en el espacio, va a morir —dijo Phyla—. Necesita un lugar donde atracar, ahora.

—¿No puede huir?

Mientras trotaba, Phyla seguía buscando un terminal, una consola, cualquier lugar que le permitiera acceder al sistema informático del *Amerigo*. No creía ni por un momento que las puertas de la bahía pudieran cerrarse y bloquearse desde algún puente de emergencia, pero quizás el capitán no sabía cómo manejarlo. O no le importaba. El comentario de Gage sobre que les pagaban para morir resonaba en la cabeza de Phyla. Dejar a Merc fuera, obligarle a luchar, y quizás el piloto eliminaría una o dos naves enemigas antes de morir.

El comunicador de Phyla emitió un pitido. Era Merc llamando.

—Siga en línea, Capitán —dijo Phyla, cambiando al canal de Merc—. Dime, campeón.

—¿Por qué está cerrada la bahía?

—Gage dice que es el traidor y que no tiene forma de abrirla.

—¿Sabe Gage que sus otras bahías están abiertas?

—¿Qué?

—Las bahías de carga. Me dirijo hacia una ahora mismo. Les llevo un par de minutos de ventaja. Debería poder aterrizar esta cosa en unos segundos. Si Gage pudiera cerrar la puerta detrás de mí, estaría bastante contento.

—Se lo diré. Aterriza a salvo, luego encuentra el camino hasta nosotros.

—Entendido. ¿Y Phyla?

—¿Sí?

—Siento no haber podido hacer más ahí fuera.

—Deja la fiesta de autocompasión para más tarde —dijo Phyla, volviendo al canal de Gage—. Capitán, necesitaré que cierre las puertas de la bahía de carga en cuanto aterrice mi hombre.

—Puedo hacerlo.

Phyla cortó la comunicación y siguió corriendo. Los suelos metálicos no eran la mejor superficie para ello, sus botas golpeando cada paso contra un suelo que no cedía ni un milímetro. Sus botas no estaban hechas para correr. Más bien para la comodidad y, si la situación lo requería, para dar una patada en la cara. El arma de Quinn se balanceaba en su mano derecha. No había visto a ningún otro tripulante, pero probablemente estaban siguiendo lo que dictaminaban los procedimientos de abordaje hostil de Eden. Encerrándose en una habitación y rezando.

—Davin, te voy a dar un puñetazo cuando regreses —murmuró Phyla entre respiraciones. Esperaba que lo estuvieran pasando en grande allá abajo, saludando a Neptuno mientras Phyla lidiaba con un montón de asaltantes.

El pasillo se ensanchó y se dividió en una rampa gradual, con una mitad continuando en su nivel. Arriba por esa rampa estaban las bahías de pasajeros, una de las cuales ocupaba el *Jumper*. Phyla subió por la suave pendiente, diseñada para cualquier carga que necesitara moverse manualmente entre los niveles.

—Casi estoy —comunicó Phyla a Erick—. ¿Cómo va el prevuelo?

—Bien, pero no servirá de nada si no podemos abrir esas puertas.

—Una vez que esté allí, podré hackear el carguero desde el ordenador del *Jumper* —respondió Phyla. No debería ser difícil. Phyla mantenía el *Jumper* cargado con lo mejor en armamento de intrusión. Una vez que conectara con una nave, Phyla podría, con un poco de tiempo, hacer que su víctima revelara todos sus secretos electrónicos. Como resolver rompecabezas, solo que el premio por ganar era la supervivencia.

Este pasillo, que se extendía junto a las bahías, tenía la mitad de la anchura del paseo de Eden Prime, pero estaba vacío. Sin cobertura. Lo que se convirtió en una preocupación cuando las alarmas del pasillo anunciaron la llegada de una nave. Pero Gage había dicho que todas las bahías de pasajeros estaban cerradas, bloqueadas.

Phyla pasó junto a la primera bahía, miró dentro y vio el espacio. Un espacio que se estaba llenando con un par de naves que Phyla no reconocía. Una era una Omni, la otra un óvalo cubierto de platos de sensores y pequeñas armas.

—¿Gage? —comunicó Phyla—. ¿Por qué está abierta la bahía uno?

—He estado diciéndote que tenemos a alguien infiltrado —dijo Gage—. Deben haberlas abierto ahora. Para los asaltantes.

—¿Ellas?

—Todas las bahías. Excepto la que ocupa vuestra nave. Muestran que están abiertas.

El *Jumper* estaba en la última de las cinco bahías. La más cercana al puente, pero la más alejada de Phyla. Una larga carrera. Si la atrapaban aquí, no habría posibilidad. Ningún lugar donde esconderse.

—Erick —comunicó Phyla, retrocediendo por la rampa—. Sella la nave. Arma las torretas. Si alguien entra en esa bahía, mándalo al infierno.

—¿Qué? ¿Dónde estás?

—Me han cortado el paso. Voy a intentar llegar al puente y abrir tu bahía. Cuando lo haga, necesitaré que saques el *Jumper* de ahí.

—Pero no soy piloto.

—Hoy lo eres —Phyla cortó la comunicación cuando un sonido sibilante llegó desde más adelante en el pasillo, subiendo por la rampa. Los primeros abordadores habían salido. Phyla maldijo, se dio la vuelta y corrió de regreso por donde había venido.

CAPÍTULO 19
EXCAVANDO

El comunicador seguro era apenas del tamaño de la palma de Quinn. No se ajustaba a la muñeca, se mantenía fuera de la vista. Un círculo compuesto por una pantalla que se activaba cuando Quinn presionaba su pulgar sobre la superficie. Tonos azules delineaban su pulgar antes de colapsar en una cuadrícula en blanco y negro. Cada cuadrado negro era un archivo de datos. La cuadrícula tenía espacio para nueve, pero Eden solo había rellenado cuatro para esta misión.

Esta misión. Ahora cada trabajo venía con estos comunicadores blindados. Tan paranoicos por perder secretos, perder naves, perder cualquier cosa. Esos cuadrados negros contenían la información de Eden sobre cada miembro de la tripulación, de ambas naves, sus propósitos y amenazas potenciales. Quinn pulsó el primero, el archivo de datos sobre el personal clave. Los que conocían el alcance completo de la misión, el propósito del *Karat* en extraer los diamantes de hielo. Fotos del capitán Gage, una del capitán del *Karat*, Quinn y algunos otros.

Quinn pasó al siguiente archivo. Uno dedicado a las amenazas. Espionaje de otras corporaciones. Miembros de la tripulación considerados de riesgo debido a problemas personales inestables o financieros. Había una nueva entrada aquí, descargada desde la última vez que Quinn había comprobado.

Restos de la Voz Roja

Las evidencias y rumores indican que la organización terrorista podría no estar tan derrotada como se pensaba anteriormente. Con todas sus cuentas conocidas congeladas, su única fuente de ganancias financieras podría estar en movimientos del mercado negro. Si se enteran de la misión del Karat, existe un riesgo sustancial de que el Amerigo pueda ser atacado. Para hacer frente a esto, estamos proporcionando seguridad adicional a través de un grupo de mercenarios.

El archivo continuaba, dando detalles conocidos sobre cada uno de los miembros de los Nueves Salvajes. Último trabajo conocido: proteger el creciente asentamiento de Eden Prime, destituidos tras cargos de asesinato, cargos que habían sido suspendidos. Quinn intentó buscar más detalles, pero el comunicador quedó en blanco. Cuando Quinn intentó solicitar la descarga, el comunicador informó que sus archivos estaban sellados. ¿Quién quería proteger a estos mercenarios?

Los sonidos resonaron por el pasillo. Botas corriendo sobre suelos metálicos. El enemigo estaba aquí. Quinn se metió el comunicador seguro en el bolsillo. Presionó el botón junto a la puerta de su camarote. Se cerró mientras los pasos retumbantes se acercaban. Tres juegos, las pisadas se transmitían más como vibraciones que como ruido.

El primer conjunto aterrizó fuera de su puerta. Quinn pulsó el botón de salida, la puerta se abrió de golpe cuando el segundo conjunto pasaba de largo. El tercero, perteneciente a un chucho escuálido con una mirada salvaje en los ojos, tropezó cuando el hombre vio a Quinn y su arma allí de pie. El impulso del tropiezo llevó al hombre más allá de la puerta de Quinn, y Quinn extendió la mano, agarró al hombre en una llave de cabeza y lo atrajo con fuerza hacia su cuerpo.

Con la mano izquierda, Quinn agarró el arma lateral de la funda del hombre y, mientras los dos enemigos que iban delante se giraban demasiado despacio, les disparó a ambos. Proyectiles naranjas.

—¿Asesinos? —dijo Quinn al hombre que se retorcía, gorgoteando mientras luchaba por respirar en el agarre de Quinn. Sus ojos se encontraron con los de Quinn, entrecerrados.

—Gracioso, viniendo de ti —dijo el hombre—. Todo lo que has hecho siempre es matarnos.

Quinn puso al hombre en el suelo. Observó cómo el último aliento escapaba de sus labios. Esa frase. Matarnos. Ningún pirata normal o delincuente aleatorio se molestaría en decir eso. No tendría sentido. Quinn inspeccionó sus uniformes, los cuerpos tendidos a su alrededor. Cada uno llevaba una colcha de retazos de telas e incluso partes de cajas, muebles y otras cosas cosidas juntas. Quinn había visto los informes, el cambio cuando la Voz Roja había hecho esto. Cuando habían tomado partes de sus vidas y las habían usado para generar empatía entre los miles de millones que observaban su lucha en las transmisiones por satélite a través del sistema solar.

Lo que significaba era que no estaban siendo abordados por simples piratas, sino que estaban en verdaderos problemas. Estas personas tenían una causa, y los que tienen causas no podían ser sobornados, no podían ser persuadidos, no podían ser derrotados a menos que se les arrebatara el aliento. Y el mejor lugar para hacerlo era el puente. Un cuello de botella con defensas.

Quinn se giró para dirigirse hacia allí cuando los sonidos de láseres impactando contra el metal resonaron por el pasillo. Más de ellos. Bien podría eliminar a algunos de estos cabrones por el camino.

CAPÍTULO 20
SECUESTRADORES

Mox a la izquierda, Davin a la derecha de la puerta de salida de la lanzadera. Opal tenía preparado su rifle largo, extendido sobre los asientos en los que, hacía unos minutos, habían estado sentados mientras Viola hacía aterrizar la nave. La piloto estaba en la breve conexión entre la parte trasera de la lanzadera y la cabina. El mejor lugar para mantenerla fuera del fuego, aunque Viola empuñaba su propia arma.

Davin revisó a Melody, la escopeta expulsora de energía que había quedado como regalo del anterior capitán del *Jumper*. Miró a su alrededor, captó los rápidos asentimientos de Mox y Opal, y abrió la puerta.

Opal disparó. La casi silenciosa expulsión de brillante luz láser amarilla de su rifle salió disparada mientras la puerta de la lanzadera se retraía hacia arriba. Davin se asomó por el borde a tiempo para ver cómo una de varias personas caía tras una puerta que conducía fuera de la bahía de atraque. En ese instante, Davin reconoció el uniforme de Eden, pero también el extremo de un cañón de arma.

—Uno alcanzado —anunció Opal, con la cara pegada a la mira.

Mox salió corriendo de la lanzadera, moviéndose hacia un lado para despejar la línea de tiro de Opal. Por el momento, los secuestradores esperaban detrás de su puerta. Davin siguió a Mox hacia fuera, girando a la derecha, hacia la parte trasera de la lanzadera. Confiando en que Opal cubriera su espalda, Davin se movió alrededor de la parte trasera, manteniendo a Melody levantada y lista. Podría haber cualquiera al acecho dentro de la bahía.

Rodeando los motores, Davin se agachó, adoptando un perfil más bajo al abandonar la protección del cuerpo de la lanzadera. El otro lado de la bahía parecía igual que el primero, un tramo de pared y otra salida y... ¿qué era eso? Dos de los secuestradores estaban arrodillados en la entrada, sujetando una herramienta gigantesca entre las manos, un largo tubo esquelético con soportes metálicos manteniéndolo unido. Líneas más pequeñas salían del tubo central hacia un par de tanques de combustible atados a la espalda del segundo secuestrador. Y apuntaba directamente a la lanzadera.

El que estaba arrodillado delante vio a Davin, sacó rápidamente una pistola y disparó un par de veces antes de que Davin pudiera apretar el gatillo de Melody. Ambos disparos pasaron por encima de su hombro mientras Davin retrocedía detrás de los motores.

—Hay otra salida en la parte trasera de la lanzadera —comunicó Davin—. Están montando algo allí.

—Los tengo inmovilizados en el frente. Ocúpate tú —respondió Opal.

—¿Mox? ¿A la de tres?

El comunicador hizo clic afirmativamente. Mox llevaba su cañón de pecho, una minigun capaz de iluminar el universo con cientos de disparos por segundo. El exoesqueleto del hombre sostenía el arma y la mantenía posicionada justo en el centro del pecho de Mox. Entre los dos, viniendo de ambos lados, sí, sería una masacre.

—Tres. Dos. Uno —dijo Davin, luego dio un paso adelante y levantó a Melody.

Un fuerte chillido sonó y la bahía se iluminó como una supernova. La lanzadera se partió, se hizo añicos mientras su centro se convertía en líquido fundido. La parte trasera, ya sin el soporte de los puntales delanteros, cayó hacia delante, alejándose de Davin, mientras que la parte delantera hizo lo contrario. Las líneas de combustible y refrigerante rotas explotaron en el aire, una niebla ardiente que se expandió para llenar la bahía, quemando los pulmones de Davin incluso mientras chamuscaba su pelo. Se tiró al suelo y rodó alejándose de la lanzadera, arrastrando a Melody con él.

—¿Mox? ¿Viola? ¿Opal? —resolló Davin por el comunicador, parpadeando para quitarse el humo que le escocía los ojos.

—Aquí —dijo Mox—. Inmovilizado al frente. Fuego enemigo.

¿Cómo podían ver siquiera? Davin miró hacia el frente de la lanzadera y vio destellos a través de la niebla. Un rugido aspirante llenó la bahía. Los sistemas de soporte del *Karat* entrando en funcionamiento. Conductos succionando el gas. En unos segundos, desaparecería. Dejando a su equipo al descubierto.

¿Equipo? Viola y Opal permanecían en silencio. ¿Quién sabía si seguían vivas?

Davin se puso en pie, conteniendo la respiración, y corrió hacia los destellos de láser. En unos pasos había llegado a la puerta. El arma gigante yacía en el suelo, los dos secuestradores posicionados en el frente de la entrada lanzando muerte hacia Mox. Ni siquiera miraban en dirección a Davin. Melody se elevó, Melody disparó.

Seis bolas verdes de fuego destructor salieron del cañón de panal de Melody hacia los dos secuestradores. No hubo ningún sonido, así que la primera señal que tuvieron los enemigos de que estaban siendo atacados fue cuando el fuego golpeó sus espaldas. Las bolas sobrecalentadas incendiaron sus uniformes verde mar de Eden. Ambos intentaron rodar, derrumbarse en el suelo para sofocar el calor.

Davin no se quedó mirando, sino que se acercó y apartó de una patada las pistolas de sus retorcidas formas, intentando no mirarlos. Las llamas de Melody envolvieron a la pareja, devorando todo lo remotamente inflamable. Ropa, accesorios, pelo, y más. Melody era terrible.

Y esto requería armas terribles.

Una mirada a la entrada mostró que estaba vacía, un corto pasillo que se bifurcaba, probablemente hacia habitaciones destinadas a contener carga. Si Gage tenía razón, diez personas fueron a Neptuno en el *Karat*. Eso significaba que quedaban ocho. Melody tenía la munición.

—La parte trasera parece despejada —comunicó Davin.

—El frente está disperso —respondió Mox—. Se han retirado.

—¿Recuento? Yo tengo dos.

—Uno. De Opal. Huyeron cuando el cañón se abrió.

Lo cual era comprensible. El cañón de Mox licuaba la moral tan bien como la armadura. La niebla se despejó, dándole a Davin su primera visión real de los restos de la lanzadera. No iban a volver a casa en esa cosa. Ignorando el corte donde el láser había partido la lanzadera por la mitad, el combustible encendido había quemado el resto, dejando cables colgando, doblados y retorcidos, y los propios motores rotos en fragmentos esparcidos por el suelo de la bahía. Si iban a salir de Neptuno, sería en el *Karat* o nada.

Davin recorrió con la mirada los restos, buscando cualquier señal de Opal, de Viola, cuando un zumbido le pasó cerca del oído. Davin se giró, balanceando a Melody a la altura del pecho, y vio a Puk suspendido frente a su cara.

—Están en el frente —dijo Puk—. Mi sistema de comunicaciones está dañado, así que no puedo transmitir.

—Muéstrame.

Davin siguió a Puk hacia los restos de la lanzadera, hacia la mitad delantera colapsada, con la nariz apuntando hacia el espacio. El pequeño robot se desvió hacia el corte, luego se deslizó dentro. Davin, moviéndose con cuidado, pasó sobre placas metálicas esparcidas, cables chispeantes que quemaban la última energía de la lanzadera, y trozos carbonizados de cosas que no reconocía.

Dentro de la lanzadera, en el punto donde las dos mitades destrozadas se tocaban en una forma de tienda, la sección de carga donde habían estado sentados era un desastre derretido. Los asientos ya no eran visibles. Puk esperó a Davin justo dentro, luego se movió hacia el frente. Entre la cabina y la parte trasera estaba el único lavabo de la lanzadera, un espacio minúsculo para cualquiera que necesitara un momento en uno de los viajes cortos para los que estaba destinada la lanzadera. La puerta estaba abierta, y Puk se deslizó a través de ella.

Davin lo siguió, girándose para mirar dentro, y vio a Opal, con los brazos de Viola rodeándola, tendida en el suelo del baño. Opal parecía inconsciente, con partes de su uniforme negras y marcadas por el láser, pero intacta.

—Eh, ¿chavala? —dijo Davin, colgándose a Melody al hombro—. ¿Cuánto estás herida?

Viola levantó la mirada hacia Davin, y él vio manchas de lágrimas a través de la suciedad chamuscada en su cara. Pequeñas líneas a través de la mugre. Y más formándose cada minuto, como corredores acelerando por la cara de la chica. Su boca se abrió, pero solo salió un sollozo entrecortado.

—Sus signos vitales no son críticos. Opal inhaló demasiado gas después del fuego, la dejó inconsciente —dijo Puk—. Noté el láser minero antes de que disparara. Opal se lanzó sobre Viola y cayeron aquí.

—¿El láser minero?

—¿La cosa que partió la lanzadera? ¿Junto a la que estabas hace un momento? —respondió Puk.

—Ya lo sé —dijo Davin. Tenía sentido. ¿Por qué no tendrían un láser minero en una nave minera? ¿Y por qué no asar vivos a los invasores con él?

—Viola puede que necesite un minuto —dijo Puk mientras la chica cerraba los ojos y hundía la cara en el pelo de Opal.

—No tenemos ese tiempo. Estamos en inferioridad numérica y saben exactamente dónde estamos —dijo Davin, activando su comunicador—. ¿Mox? Opal necesitará una mano.

—¿Intercambio entonces?

Davin asintió, luego se volvió hacia Viola.

—Escucha, chica. Sé que estas cosas son duras. No sabes cómo manejarlas. Pero vas a tener que lidiar con eso más tarde. Ahora te necesitamos despierta, alerta y sin derrumbarte.

Viola parpadeó, miró a Davin y tomó un tembloroso respiro. Asintió. Davin intercambió posiciones con Mox. El hombre metálico apenas cabía en la lanzadera incluso cuando no estaba hecha pedazos. Ahora era una broma. Mox tuvo que abrirse paso a la fuerza hasta el lavabo. Sin embargo, Davin no tuvo tiempo de verlo. Con Melody una vez más en sus manos, caminó hasta la salida frontal de la bahía de atraque, donde la víctima de Opal yacía inmóvil en el suelo, y miró alrededor de la esquina.

Al final del pasillo había un gran conjunto de puertas de ascensor. Hechas para el manejo de la tripulación y la carga. Relucientes, plateadas y nuevas. A través de esas puertas estaba el resto del *Karat*, y siete traidores más deseando poner un láser entre los ojos de Davin.

CAPÍTULO 21
EL PILOTO PERDIDO

Merc aterrizó el Viper en la cavernosa bahía auxiliar, destinada más a contenedores de carga que a naves normales. Solo las luces de mantenimiento estaban encendidas, dejando la bahía de cientos de metros cubierta de sombras. Esperando al *Karat* y sus diamantes de hielo. El *Amerigo* tenía una bahía idéntica en el lado opuesto, ocupando la mayor parte de la zona del carguero no destinada a la tripulación.

Todo ese espacio hacía que los aterrizajes fueran fáciles, sin embargo.

La cabina del Viper se abrió y Merc salió apresuradamente, usando los asideros del lateral del caza para llegar al suelo. Una escalera habría sido la ruta preferible —nunca se podía saber cuán rígidos estarían los músculos después de estar sentado en el estrecho Viper—, pero Merc se plantó en el suelo sin caerse. Sintonizó su comunicador a la frecuencia general del Wild Nine, pero no escuchó ruido. Lo que significaba que sus compañeros no estaban hablando o, más probablemente, estaban manteniendo las comunicaciones dirigidas. No querían revelar nada a posibles oyentes. Merc giró la frecuencia a la señal de Phyla.

—Phyla, estoy en tierra en la bahía auxiliar. ¿Qué está pasando?

Pasaron unos segundos en silencio. Merc miró a su alrededor en la bahía. El cavernoso espacio puntuaba su desgastada inmensidad con luces tenues cada pocos metros, puntos blancos que proyectaban sobre Merc y su caza un resplandor brillante como el día. A pesar de su tamaño, solo había una salida, delineada con pintura roja brillante. Parecía conducir hacia el puente del carguero. Caminó en esa dirección.

—¡Merc! —la voz de Phyla llegó apresurada, como si estuviera hablando y corriendo al mismo tiempo—. Dirígete hacia el puente principal, pero mantente alejado del *Jumper* y de las bahías de atraque. Están tomadas.

—¿Cómo llego allí?

—Búscate la vida. No puedo hablar —la voz de Phyla se cortó con el sonido de algo chirriante, alcanzado por un láser y calentado más allá de su punto de resistencia.

—Al puente, entonces —dijo Merc mientras trotaba.

El Viper no tenía mucho espacio para equipamiento, así que lo único que Merc llevaba consigo era un pequeño arma secundaria. Corto alcance y poco indulgente. Tendría que ser preciso para causar algún daño real, y si se encontraba en cualquier tiroteo, correr sería la mejor opción. Aun así, Merc sostuvo el arma con ambas manos mientras salía de la bahía. Las luces de movimiento se encendieron en el pasillo, parpadeando mientras avanzaba. Siempre caminando hacia la oscuridad.

La primera bifurcación dividía el pasillo con un par de estrechos letreros. Recto adelante se leía el obvio, *Puente y Bahías*. A la derecha, *Ingeniería*. Hay que amar un barco bien señalizado. Merc caminó recto, dirigiéndose al puente, cuando un grito llegó desde el otro camino. Un ruido de enfado, alguien sorprendido y molesto por ello. Luego el *golpe seco* de una puerta cerrándose de golpe. Merc se detuvo. Phyla le había ordenado ir al puente, pero eso podría no significar mucho si este grupo tomaba el control de los motores del *Amerigo*. Como mínimo, Merc podría recabar información.

Retrocediendo hacia ingeniería, Merc redujo su ritmo. El pasillo se dividía de nuevo unos metros más adelante, con una puerta de doble ancho a un lado. Sobre la puerta, una pieza de fondo plano y parte superior redondeada, se leía la palabra *Ingeniería* en grandes letras blancas sobre el color verde oscuro de Eden. A la derecha de la puerta había un panel para acceso con credencial, su luz roja brillando hacia Merc.

Merc no tenía credencial, lo que significaba que no había forma de atravesar esa puerta. Pero debajo del panel había un pequeño botón etiquetado como *Comunicador*. Quizás...

—¿Hola? —dijo Merc mientras pulsaba el botón del comunicador—. ¿Estáis ya ahí dentro?

Esperó una respiración o dos.

—¿Quién pregunta? —respondió una voz gruñona. Sonaba estresado.

—Tu jefe, ese soy yo —contestó Merc.

No hubo respuesta. Lo que significaba que o bien le estaban ignorando, o...

La puerta se abrió de golpe y un hombre grande se quedó allí, mirando a Merc, sosteniendo un largo rifle de dos manos, con bobinas rojas que unían el arma a una mochila con fuente de energía a su espalda. El hombre miró hacia abajo a Merc y levantó una ceja. Vestía ropa que Merc solo podía describir como los desechos de la moda espacial, un auténtico conjunto de saqueador de equipamiento militar, basura de descuento y chucherías como una cadena con el emblema de la Voz Roja. Merc asimiló todo esto y supo que en el momento en que este hombre armado se diera cuenta de que Merc no formaba parte de su grupo, lo siguiente sería una muerte rápida.

La misma sensación que Merc había tenido en el Viper inundó sus huesos, un frío acero que amenazaba con congelar todo con las posibilidades perdidas si no sobrevivía. Solo que esta vez, Merc estaba preparado. Trató esa sensación como una advertencia, una señal para evitar que los desastres inminentes explotaran más allá de lo corregible. Solo actuando ahora tendría la oportunidad de recuperar esos hilos del futuro en su mano.

Merc se lanzó hacia adelante, inmovilizando el gran arma del hombre contra su costado e impidiendo que su mortífero cañón tuviera buena visibilidad. El grandullón gruñó sorprendido y empujó hacia atrás, mientras Merc apretaba el gatillo de su arma secundaria. La pequeña pistola disparó, también con el ángulo desviado, pero encajada contra el rifle de asalto. Su láser perforó el arma más grande, que explotó con fuerza concusiva cuando el gas utilizado para crear sus láseres estalló desde su sello presurizado.

Merc salió volando contra la pared, rebotando y perdiendo el aire. Jadeando, miró alrededor buscando al hombre grande y lo vio encorvado contra la pared opuesta.

—Estás más que muerto —dijo una mujer, adornada con un atuendo igualmente ridículo y apuntando a Merc con una escopeta anticuada de proyectiles.

No había forma de ganar hoy. Merc miró a la mujer y esbozó una sonrisa a medias. Lo intentas, fracasas, y a veces cuando fracasas, alguien está ahí para dispararte con una escopeta. Había un dicho que había aprendido en el servicio, algo que los pilotos de combate murmuraban para sí mismos como bendición contra situaciones imposibles: Dales el infierno porque el infierno es lo que te van a dar. Merc tensó las piernas, ignoró sus pulmones ardientes, y esperó. La mujer levantó el arma.

Un ruido estrangulado y agudo resonó cuando una figura se difuminó en la visión periférica de Merc, saltando sobre la mujer como un niño buscando un paseo y empujándola hacia un lado de la habitación. La mujer gritó mientras el atacante, un hombre bajo con la vestimenta sucia de un ingeniero de

Eden, le mordía los brazos e intentaba tirarla al suelo. Merc se levantó y corrió hacia la escopeta de la mujer, que aún se agitaba en su mano. Justo cuando la mujer intentaba quitarse de encima al ingeniero golpeando su espalda contra una pared, Merc la alcanzó, agarró la escopeta y la arrancó de sus manos.

—¡Quietos! —gritó Merc en su cara, aunque realmente no estaba seguro de si se aplicaba a la mujer o al ingeniero—. Dispararé a cualquiera de los dos que se mueva.

El costado de Merc explotó de dolor, una agonía ondulante que borró todos los pensamientos sobre lo que diría a continuación a sus cautivos. Y entonces Merc estaba volando por el pasillo, de regreso hacia la puerta que se había abierto para traerle toda esta mierda, y golpeó el suelo y rebotó una vez antes de detenerse. El grandullón. Ese fue quien le había golpeado en el riñón y lo había lanzado como un saco de patatas.

La primera regla del vuelo de combate es que siempre debes vigilar tu espalda. Recuerda lo básico, tío.

Hablando de eso. Merc notó su arma secundaria allí en el suelo a un metro de distancia. Una mirada rápida hacia la habitación mostró al hombre grande quitando al ingeniero de la espalda de la mujer y estrellándolo contra el suelo. Regla número dos del vuelo de combate: siempre cubre a tu compañero de ala. Merc se arrastró hacia el arma secundaria, sintiendo como si en cualquier momento pudiera vomitar por todas partes. Agarrando el mango, Merc rodó sobre su costado, apuntó y disparó.

El láser fue certero y golpeó al hombre grande en el centro de su espalda. Justo donde el láser haría todo tipo de cosas desagradables a los nervios de un hombre. El grandullón se desplomó en un montón mientras la mujer rastreó el disparo hasta Merc y lo miró fijamente, luego levantó sus manos.

—Buen tiro —dijo la mujer.

—Te haré lo mismo si te mueves —dijo Merc, tumbado allí —. ¿Está vivo el pequeñajo?

La mujer, manteniendo sus manos arriba, miró al ingeniero.

—El mocoso sigue con nosotros.

Un gemido llegó desde esa dirección, y el olor a carne y ropa quemadas llegó a las fosas nasales de Merc. El problema de estar realmente en la atmósfera cuando disparas a alguien con un láser es que tienes que lidiar con los olores después. Pelo, ropa, químicos sometieron la nariz de Merc a olas nauseabundas de olor. Y ese fue el detonante que su estómago estaba buscando.

—Qué asco —dijo la mujer, observando.

—No te —dijo Merc entre arcadas—. Muevas.

—¿Quieres que te saque de tu miseria? Porque tienes un aspecto horrible ahora mismo.

—Los rehenes no deberían ser tan arrogantes —Merc se limpió la cara con la manga.

—¿Por qué no? Cuando Bakr llegue, te convertirá en un montón de cenizas. Lo mismo que a este tipo —dijo la mujer, sonando aburrida—. Así que si vas a dispararme, hazlo ahora. Porque no te queda mucho tiempo entre los vivos.

CAPÍTULO 22
OFENSIVA MECÁNICA

Lo primero que Trina le dijo a Erick fue que volara las puertas. Las que daban al hangar. Erick abrió la torreta del *Jumper* y apuntó hacia las puertas. O más bien, alrededor de ellas, y disparó unos tiros de prueba. Impactaron en los paneles de control y los destrozaron en una lluvia de chispas. Al menos eso impediría que los atacantes entraran rápidamente al hangar. Y le daría a Trina tiempo para hacer lo que necesitaba.

—Erick, voy a bajar para preparar una defensa, cúbreme —dijo Trina.

—Entendido.

Trina bajó corriendo por la rampa del *Jumper* en cuanto se abrió. No iba a haber mucho tiempo. Trina tenía que hacer lo más difícil posible que los atacantes llegaran a su nave. Una ventaja de estar en un carguero gigante era que había muchas cosas que utilizar. A su alrededor en el hangar había bidones de combustible, baterías, contenedores de carga tanto vacíos como llenos de suministros destinados a ser transportados al *Karat* si la misión se alargaba más de lo previsto.

—Erick, voy a mover algunos de estos bidones —dijo Trina—. Avísame si están entrando.

El doctor pulsó el comunicador para confirmar. Trina corrió hacia el primer conjunto de bidones, combustible de estilo antiguo destinado a naves antiguas, naves como la lanzadera que Davin y los demás habían llevado a Neptuno. Con suficiente energía concentrada estallarían.

Levantarlos era imposible. Cien kilos o más cada uno. Así que Trina se apoyó contra los cilindros y los tumbó de lado. Los hizo rodar hacia la puerta y los apoyó contra la pared.

—¿Qué estás haciendo, Trina? —preguntó Erick por el comunicador.

—Estos bidones explotarán. Les dispararás cuando empiecen a entrar —dijo Trina—. Debería darnos algo de tiempo.

Erick no dijo nada más. Lo cual estaba bien. Trina sabía lo que estaba haciendo. Trabajar con este tipo de material era algo a lo que estaba acostumbrada como mecánica del *Jumper*. Saber qué haría el combustible en varias situaciones era importante cuando tenías mucho almacenado en tu nave. Mientras Trina hacía rodar el tercer bidón, se escuchó un golpe sordo desde el otro lado de la puerta. Alguien probándola.

—Mantén esas torretas preparadas —dijo Trina.

—Están listas para disparar, solo preferiría que no estuvieras en medio —dijo Erick.

—El *Jumper* vale más que yo —dijo Trina—. Si lo perdemos, no hay forma de salir de aquí.

—Entonces no lo perderemos.

Después de un par de golpes más de prueba, el olor a cables eléctricos quemados se filtró en el hangar. Cortadores láser. Trina solo tenía unos segundos más. Lo suficiente para un bidón más. Cuatro deberían ser suficientes. Lo empujó con el pie, lo hizo rodar por el suelo, con las superficies acanaladas haciendo que retumbara mientras avanzaba. El centro de la puerta del hangar brillaba con un tono ámbar. El calor venía del otro lado. Iba a ser justo.

Cuando se acercó, un rayo amarillo brillante atravesó la superficie de las puertas, continuando por un metro antes de desvanecerse en la nada. Trina dio un último empujón y dejó el bidón rodando. Se giró hacia el *Jumper* con su rampa bajada y corrió.

—¡Prepárate! —gritó Trina a su comunicador.

—Ya lo estoy, solo sube a la nave —respondió Erick.

—No dispares hasta que hayan pasado la puerta —continuó Trina—. Los bidones serán más efectivos si les dejamos pasar. Atraparemos a más así.

—Me encargaré de ello.

Trina subió la rampa a toda velocidad, con las botas resonando contra la superficie. En lo alto de la rampa, se volvió hacia la puerta a tiempo para ver cómo la sección central se desprendía, con un contorno naranja brillante trazado a través del metal. Al otro lado, varias caras la miraban. No eran amistosas.

Los dos primeros atravesaron la puerta rota mientras Trina levantaba la rampa. Oyó disparar a Erick. Trina detuvo el proceso de la rampa, se asomó para mirar. Un par de atacantes estaban siendo arrastrados de vuelta a través de la puerta, con una nube de humo azulado flotando sobre la zona. No había cuerpos en el suelo.

—Demasiado pronto —dijo Trina.

—Disparé cuando fue necesario —dijo Erick—. No soy un asesino. Especialmente cuando es innecesario. Tu trampa ha hecho que se retiren. Nos hemos ganado algo de tiempo.

Trina escuchó las palabras. Eran lógicas. Los atacantes casi con toda seguridad no les dejarían marcharse. No se detendrían simplemente por amabilidad. Pero al mismo tiempo, respetaba la elección de Erick. La idea de que no podía renunciar a quien era incluso cuando las circunstancias apremiantes le obligaban a hacerlo. Trina se dirigió hacia su camarote para coger su rifle. El hecho de que el doctor no quisiera matar a nadie no significaba que ella no tuviera que hacerlo.

CAPÍTULO 23
PARALIZAR

Phyla se metió de un salto en el camarote mientras los láseres destellaban por el pasillo tras ella. Como era de esperar, la cabina de la tripulación era una trampa con una sola salida. Phyla miró su arma de mano; la poca energía que le quedaba bastaba para un par de disparos más. Y había al menos tres atacantes persiguiéndola. La venían siguiendo desde que salió de las bahías, disparando con el tipo de despreocupación que Phyla veía en los campos de tiro. O no les importaba realmente destrozar el carguero, o tenían tantas baterías de repuesto que la munición no era un problema.

El camarote tenía la obligada litera, sin hacer y manchada con restos de aceite y grasa. Alguien que trabajaba en la zona más sucia de la nave y que no estaba dispuesto a mantener limpios sus propios aposentos. Tal vez Van, ese ingeniero de pelo largo, o el malhumorado bajito.

Una pantalla Eden estándar empotrada en la pared, para ver películas y otro tipo de entretenimiento en los viajes largos. Y un lado dedicado a la taquilla, un compartimento sellado con combinación donde el tipo guardaba sus cosas. En la pared sobre la cama había una serie de marcas. Phyla se tomó otro segundo para mirar y se dio cuenta de que eran días, una línea por cada Sol en la nave. Dado el número, el ingeniero llevaba en el *Amerigo* más tiempo del que duraba esta misión. Había tenido este camarote todo ese tiempo.

Ahora, cuando regresara a su habitación, el ingeniero podría encontrar un cadáver chamuscado. Phyla agarró su arma y la miró fijamente. Antes, siempre había tenido opciones. Salir volando, correr y disparar para escapar de la situación. Llamar a refuerzos. Pero todos los pasos lógicos a seguir se habían esfumado y aquí estaba, pensando en usar uno de esos últimos tiros en sí misma.

—Sabemos que estás ahí, señora —gritó una voz desde el pasillo—. No estamos aquí para matar a todo el mundo. En su mayoría. Así que estaríamos encantados de cogerte viva. Si demuestras que eres útil, podrías verte abandonada en la próxima estación a la que lleguemos.

Sí. Entrégate, Phyla. Solo desliza esa arma hacia fuera y deja que esta buena gente decida tu destino.

Phyla miró por la puerta, de vuelta al pasillo. Más adelante, lejos de los perseguidores, había más habitaciones. Cada una separada de la anterior por un metro, alternando los lados para que nadie durmiera directamente frente a otra persona. Eso significaba que solo tenía que recorrer un metro antes de lanzarse a cubierto. Pero no había nada en ese pasillo. Durante ese metro sería un blanco fácil incluso para el peor tirador.

—¿Sí o no? Nos estamos impacientando —llamó la voz.

Lo que Phyla necesitaba era tiempo. Tiempo para pensar, para conseguir ayuda. Miró hacia arriba junto a la puerta y golpeó el pequeño panel. La puerta entró rápidamente desde el lado izquierdo y Phyla golpeó el panel de nuevo para fijarla en su sitio. A menos que trajeran algo potente con ellos, o tuvieran un código maestro para todas estas habitaciones, Phyla se había ganado un momento para respirar.

—Vaya, eso no es muy educado —dijo la voz, viniendo

desde el otro lado de la puerta—. Cerrándole la puerta a tus amigos de esa manera. Pero no pasa nada. Tenemos una forma de entrar justo aquí, ¿verdad?

Phyla oyó el crujido, el característico chasquido de una herramienta láser al encenderse. El mismo material que usaban en sus armas, solo que concentrado en un rayo pequeño y apretado. Lo atravesarían en uno o dos minutos. Romperían el mecanismo de cierre de la puerta, y toda la cosa se abriría de golpe. No es como si Eden tuviera muchos incentivos para hacer sus camarotes resistentes a las intrusiones.

—He sobrecargado mi arma —dijo Phyla—. Si rompéis esa puerta, la haré estallar. Amigo.

El crujido de la herramienta láser no se acercó más. Vacilación. Phyla miró su arma. No había forma de que pudiera conseguir más que un fuerte estallido al sobrecargar esa cosa. Ni de lejos suficiente para volarlos a ellos, ni a sí misma, por los aires. Lo que significaba esperar hasta que descubrieran su farol. Lina, su amiga de la infancia, se burlaría de ella. Acusando a Phyla de falta de originalidad. ¿Sentarse y esperar a morir? Ella habría ideado algo.

El crujido se acercó de nuevo. Un silbido estalló cuando el láser se fundió con la puerta. Phyla agarró el arma con su mano derecha, alcanzó el panel y golpeó para abrir la puerta. Se disparó hacia arriba y mostró la cara parcialmente enmascarada y sorprendida de un hombre muy emboscado. El tipo llevaba lo que parecía un disfraz desechado, rasgado y manchado por el mal uso, que lo envolvía en jirones de malla negra. Daba miedo, así que Phyla le disparó en la cara.

El hombre cayó hacia atrás sobre los otros dos, que apenas empezaban a reaccionar ante la puerta abierta. La herramienta láser ardiente, todavía aferrada en la mano del hombre abatido, se balanceó hacia atrás y golpeó el cuerpo de una mujer que lucía una ecléctica colección de ropa de ejercicio. La tela estalló en llamas en el momento en que la herramienta láser se acercó al muslo de la mujer, encendiendo la ropa como un fuego artificial.

El último del trío tropezó alejándose de la pira, y Phyla le vació un segundo láser. Pasando por encima del primer cuerpo, Phyla pateó la herramienta láser fuera de su mano, el apagado automático hizo que la máquina se apagara mientras se deslizaba por el pasillo.

—Lo siento, dijisteis que queríais entrar —dijo Phyla, mirando al trío.

Pasos resonaron por el pasillo, más allá de los camarotes de la tripulación. Sin pensar, Phyla levantó el arma de golpe y apretó el gatillo. El arma chisporroteó durante un segundo, luego pitó. Energía agotada.

—¿Pensabas que estaba de tu lado? —dijo Quinn, avanzando con las manos levantadas.

—No sé quién está de mi lado ahora mismo —dijo Phyla, pero bajó el arma—. Excepto mi tripulación, y están dispersos por toda esta nave.

—Entonces vayamos al puente. Desde allí, podremos encontrarlos. Ayudarles —Quinn alcanzó su espalda y sacó un rifle pesado con la mitad de su altura. Lo suficientemente potente como para atravesar cualquier puerta de la nave, o incluso el casco con suficiente fuego concentrado.

—¿No es arriesgado? —dijo Phyla, mirando el rifle con recelo.

—Sé lo que estoy haciendo —respondió Quinn—. ¿Lista?

Supuso que esa era su respuesta.

—Han cortado el acceso a las bahías —dijo Phyla—. ¿Hay otra forma?

—De vuelta por los camarotes de la tripulación —dijo Quinn, volviendo por donde había venido.

—Oye —dijo Phyla—. Si el puente está en esa dirección, ¿por qué has vuelto aquí?

Quinn la miró de reojo.

—Porque creo que tú y tu tripulación sois los únicos amigos que me quedan en este carguero.

CAPÍTULO 24
SECUELAS

Cuando Puk le dijo que se lanzara, que saltara al baño, Viola obedeció. Creía que cuando una máquina, construida con lógica fría y pura, te decía algo con absoluta certeza, debías escucharla. Así que se lanzó y sintió a Opal desplomarse sobre ella un segundo después, con la cabeza de la francotiradora aterrizando en su regazo mientras la lanzadera se partía en dos. Una lanza de fuego azul que Viola vio a través de la puerta del lavabo, atravesándolo todo con el silbido agudo de materiales siendo separados en sus componentes atómicos.

Si Davin, que asomó la cabeza en el lavabo tanto demasiado pronto como demasiado tarde después, le hubiera preguntado a Viola cómo se sentía, no habría habido una respuesta real. Porque no sabía cómo describir la sensación de estar completamente impotente. Sin la advertencia de Puk, el láser habría partido a Opal por la mitad. Habría abrasado la cara de Viola, quemado su ropa y la habría dejado ciega. Viola procesó los pensamientos, las consecuencias como un torrente de datos condenatorios, y no pudo encontrar ninguna razón por la que debiera continuar. Estaba tan, tan obviamente fuera de su liga.

Viola sintió a Opal respirar, débilmente pero aún metiendo y sacando aire de sus pulmones.

El combate en Eden Prime, donde Fournine, un androide que ella había programado para protegerlos, se había auto-destruido, llevándose consigo a otros dos robots hostiles, no estaba a la misma escala. A Viola le había parecido cómico, surrealista ver a máquinas machacándose entre sí mientras ella disparaba desde los laterales. La idea de un peligro real nunca había calado. Los robots no iban a por ella. Pero aquí, esta gente, la veían como un objetivo y no tenían miedo de disparar.

—Oye. Deberíamos ponernos en marcha —zumbó Puk, flotando cerca de los restos.

—Yo la llevaré —dijo Mox, el hombre de metal abriéndose paso entre los escombros y arrancando la estructura de la lanzadera que se interponía en su camino. Un momento después, levantó a Opal de encima de Viola, acunando a la francotiradora en sus brazos. Luego dedicó una mirada a Viola, buscando cualquier señal de herida.

—Estoy bien —dijo Viola—. Solo, un poco conmocionada.

Mox dudó, luego asintió y salió de los restos. Puk flotaba allí, su pequeño orbe pareciendo mirarla con preocupación. Lo cual, sí. El robot debería preocuparse. ¿Sacas a una chica de la escuela de ingeniería y la arrojas a una trampa mortal de láseres y explosiones y esperas que lo asuma sin pestañear? Eso solo pasa en las películas.

—¿Estás...?

—He dicho que estoy bien —interrumpió Viola al robot, poniéndose de pie. Se centró en el objetivo inmediato, la meta de poner un pie delante del otro para salir de la lanzadera. Plantando su pie, que Viola se dio cuenta ahora estaba envuelto en los restos de su bota, cuya suela derretida se posaba irregularmente sobre el suelo, esquivó los fragmentos de la nave que minutos antes era lo único que los mantenía vivos en la interminable atmósfera tormentosa de Neptuno.

Mox cruzó la bahía, desapareciendo por el pasillo de salida. Viola estaba a punto de seguirlo cuando echó un vistazo hacia la parte trasera de la lanzadera, la otra mitad destruida. Por qué miró en esa dirección, Viola no estaba segura, excepto por la curiosidad de saber si ambas mitades habían sufrido el mismo terrible destino. Allí, apilados uno sobre otro, había un par de pequeños rifles. Armas de fuego indiscriminado, los había llamado Davin cuando los puso en la lanzadera. Uno era de Viola. El otro, el respaldo de Opal si los confines del *Karat* no eran propicios para disparos de francotirador de kilómetros de distancia. Viola agarró ambas armas, colgándose las correas sobre los hombros.

Sólo el hecho de ponerse las armas fue un alivio. No eran realmente las armas en sí, sino que Viola había hecho un progreso tangible. Ya no era una víctima indefensa. Más bien, se estaba acercando al objetivo. Marcando la diferencia. A un segundo de la muerte, pero no había muerto. Y aún no había terminado.

Viola encontró a Mox y a Davin fuera de la puerta de un ascensor, con el botón de llamada aún sin pulsar. Estaban hablando en voz baja, y levantaron la mirada cuando Viola dobló la esquina.

—Es una mierda, ¿verdad? —dijo Davin primero.

Viola asintió.

—Mi primera pelea de verdad no fue tan mala. Un montón de idiotas a los que nos pagaron por reunir en los suburbios lunares —dijo Davin—. Se suponía que no eran más que unos matones, y malos además, pero uno resultó ser ex-militar. Tenía un arma en una época en que Luna, con sus finos escudos, no quería que nadie disparase. Yo era el segundo en entrar y vi cómo un láser tumbaba a Cadge. Fue un milagro que sobreviviera.

—¿Cadge ya estaba contigo en esa época? —dijo Viola.

—Claro, dejó el ejército mucho antes que Opal. Lo que quiero decir es que no lo llevé bien. Me caí encima del siguiente tipo y el equipo con el que estaba tuvo que encontrar una forma de desarmar al cabrón mientras yo solo contribuía con mucho pánico. Al final me dijeron que llevara a Cadge a un hospital y que los dejara en paz.

—¿Qué ocurrió?

Davin se encogió de hombros.

—Nos encargamos de ellos. Y lo superé. El caso es que pasará. Estarás bien.

—Opal necesita ayuda —retumbó Mox—. Pronto.

—¿Tiene ese traje tuyo alguna idea brillante sobre cómo llegar a la cubierta principal sin que nos iluminen un montón de capullos que nos estén esperando? —preguntó Davin—. Ahí es donde estarán las salas médicas.

Viola intentó recordar los esquemas del *Karat*, los que tenían en la consola de la lanzadera y que había podido observar durante unos minutos antes de despegar desde el carguero. La nave tenía tres niveles, con la bahía por debajo de ellos. El puente y los camarotes ocupaban la parte superior, los laboratorios y el almacenamiento al vacío —para evitar cualquier degradación de los minerales— estaba en el medio, con la carga general, las materias primas y los motores componiendo la cubierta inferior.

—Entonces demos un rodeo —dijo Viola—. Todavía hay trajes en la lanzadera, los de emergencia, dos empaquetados en la parte trasera, dos en la delantera.

La carga completa de pasajeros. Las Leyes Libres no servían para mucho, pero nadie quería la mala prensa de una tripulación obligada a dejar que alguien se congelara en el espacio, así que habían impuesto un conjunto mínimo de trajes espaciales en cada nave igual al número esperado de pasajeros.

—Espera, ¿estás diciendo escalar la nave? ¿Por fuera? —dijo Davin, con un tono más curioso que despectivo.

—Estoy diciendo que podemos entrar a través de la bodega de carga. Por los mismos tubos por los que obtienen el mineral —continuó Viola, tanto impresionada por su propio ingenio como preguntándose si esta era una idea realmente estúpida.

—No habría nadie allí —dijo Davin—. Porque es un plan ridículo.

—Opal —dijo Mox.

—Es verdad, ella no podría trepar —murmuró Davin—. Pero si nos dividimos...

—Davin y yo —dijo Viola—. Iremos nosotros.

—Sin ánimo de ofender, Viola, pero probablemente acabarás metiéndote en una pelea y...

—No servirá de nada —interrumpió Viola—. Si vosotros dos bajáis allí y encontráis un ordenador que no podéis piratear... Un cierre bloqueado en esa entrada de mineral y tendréis que dar un largo paseo de vuelta. Y no creo que Mox quepa en uno de esos trajes.

Davin miró alternativamente a Mox y a Viola, y luego asintió.

—Iremos nosotros. Mox, quédate aquí y vigila a Opal —dijo Davin—. Te avisaré por el comunicador antes de que subamos por el ascensor. Si se abre antes, no serán amigos los que estén al otro lado.

CAPÍTULO 25
INGENIEROS

Entonces, ¿qué vas a hacer con ella? —preguntó el ingeniero bajito, con una mirada que a Merc no le gustó nada—. Es el enemigo, ¿verdad?

—Es un recurso —respondió Merc mientras terminaba de registrar a la mujer en busca de armas. Lo caótico de su vestimenta ofrecía todo tipo de lugares donde podría haber escondido una pequeña pistola o un cuchillo. Le quitó su comunicador y lo arrojó junto al cuerpo del otro atacante—. ¿Tienes nombre, recurso?

La mujer, que había pasado todo este tiempo intercambiando miradas fulminantes entre Merc y el ingeniero, se calmó tras la pregunta. Como si se hubiera dado cuenta de que Merc no la eliminaría allí mismo, desarmada, en el pasillo.

—Cass —dijo la mujer.

—Cass —Merc masticó el nombre mientras meditaba su siguiente frase—. ¿Qué tal si nos cuentas qué demonios está pasando aquí?

—Es lo que parece —dijo Cass—. Estamos tomando el carguero. Somos muchos, y cuando más gente de mi grupo llegue aquí abajo, estarás tan muerto como Trap.

—¿Se llamaba Trap? —dijo el ingeniero bajito.

—Es el nombre que eligió —dijo Cass.

—Y ahora está muerto —dijo el ingeniero—. El tío se pone un nombre genial y acaba muerto en el suelo de un carguero pareciendo un oso grizzly horrible. Menuda vida.

Cass se tensó. Merc no le había puesto ninguna restricción. Si ese ingeniero seguía hablando, Merc tendría que hacerlo.

—¿Qué tal si nos centramos? —dijo Merc—. Cass. Dime. ¿Cuál es vuestro objetivo?

—¿El mío? —la voz de Cass estaba tensa, sus ojos fijos en el ingeniero aunque hablaba con Merc—. Ahora mismo, es matar a ese hombre.

El ingeniero tomó aire y Merc apuntó el arma hacia él, haciendo que el ingeniero se tragara cualquier estupidez que estuviera a punto de salir de su boca.

—Eso no va a pasar —dijo Merc—. Pero si sigue hablando, te dejaré golpearlo un poco.

Los hombros de Cass se relajaron y respiró profundamente. Tras un largo parpadeo, sus ojos volvieron a Merc.

—Se suponía que debíamos controlar los motores. Impedir que el carguero se moviera de su posición —dijo Cass.

—¿De posición para qué? —replicó Merc mientras el ingeniero se movía hacia la pared más lejana, apoyándose en ella y lanzándoles una mirada furiosa.

—Para la nave que está ahí abajo, en Neptuno —dijo Cass—. Se supone que debemos capturarla cuando suba.

—¿Quién te ordenó hacer eso?

—¿A ti qué te importa? —preguntó Cass—. ¿Qué más da? Estás muerto.

—¿Quieres dejar de decir eso? —dijo Merc, y luego se colocó detrás de ella—. Ahora, esto es lo que vamos a hacer. Voy a buscar a mis amigos, y tú me vas a ayudar.

—¿Ah, sí?

—Sí, porque si no lo haces, te dispararé primero —dijo

Merc—. Tu amigo Trap puede contarte lo buen tirador que soy.

El puente, esa había sido la orden de Phyla. Hora de llegar a él.

Cass no opuso resistencia mientras Merc movía a ambos. Le dijo al ingeniero que sellara la puerta tras ellos, que la cerrara y no la abriera para nadie.

—Solo un idiota abriría esta puerta otra vez —respondió el ingeniero.

—Simplemente mantente callado hasta que todo esto termine.

—No me digas que tú tampoco quieres pegarle —dijo Cass tan pronto como la puerta se cerró tras ellos.

—Quizás —dijo Merc—. Pero lo que realmente quiero saber es esto. ¿Cómo puedes estar tan tranquila ahora?

El cuerpo de Trap, tirado allí en el suelo, estaba jugando con los sentidos de Merc. La idea de que un día ese podría ser él. O Opal. Que el otro se quedaría atrás. Era lo que Merc, como la mayoría de los pilotos que volaban misiones de combate, pensaba en abstracto. La familia asistiendo a su funeral. Su líder diciendo algunas palabras bonitas. La siguiente misión sin ellos volando en ella. Pero siempre era desde la distancia, una transmisión imaginaria. Ahora, sin embargo... Merc apartó el pensamiento con un parpadeo. Concéntrate, hombre, o *acabarás* como ese tipo.

—¿Has perdido mucho en tu vida? —preguntó Cass.

—Lo suficiente —respondió Merc.

—He visto a tantos amigos extinguirse a mi alrededor que uno más apenas se nota.

—Parece que necesitas un nuevo trabajo.

—Esto no es un trabajo, es una causa.

—¿Secuestrar cargueros es una causa?

Cass se detuvo, se volvió hacia Merc. Extendió su brazo derecho, envuelto en una manga gris suelta.

—¿Esta tela de aquí? Vino de una tienda, un lugar al que

solía ir todas las semanas cuando era niña para ver qué había nuevo. Lo que Eden y los demás enviaban a nuestro pueblo en el límite de la civilización —Cass retiró el brazo, señaló a sus zapatos, que estaban manchados, remendados y desgastados, pero aún se mantenían enteros—. Estos eran de una amiga. No los necesitó después del primer día de la guerra. Levantó la mano y le dispararon por ello.

—Voz Roja —dijo Merc, sin creer las palabras que salían de su boca—. Se supone que todos vosotros estabais muertos. O rendidos.

—Un hombre menos, gracias a ti.

—No fue culpa mía que atacarais esta nave —dijo Merc—. Sigue moviéndote.

Llegaron a la intersección donde Merc había estado antes de oír los gritos, con Cass caminando delante y Merc detrás, con el arma presionada contra su espalda. Voz Roja. Habían iniciado las guerras marcianas, luchado contra las Leyes Libres y perdido. Que es lo que ocurre cuando enfrentas a un puñado de pueblerinos de Marte contra un ejército corporativo respaldado por los gobiernos de la Tierra.

—No pareces de Eden —dijo Cass tras unos minutos caminando.

—Ayuda contratada.

—No conozco a muchos mercenarios que no huirían a la primera señal de estar en desventaja.

—Supongo que has conocido a los equivocados.

—Puede que sí.

Los siguientes minutos transcurrieron en silencio hasta que llegaron a la rampa inclinada que los llevaba hasta las bahías. Los ruidos que venían de arriba le dijeron a Merc todo lo que necesitaba saber. Gritos severos iban acompañados de golpes y empujones de suministros moviéndose, los atacantes extendiéndose por su nuevo hogar. Subir allí significaría meterse justo en medio de ellos. Merc apartó a Cass a un lado, fuera de la vista desde lo alto de la rampa.

—¿Qué sacas tú de esto? —dijo Merc, manteniendo su arma presionada contra el costado de ella—. ¿De tomar el carguero?

—Bakr dijo que nos pagarían —dijo Cass—. Necesitamos pasta, como todo el mundo.

—¿Bakr?

—No te preocupes por él —dijo Cass—. Es un problema que no puedes resolver.

—Entonces qué tal este —dijo Merc—. Necesito pasar por estas bahías. Pasar por donde están tus hombres. Ayúdame a pasar, y veré si te dejo volver a tu causa.

—¿Qué vas a hacer?

—No te preocupes por eso. Es un problema que no puedes resolver.

Cass se rio.

—Ahora corre —dijo Merc—. Corre rampa arriba o te disparo.

Cass miró a Merc, con una ceja levantada, y Merc apuntó el arma a su cara, con el dedo en el gatillo. Y Merc sintió que estaba listo para hacerlo. Apretaría ese gatillo y enviaría a Cass al mundo que fuera que la esperaba al otro lado sin dudarlo.

—Ve —dijo Merc, y Cass obedeció. Resbaló en la rampa, pero se recuperó, subiendo con pisadas fuertes. Merc se apresuró tras ella, tratando de mantener el arma preparada. La Voz Roja empezó como una protesta pacífica. Terminó como una lucha sangrienta con pueblos enteros reducidos al polvo rojo de Marte. Opal le había contado las historias, los despiadados ataques a los convoyes de Eden donde encontraban, después, solo los cuerpos humeantes de inocentes. No había razón para pensar que recibiría un trato más amable.

Así que Merc siguió a Cass rampa arriba y disparó a cualquier cosa que se moviera.

CAPÍTULO 26
TRAIDORES

Gage permanecía solo en el puente. Las alarmas resonaban a su alrededor; el carguero anunciaba los diversos desastres que la tripulación de abordaje estaba cometiendo en sus pasillos. Gage podría haberlas apagado, podría haberse sentado en silencio, pero su mano flotaba sobre el botón, incapaz de pulsarlo. Esto era culpa suya y las alarmas eran su castigo. Podía soportarlo.

Su muñeca vibró. Gage la miró y notó que era un rostro que había estado esperando, deseando y temiendo ver. Al final, uno debe rendir cuentas por sus decisiones.

—Gracias por permitirnos subir a bordo de su nave, Capitán Gage —dijo el hombre al otro lado.

A través de la pequeña pantalla del comunicador, Gage contempló el rostro envuelto. Harapos. Solo los ojos del hombre asomaban, rojos como la sangre y furiosos. Siempre parecía así cada vez que Gage hablaba con él, como si el estado natural del hombre fuera aterrador.

—Como acordamos —dijo Gage—. Y no vais a hacer daño a mi tripulación.

—Siempre que ellos no nos hagan daño —respondió el

hombre—. Sin embargo, parece que hay algunos en la nave que no esperábamos. Algunos que están resultando difíciles.

—Eden consideró oportuno proteger su inversión.

—Entonces espero que ningún miembro de su tripulación quede atrapado en el fuego cruzado.

—Puedo ayudar con eso —dijo Gage—. Los que buscáis intentarán llegar hasta aquí. Al puente.

—Tendremos un escuadrón esperándoles.

—¿Y si eso no es suficiente?

—Entonces podré ocuparme de ellos personalmente.

Gage tragó saliva. Nunca había visto al hombre envuelto ocuparse de las cosas personalmente, pero ¿para qué pedirle una pesadilla cuando no era necesario? Una parte de Gage quería que esos mercenarios, que Quinn tuvieran éxito. Que expulsaran a los atacantes y recuperaran el carguero. Que arrestaran a Gage y le hicieran responsable. Era lo justo. Pero esa pequeña voz quedaba ahogada por el resto de su ser, la parte que sabía que si todo salía según lo planeado, Gage no tendría nada que temer. Nada que desear. Nunca más.

—No podrán entrar por las puertas —dijo Gage—. Les dirigiré hacia las lanzaderas de escape si vuestra tripulación fracasa.

—Entonces me dirigiré allí —respondió el hombre—. Gage, confío en que entienda cuánto depende de esto.

—Para mí, sí —dijo Gage—. Para usted, no me importa.

—Una buena respuesta.

El hombre envuelto cortó la llamada. Gage se quedó mirando la pantalla en blanco durante un segundo. Nunca antes había enviado a nadie a su muerte. Pero, en fin, hoy era un día de primeras veces. Un día de últimas veces.

CAPÍTULO 27
EL PUENTE

La amplia puerta que conducía al puente estaba cerrada, y frente a ella había un grupo de cinco invasores. Al igual que los que la habían perseguido antes, Phyla vio que todos llevaban sus propias versiones de moda aleatoria. Calzado desparejado, camisas cosidas con diferentes telas en cada brazo. Phyla no estaba segura de la táctica, pero si pretendían parecer extraños, sin duda lo habían conseguido.

—Si los atacamos rápido, podemos derribarlos antes de que disparen —dijo Quinn—. Están tan juntos que incluso nuestros fallos alcanzarán a alguno de ellos.

—Están intentando volar la puerta —respondió Phyla—. Eso significa que podrían tener explosivos. Si detonamos uno...

—Es lo que van a hacer de todos modos.

Quizás. Incluso en un barco del tamaño del carguero, a Phyla no le hacía ninguna gracia activar cualquier tipo de bomba. Por accidente o de otra forma. Todos los sistemas electrónicos que recorrían las paredes y los suelos. ¿Qué pasaría si la bola de fuego anulaba la capacidad del puente para controlar los motores, o activaba un cierre que los sellaba en el pasillo?

—No es como si tuviéramos alternativa —dijo Phyla, luchando contra sus reticencias—. Yo iré por la izquierda, tú por la derecha.

Quinn asintió. Phyla levantó el arma que había robado a uno de los atacantes abrasados en los aposentos de la tripulación. Al doblar la esquina, Phyla apretó el gatillo y rayos azules volaron hacia los atacantes. Disparos aturdidores, diseñados para sobrecargar los nervios de quien los recibiera y hacerles desplomarse en el suelo durante horas. Tenían menos energía que los disparos letales, y cuando las municiones eran un recurso valioso, Phyla estaba dispuesta a conformarse con incapacitarlos.

Los disparos de Quinn se unieron a los suyos una fracción de segundo después, y los raudales gemelos pillaron por sorpresa a la tripulación atacante. Apenas tuvieron tiempo de girarse, de alzar una mano, antes de ser alcanzados y amontonarse en el suelo como un grupo de juerguistas desmayados. Phyla y Quinn corrieron hacia ellos, comprobando a cada uno con una bofetada en la cara, una patada en el costado para asegurarse de que no fingían. Satisfecha, Phyla se volvió hacia el panel junto a la puerta y pulsó el botón del comunicador.

—Gage. Somos Phyla y Quinn. Abre.

Pasaron unos segundos mientras los dos esperaban. Quinn apuntó pasillo abajo, por donde habrían venido los atacantes, esperando la siguiente oleada.

—No puedo hacer eso, Phyla —respondió Gage.

—¿Vas a decirme por qué? —dijo Phyla, lanzando una mirada interrogativa a Quinn, quien negó con la cabeza.

—Abrir estas puertas pone en riesgo el puente —dijo Gage —. Vosotros dos podríais ser rehenes.

—Tienes cámaras mirando hacia aquí —dijo Phyla. Era una corazonada, pero incluso el *Jumper*, una nave mucho más pequeña, tenía cámaras por todas partes. Tenía sentido cuando cualquier brecha o problema en cualquier lugar podía causar todo tipo de infiernos en el espacio—. ¿Crees que toda esta gente está echándose una siesta?

Un ruido resonó por el pasillo. O más bien, ruidos. Phyla distinguió las diversas pisadas de un escuadrón, un grupo más grande que antes. Refuerzos llamados cuando los primeros cinco encontraron la puerta sellada. Se le acababa el tiempo.

—Lo siento —dijo Gage, y cortó la comunicación.

—¿Qué está haciendo? —preguntó Phyla a Quinn—. ¿Por qué no nos dejaría entrar?

El guardaespaldas miró fijamente las puertas, como si intentara perforarlas con la mirada.

—Cuando comprobé, solo unas pocas personas a bordo de esta nave conocían el objetivo real —dijo Quinn—. Yo. El capitán Yuan y su tripulación, todos ellos en el *Karat*...

—Y Gage —dijo Phyla.

Antes de que Quinn pudiera responder, con el estruendo del grupo que se acercaba cada vez más fuerte, Phyla golpeó de nuevo el comunicador.

—El problema con los traidores, Gage, es que siempre piensan que su bando va a ganar —dijo Phyla—. Has jugado mal tus cartas.

—Y el problema con los justos es que asumen que sus enemigos tenían elección —respondió Gage antes de cortar de nuevo.

Entonces Phyla estaba en el suelo, con Quinn tirándose sobre ella mientras los primeros disparos pasaban zumbando sobre su cabeza. Energía naranja brillante, letal. Phyla se apartó rodando de debajo de Quinn y, apoyando su arma sobre el cuerpo inerte de un atacante aturdido, disparó varias respuestas pasillo abajo. Los enemigos se echaron hacia atrás tras la esquina, por lo que sus disparos de respuesta golpearon inofensivamente contra la pared.

—No tenemos cobertura aquí —dijo Quinn.

—Si huimos, no podremos volver —dijo Phyla.

—No creo que eso importe ya. El carguero está perdido.

Perdido. Es decir, tomado. Lo que significaba que estaban muy lejos en la órbita de Neptuno con solo el *Jumper*, actualmente anidado en medio de territorio enemigo, como único billete de vuelta a casa.

Quinn levantó a Phyla, sosteniendo su rifle en la mano izquierda y continuando con una andanada de disparos pasillo abajo. Los atacantes optaron por disparar a ciegas. Asomando sus armas por la esquina y apretando los gatillos, los disparos iban salvajemente contra las paredes o por encima. Phyla se sacudió los tirones de Quinn y retrocedió por su cuenta hasta que doblaron la esquina.

—¿Y ahora qué? —preguntó Phyla—. Las bahías están repletas de ellos.

—El *Amerigo* tiene varias lanzaderas de escape. Pequeñas naves, diseñadas para mantenerte con vida hasta que llegue ayuda —dijo Quinn—. Las lanzaderas también tienen transmisores de largo alcance. Puedo enviar un mensaje a Eden desde allí.

—¿Y eso qué supondrá?

—Sabrán quién hizo esto y mucho después de que estemos muertos, Eden nos vengará.

—Qué reconfortante —dijo Phyla mientras los dos trotaban por el pasillo, tomando las curvas de regreso a los aposentos de la tripulación. Una vez más, Phyla estaba huyendo de una pelea. Se estaba hartando de verdad.

CAPÍTULO 28
EXTERIOR

Había dos trajes espaciales para hombres y dos para mujeres en la lanzadera, guardados en la parte trasera del compartimento de pasajeros en un armario pintado de rojo con la palabra *Emergencia*. Ajustados, como la mayoría de los trajes actuales. Convertían suficiente oxígeno para estar horas en el exterior, estaban lo bastante aislados para permitir la supervivencia con el calor corporal en el vacío, y, para Davin, ponérselo era como meterse en una bolsa de plástico. El traje hacía que cada interacción fuera un poco irreal. Odiaba no sentir lo que tenía en las manos. Un muro entre él y el resto de la realidad.

La cuerda de seguridad enrollada tenía el grosor del pulgar de Davin. Plateada, con un recubrimiento grueso diseñado para resistir cortes directos con cuchillos de haz, láseres o rocas espaciales. Una cuerda rota significaba que alguien giraría por el cosmos, contando las estrellas hasta quedarse dormido mientras su traje se agotaba.

—¿Has llevado uno alguna vez? —preguntó Davin a Viola, que tenía su traje a medio poner, con el brazo en la manga equivocada.

—Nunca —dijo Viola.

—Intenta usar las mangas —dijo Davin, pulsando el botón para activar el casco. Desde su cuello, el cuello del traje espacial se expandió, creciendo sobre y alrededor de la cabeza de Davin. Se enganchó de nuevo al traje por delante, completando el sellado. Luego lo liberó. Siempre era bueno comprobar que algo funcionaba antes de depender de ello para su vida—. Era una broma, por cierto.

—No la pillo —respondió Viola, metiendo los brazos, finalmente, en los sitios correctos—. Estamos aquí luchando por nuestras vidas. A punto de salir a uno de los entornos más hostiles que un humano puede experimentar. Después de que apenas sobreviví a una inmolación. Y aquí estás tú intentando hacerme reír.

—Es patológico, lo siento —dijo Davin.

—Ojalá pudiera.

—¿Pudieras qué?

—Reír. Sonreír.

—Lo entiendo. Estás conmocionada. Pero en ese pasillo se te ocurrió una buena idea, una que estamos ejecutando —Davin siempre sentía, con los discursos, que llevaba puesto su gorro de capitán. Le hacía picar el cuero cabelludo—. Eso significa que no eres inútil. No te vas a desmoronar. Sigues siendo tú y, maldita sea, todavía puedes reír. Es una orden.

—Creo que nunca te había oído dar una orden antes —dijo Viola, con las comisuras de la boca curvándose hacia arriba mientras terminaba de ponerse el traje—. Supongo que saco lo mejor de ti.

—Doy órdenes constantemente —dijo Davin, deslizando la gruesa bobina de cuerda alrededor de su brazo—. El truco está en hacer que la gente piense que solo estás preguntando.

—¿Eso es todo? —respondió Viola, y entonces se dio cuenta de que ambos se estaban mirando, con los trajes puestos y listos—. Entonces, ¿cómo salimos?

—Por el mismo sitio por donde entramos —dijo Davin, caminando hacia un panel de control cerca de la salida de la bahía. El panel no era mucho más que unos cuantos botones grandes. Uno para aceptar una llamada entrante desde el puente, otro para hacer una llamada al mismo. Otro par tenía una flecha ARRIBA verde y una flecha ABAJO roja. Pequeñas ilustraciones grabadas en el panel junto a los dos mostraban una puerta abierta junto al verde, y una cerrada junto al rojo. Bastante simple. Davin pulsó el verde.

La bahía retumbó. Elevadores calentándose para subir la bahía para desembarcar. Una voz monótona anunció una cuenta atrás desde cinco, a cuatro, tres, dos y uno. Davin dio un paso atrás cuando la puerta de la salida se cerró de golpe, sellándolos dentro. Entonces toda la sala subió. Davin sintió el movimiento en sus piernas, pero no fue hasta que la oscuridad de la noche de Neptuno se filtró por los lados de la bahía que Davin comprendió lo que estaban a punto de hacer.

Hay una belleza en el espacio, donde la oscuridad está en todas partes pero también en ninguna. Las estrellas brillan hasta el infinito. Planetas que se ciernen como adornos contra el telón de fondo centelleante. La noche de Neptuno era algo distinto. Ni siquiera una habitación apagada y a oscuras se podía comparar. Las nubes filtraban la mayor parte de la luz de las estrellas y de las lunas. El vacío gris degradado se extendía hasta un horizonte infinito.

El *Karat* impedía que la atmósfera se escapara mediante los mismos sellos magnéticos utilizados en todas las bahías y naves. Davin y Viola caminaron hasta el borde y miraron. Según los esquemas, el *Karat* tenía treinta metros de altura, y la bahía sobresalía otros cinco metros cuando estaba extendida. Davin tenía que confiar en esos números porque el *Karat* no tenía luces de navegación encendidas. Era un mar de nada debajo de ellos. Con la iluminación trasera de la bahía, era como si ellos dos y su lanzadera destrozada estuvieran flotando en la nada.

—¿Cuál es la longitud de nuestra cuerda? —preguntó Davin.

—Veinte metros. Bastante corta —dijo Viola.

—Casi como si no hubieran planeado paseos espaciales de larga distancia —respondió Davin—. Aun así, si recuerdo correctamente, esa es aproximadamente la altura de esta nave. Llegamos a esa toma de aire, y estamos hablando de menos de veinte metros porque las aberturas están muy altas.

—Sí, excepto que estamos en medio de la nave. Esa toma está hacia la parte trasera —dijo Viola—. El *Karat* tiene más de doscientos metros de largo. Se nos acabará la cuerda antes de que puedas siquiera hacer la curva.

—Así que paramos y continuamos —dijo Davin.

Uno se mueve primero, ancla la cuerda, el otro le alcanza. Lento, pero seguro. Especialmente si esos vientos de Neptuno se intensificaban. Las cuerdas en sí estaban diseñadas con enganches o, dados los escenarios de desastres espaciales, tenían imanes que podían asegurarlas a los lados de cualquier nave espacial moderna.

—Empezaré yo —dijo Viola—. Es mi idea. Y soy más ligera.

—¿Me estás llamando gordo? —dijo Davin.

—Para ya —Viola tocó un botón en su traje espacial y el casco se selló alrededor de su cabeza. Pasó la cuerda a través de las bandas alrededor de la cintura de su traje, dejando un metro colgando donde estaba el imán. Davin hizo lo mismo. Como ponerse un cinturón, solo que este se trataba más de salvar su vida que de sujetarse los pantalones. Luego Davin cogió el extremo del imán, lo presionó contra el suelo de la bahía y le dio un giro.

La cuerda emitió un pitido agradable y brilló con un tono esmeralda a lo largo de su longitud. Ambos observaron cómo el color avanzaba por el tubo hasta llegar al extremo de Viola. Cualquier interrupción en la conexión y la cuerda se pondría roja, una señal de que no estaban, de hecho, atados a ninguna parte.

Viola tomó su imán y lo pegó al suelo de la misma

manera. Esta vez, el color de la cuerda cambió a un azul brillante. Doble conexión. Su manera de señalar cuando era hora de que el otro se moviera. También tendrían sus comunicadores, pero los colores proporcionaban esa precisión momento a momento.

—¿Lista? —dijo Davin. Viola le dio un pulgar hacia arriba, desconectó su cuerda. Luego, con el casco puesto, la chica atravesó el sello magnético y desapareció de vista.

CAPÍTULO 29
VOLAR LA PUERTA

Cuando alguien aparece de la nada disparando láseres a tu cara, hay dos tipos de reacciones sorpresivas: Está la versión preparada, donde la fuerza que espera comprende que el ataque está llegando y lo recibe con su propia lluvia de disparos a modo de respuesta. Luego está la versión no preparada, la sorpresa que a Merc le gustaba pensar en mayúsculas. La sorpresa tan inesperada que la mente se bloquea y se estrella contra el planeta.

Con Cass esprintando delante de él, gritando que Merc era un enemigo, y Merc dos pasos por detrás disparando salvajemente con la pistola, los asaltantes no estaban preparados. El disperso grupo de personas en el pasillo, algunos aún sosteniendo cajas descargadas segundos antes, otros mirando esquemas e intentando decidir adónde enviar a la gente, no estaban listos para un contraataque enloquecido. Si no hubiera estado luchando por su vida, Merc se habría reído de la gente que se tiraba al suelo mientras sus disparos arrancaban trozos carbonizados de las paredes. Un disparo alcanzó a un mercenario en el hombro y el hombre miró el humeante agujero como si no pudiera creer que realmente estuviera allí.

Más allá de la primera bahía, el *Jumper* había aterrizado en la tercera, el siguiente grupo de combatientes de Voz Roja al menos tenían sus armas fuera. Algunos disparos desviados llegaron hacia Merc, efectuados por personas que intentaban ponerse a cubierto. Apuntaban alrededor de Cass, o no disparaban en absoluto cuando la veían acercarse. Los dos pasaron la segunda bahía, esta conectada a la fragata a través de un túnel de abordaje. Más invasores venían en camino, demasiados para combatir. Incluso si todos los Nueves estuvieran aquí, no podrían repeler a estos tipos. Merc siguió corriendo.

Había un grupo de cinco atacantes fuera de la puerta de la bahía tres, cubriéndose no de Merc, sino del fuego que venía de la bahía. Trina y Erick defendiendo al equipo local. Ahora los atacantes se giraron hacia Cass y Merc, cambiando su escudo de energía portátil, un rectángulo verde, para bloquear los disparos precipitados de Merc. Lo que dejó su flanco vulnerable.

—¡Erick, desata todo a través de la puerta! —gritó Merc por su comunicador mientras disparaba otra vez con la pistola. Este disparo, en lugar del rojo intenso que habían sido la mayoría hasta ahora, era de un tono más claro, rosado. La energía se estaba agotando. Solo tenía que durar unos segundos más.

Estruendosos estallidos irrumpieron en el corredor por delante. Cass se detuvo en seco y Merc chocó contra ella, enviándolos a ambos al suelo mientras los láseres desde atrás pasaban zumbando. Un golpe de suerte. Merc se apartó rodando de Cass y miró hacia la bahía tres. Fuego y humo cubrían el corredor, el resultado final del uso felizmente explosivo de la torreta del *Jumper* por parte de Erick. El camino por delante estaba despejado, pero el constante flujo de disparos desde atrás hacía que levantarse fuera un suicidio.

—Inteligente, pero no lo suficiente —murmuró Cass, alejándose de Merc—. Puedes rendirte ahora. Puede que no te matemos de inmediato.

—Tentador, pero paso —dijo Merc. No tenía mucho tiempo para encontrar una solución. Pensar que hace un mes estaba flotando libremente en el espacio sobre Europa, esperando que una muerte lenta y somnolienta viniera por él. Ahora estaba a punto de ser violentamente destrozado por energía caliente. Entre las dos opciones, él... espera. Espacio. Eso era.

—Erick, necesito que vueles las puertas de la bahía. Destruye el sello magnético. Luego prepárate para jugar a atrapar.

—¿Qué estás haciendo? —dijo Cass, abriendo los ojos alarmada.

—Tengo un último truco —dijo Merc. Su comunicador hizo clic, y el piloto se lanzó hacia adelante, rodando hacia la puerta de la bahía tres. No podía saber si Cass le seguía o no. Los disparos golpeaban el suelo a su alrededor. Difícil acertar a una figura rodante en la bruma humeante.

Y entonces los oídos de Merc casi explotaron.

Un estruendo crepitante y Merc sintió como si estuviera siendo empujado por las manos invisibles de una enorme multitud, lanzándolo hacia la bahía tres. Detrás de él, el carguero inició su respuesta estándar a las fugas de vacío e intentó sellar la sección. La puerta de la bahía tres ya estaba destrozada, así que fue al siguiente punto disponible y cerró de golpe las puertas secundarias entre la bahía tres y la bahía dos, y el pasillo que continuaba hacia el puente. Merc registró las puertas cerrándose con el rabillo del ojo mientras volaba hacia el *Jumper*.

La nave cuadrada se veía tan, tan hermosa, aunque Merc no estaba seguro si era porque era lo único que se interponía entre él y, en un minuto, la muerte congelada en el espacio puro o porque era lo único que había visto en la última hora que no intentaba matarlo. Cass no estaba por ningún lado. No debió haberle seguido hacia adelante. No había tiempo para detenerse en eso.

Merc rebotó contra el suelo y continuó rodando hacia el escudo metálico cerrado sobre la salida principal de la bahía. En el centro de la puerta había una serie de agujeros, perforados y brillando con bordes anaranjados por los láseres del *Jumper*. El aire estaba siendo succionado a través de esos agujeros con suficiente fuerza para arrastrar a Merc por el suelo como un tornado. Y si llegaba a esos agujeros, Merc sabía que la fuerza le rompería los huesos en pedazos o, si no, otros objetos pequeños se dispararían contra él como balas.

Demasiado temerario, eso diría Opal. Intentar algo tan estúpido. Merc continuó deslizándose por el suelo, arrastrado hacia la puerta. La corriente hacia los agujeros llevó a Merc por debajo del *Jumper*. Bajo la nariz de la cabina y acercándose al cuerpo principal. La rampa aún estaba levantada, y por una buena razón. Abrir esa cosa solo provocaría que todo en el *Jumper* fuera succionado hacia afuera. Lo que dejaba un único punto para que él entrara, la esclusa de aire del *Jumper*.

Mientras Merc pasaba volando junto a la nave, estiró los brazos y los envolvió alrededor del montante de aterrizaje trasero izquierdo del *Jumper*. Una gruesa pata de acero conectada cada metro por articulaciones y paralela a un brazo eléctrico que plegaría el montante durante el despegue, la cosa tenía muchos asideros. El problema era que mientras Merc se aferraba, podía sentir cómo sus músculos se tensaban, sus muñecas crujían mientras la fuerza de succión intentaba arrancarlo. Trepar hasta la esclusa de aire así sería imposible.

—¡Erick! —dijo Merc en su comunicador, empujando su cara contra su muñeca izquierda—. ¡Esclusa de acoplamiento!

Incluso gritar esas palabras dejó a Merc jadeando por el aire fugaz para respirar. El carguero ya no estaría bombeando más oxígeno en la bahía, lo que significaba que en unos minutos no quedaría nada respirable allí. Si iba a haber un rescate, tenía que suceder pronto.

—Trina está en camino —la voz de Erick llegó a través del comunicador—. Mantente firme.

—Estoy en el montante trasero izquierdo.

—Ella te recogerá.

¿Ves, Opal? A veces las ideas funcionan. Los pilotos arrogantes no siempre están equivocados. Merc cerró los ojos. Se concentró en su agarre. Hasta que sintió tirones desde arriba. Merc miró hacia arriba y, en un traje espacial, atada al pestillo en la esclusa de aire, estaba Trina y su brillante pelo azul.

—Hola, campeón. ¿Necesitas una mano?

Merc intentó responder, pero no parecía poder inhalar el aire para hacerlo. Se conformó con un asentimiento. Manchas, pequeñas motas negras, bailaban alrededor de sus ojos. Lo mismo que ocurre cuando tiraba de altas G en la atmósfera. Haciendo bucles, giros cerrados. Merc ni siquiera se dio cuenta cuando Trina envolvió una cuerda de repuesto a su alrededor, luego pulsó el botón para retraerlos hacia la esclusa de aire del *Jumper*. Para cuando la puerta exterior de la nave se cerró, el piloto estaba inconsciente.

CAPÍTULO 30
EL ÚLTIMO HOMBRE

Mox apoyó a Opal contra la pared a la derecha de la puerta del ascensor cuando el botón emitió un pitido y se puso rojo. La flecha hacia arriba. Davin y Viola se habían marchado hacía apenas veinte minutos. No era tiempo suficiente.

El cañón estaba listo, cargado y capaz de disparar demasiados proyectiles a demasiada velocidad. Mox se colocó frente a las puertas, ligeramente hacia la izquierda. Por reflejo, apuntarían al centro y cualquier disparo rápido pasaría de largo. No tendrían tiempo para una segunda oportunidad.

Otro pitido sonó cuando llegó el ascensor. Mox escuchó los pestillos de las puertas saltar, el lento y chirriante deslizamiento mientras el ascensor se abría. En el centro había una pequeña caja, no mucho más grande que el propio pie de Mox enfundado en su bota. Estaba situada hacia la parte delantera de las puertas.

Mox parpadeó. Ya había visto esto antes.

—*Ábrela* —*le ordenó el sargento a Mox, señalando la caja negra adornada con gemas.*

—*¡Son los restos de mi esposa!* —*gimió el hombre, pero no se movió del banco. La mirada fulgurante del Sargento era más efectiva* que unas esposas, prometía más infiernos con el destello ardiente de sus ojos de los que valdría cualquier resistencia. Mox cogió la caja, achaparrada y cuadrada, con unos pocos centímetros de ancho y alto. Pero pesaba. Casi la agarró con ambas manos, pero eso habría sido muestra de debilidad. No delante del Sargento.

La parte superior de la caja estaba asegurada por un simple cierre de palanca. Mox lo abrió de un golpe mientras las protestas del hombre se debilitaban. Dentro, un montón de polvo escamoso. El alivio y la vergüenza inundaron a Mox a partes iguales.

—Nada —dijo Mox.

—Remueve el polvo —dijo el Sargento.

—Pero...

—Si esos son los restos, a su esposa no le importará —dijo el Sargento.

Mox volvió a mirar la caja, presionó un dedo en el polvo. Los granos se adhirieron a su mano enguantada, trocitos de otra persona sobre él ahora. Un poco más profundo, y Mox golpeó algo duro. ¿El fondo de la caja? Mox ladeó la cabeza.

—¿Qué es? —preguntó el Sargento. El hombre del banco estaba sudando ahora. Sus ojos, muy abiertos, miraban fijamente hacia Mox.

—Los restos no son lo único que hay aquí —dijo Mox.

El Sargento dio dos pasos hacia Mox, le arrebató la caja de las manos, introdujo su dispositivo PEM reglamentario y apretó el gatillo. Luego el Sargento volcó la caja. El polvo cayó como nieve negra al suelo, y entre él se estrelló un pequeño circuito. Golpeó el suelo y se hizo añicos.

—Primero, novato, esas no eran cenizas. Era pólvora explosiva. Segundo, lo más peligroso en una estación espacial es una bomba. Puedes hacerla explotar, claro, pero puede abrir un agujero y succionar tu aire rápidamente. Quemar el oxígeno y crear un incendio imposible de apagar. La ley lunar establece que cualquier paquete puede ser registrado. Úsala, confía en ella —dijo el Sargento.

Así que Mox soltó el cañón, lo desprendió del exoesqueleto y se lanzó hacia Opal. Aterrizó y atrajo a la francotiradora hacia él, con su espalda y las placas metálicas del exoesqueleto orientadas hacia la puerta.

Un segundo después, el ascensor explotó. Una explosión pequeña y controlada que envió una ola de calor y trozos de metralla rebotando contra la espalda de Mox. Cortes atravesaron con dolor sus brazos y piernas. Nada grave. Diseñada para matar a un hombre curioso, no a uno cauto. Pequeña probabilidad de perforar un agujero en la nave. Mox se volvió hacia el ascensor.

El cañón estaba arruinado. Lo suficientemente cerca de la explosión, el cañón estaba deformado, las boquillas que enviaban el gas para generar los láseres yacían en el suelo como serpientes muertas. El ascensor no estaba mucho mejor. El suelo se había combado, las baldosas abriéndose en un agujero hacia el hueco, con chispas que salían disparadas de los cables rotos. Pero Opal seguía respirando. Mox relajó su agarre, empujó a Opal contra la pared y se puso de pie.

Como sintiendo un tirón de un músculo tenso, Mox notó una resistencia en sus piernas. Una oposición.

—Estado del traje —dijo Mox, activando la comprobación interna de sistemas del exoesqueleto. Un momento después, el traje emitió una serie de señales verdes para las extremidades superiores de Mox. Las baterías estaban bien. Pero la pantorrilla izquierda emitió un zumbido rojo. No funcional. Lo que significaba que el pie izquierdo tampoco podría transmitir nada. Mox movió su pierna izquierda para mirar la pantorrilla, vio el trozo de metralla atascado dentro. La pieza dentada era un producto prediseñado, metido dentro de la bomba como una desagradable sorpresa para cualquiera que estuviera a unos metros más atrás de la explosión. Mox alcanzó y arrancó la pieza, arrastrando con ella los restos enmarañados de cables. No habría saltos potenciados en el futuro próximo.

Mientras Mox arrojaba la pieza extraída, un estruendo

sonó detrás y abajo. Por el hueco. Vinieron más después. No lo suficientemente fuertes para ser explosiones. Metal contra metal. Y los sonidos se acercaban.

—Hora de moverse —dijo Mox, inclinándose e intentando recoger a Opal. Sus brazos manejaron el peso adicional sin inmutarse, pero cuando Mox se enderezó, el exoesqueleto intentó ajustar el equilibrio de carga y falló, dejando a Mox con la sensación de que su lado izquierdo era arrastrado hacia abajo. Opal no era lo suficientemente pesada para causar verdaderos problemas a Mox, pero caminar se convirtió en un ejercicio mental. Su pierna derecha se movía, avanzando sin pausa. La izquierda requería esfuerzo, resistencia con cada movimiento.

Pero tenían que ponerse a cubierto. Mox ahora podía oír voces que subían por el hueco. Debían pensar que su bomba se había encargado de todos aquí arriba. Lo que indicaba que no estaban bien entrenados. Mox negó con la cabeza. Siempre hay que asumir que tu enemigo sigue vivo, listo para luchar. Mox tenía sus armas laterales, una fijada a cada muslo. No es que pudiera agarrarlas con Opal en sus brazos.

La salida hacia la bahía de lanzaderas estaba cerrada, dejando a Mox atrapado en el pasillo. Davin y Viola, debían haberla elevado. Llamarla de vuelta podría arruinar su plan. O romper la cuerda y enviarlos a ambos volando para surfear los cielos de Neptuno durante unos breves segundos antes de la muerte.

El pasillo en sí era liso, con luces rectangulares de brillo plateado incrustadas en las paredes. Sin cobertura.

Mox dejó a Opal cerca de la puerta. Volvió a comprobar que seguía respirando. El pequeño robot de Viola dijo que la francotiradora se golpeó la cabeza cuando la lanzadera se agrietó. Podría haberla utilizado aquí. Dedos rápidos y precisos en el gatillo eran útiles en situaciones como esta. Pero no había tiempo para esperar, ahora.

De vuelta en el ascensor, Mox los oyó cortando el piso

arruinado. Trozos de baldosas, rotos por la bomba, caían mientras alguien armado con un cortador láser hacía un agujero. Un arma lateral en cada mano, ambas configuradas para aturdir. Usaba menos energía que los disparos letales, y con el tiempo que tenía Mox, sería casi igual de efectivo. Además, sus puños siempre podrían acabar las cosas más tarde.

La primera mano apareció, agarrando el borde exterior del ascensor. Enguantada como un mecánico, gruesa y con agarre. Probablemente el que tenía el cortador láser. Mox se movió fuera de la vista. Mejor dejar que salieran por completo. Sorprender al grupo antes de que pudieran reaccionar.

Ruidos más suaves ahora mientras al menos otros dos trepaban fuera del agujero, apoyándose en los restos del ascensor. Mox apretó su agarre. Un rápido uno-dos-tres. Inhalar. Ir.

Dio un paso alrededor de la esquina, el ángulo ensanchándose y trayendo a la vista a tres secuestradores. Cada uno lucía el mismo atuendo, una gruesa ropa de trabajo que parecía lista para soportar temperaturas extremas. Cascos completos con máscaras cubriendo sus rostros, ideales para mantenerse a salvo del frío, del viento. Mox apretó los gatillos, las armas laterales disparando rayos azul-púrpura contra los voluminosos trajes sin hacer nada.

—Lo siento, colega —dijo el líder, sosteniendo un arma lateral propia—. No hay suerte con esas.

Entonces levantó su arma y Mox vio un destello, luego nada.

CAPÍTULO 31
VIENTO

Viola nunca había estado en la Tierra, nunca había visto uno de esos tornados que aterrorizaban pequeños pueblos en las películas. Había visto la gran mancha roja, la tormenta que soplaba durante siglos sobre la superficie de Júpiter. Las tormentas eran un concepto que conocía, pero Ganímedes, una luna con solo una ligera atmósfera generada por humanos, no tenía ninguna. Así que cuando Viola se dejó caer desde la bahía de acoplamiento hacia el exterior del *Karat* y sintió cómo el viento tiraba de ella como un aspirador enfurecido, se quedó un minuto allí, abrazando la paliza que le propinaba la naturaleza.

Incluso con la única luz real procedente de su traje, una lámpara incrustada en la parte superior de su pecho, y la oscuridad aferrándose a ella, Viola se rio. Una risa impotente, teñida con el conocimiento de que si la cuerda se rompía, el traje espacial fallaba, o Neptuno decidía que la quería muerta, no habría nada que pudiera hacer al respecto. Aun así, aquí estaba, en uno de los entornos naturales más violentos que la humanidad había encontrado jamás. Mejor ponerse a explorarlo.

La cuerda brillaba en verde, todavía unida a donde Davin estaba de pie. Probablemente se estaría preguntando si Viola se había caído de la nave. La gravedad de Neptuno, tan fuerte como la de la Tierra, ayudaba a mantener a Viola en el costado inclinado del *Karat*, como caminar por una ladera. No lo suficiente para sostenerla cuando las cosas se volvieran completamente verticales, pero ¿por ahora? Viola dio un paso, luego otro. El viento empujaba contra ella, pero en ángulo. Como moverse a través de un jarabe, o agua corriendo. Cada movimiento era un problema de física.

—Me estoy moviendo hacia popa —habló Viola en su comunicador, ya configurado para corto alcance y en la frecuencia personal de Davin—. Hace un poco de brisa.

—Recibido. Ten cuidado ahí fuera —el traje espacial reprodujo la voz de Davin en sus oídos, donde Viola podía oírla por encima del rugido de Neptuno.

Viola siguió moviéndose hasta que el *Karat* comenzó su pendiente descendente, curvándose hacia un precipicio y, eventualmente, esas tomas de aire. Se mantenían en paralelo con la bahía, donde el casco era lo más plano posible. Avanzó con su pie derecho, luego descubrió que no podía ir más lejos. Era hora del primer anclaje. La pieza con el accesorio magnético se balanceaba detrás de su traje. Viola la agarró, se agachó y empujó el imán contra el casco del *Karat*. Diseñado para su uso en el espacio, Viola no estaba segura de cómo funcionaría en el clima más severo de Neptuno, pero después de un segundo la cuerda parpadeo en azul.

—¿Lista para partir? —Viola habló por el comunicador.

—Preparándome para desacoplar... ahora —respondió Davin.

Viola agarró su extremo de la cuerda. La parte más peligrosa. Su extremo conectado le daría a Davin una oportunidad si una ráfaga de viento lo empujaba en la dirección equivocada. Viola no estaba segura de cómo aguantaría el imán bajo el peso corporal de Davin y el viento del planeta arrastrando al hombre lejos de la nave. El casco del *Karat* era liso. Nada a lo que atar la cuerda. Así que Viola se mantuvo firme mientras la cuerda cambiaba de azul a verde, y esperó.

—No estabas bromeando sobre el viento —comentó Davin por el comunicador unos minutos después—. Recuérdame no venir aquí de vacaciones.

—Ahora mismo no está mal —dijo Viola—. Lo estoy registrando a poco más de setenta kilómetros por hora. Creo que Neptuno puede superar diez veces eso.

Puk le habría dado las estadísticas de inmediato, pero habían dejado al robot en la lanzadera. Sus pequeños propulsores no habrían podido hacer frente al viento. Ahora que Viola lo pensaba, esta era la primera vez que realmente había estado lejos de Puk desde que había sacado la nave de su padre de Ganímedes. Allí de pie, con nada más que un destello del casco verde metálico visible desde la lámpara del traje y toda la furia de Neptuno más allá, deseó que el robot estuviera allí, diciendo algo sarcástico.

—¿Estás diciendo que debería darme prisa? —respondió Davin.

—Sí —dijo Viola—. No hay posibilidad de que no nos barran si una de esas dos tormentas se acerca.

Davin apareció como un fantasma. Una luz amarilla-blanca filtrándose a través de la negrura y, de repente, un brazo estaba agarrando el suyo. Viola se giró mientras Davin colocaba su imán y la cuerda se volvía azul.

—Esta vez voy a bajar por el costado —dijo Viola mientras enrollaba la cuerda—. Deberíamos poder llegar a las tomas de aire, si tenemos suerte.

Desprendiendo su imán, Viola recorrió el casco inclinado. Tuvo que clavar los pies, plantándolos para conseguir el agarre que el casco pudiera ofrecer. Unos pasos después, Viola sostenía la cuerda con firmeza en sus manos. Soltaba un poco más con cada pisada.

—¿Cómo aguanta? —preguntó Viola por el comunicador.

—La veo verde. Yo también la tengo agarrada —respondió Davin.

Sí, como si Davin pudiera mantenerla en la nave si el imán fallaba. Pero si eso sucedía, ambos saldrían volando de todas formas. Viola había pasado toda su vida dependiendo de la tecnología para sobrevivir. Ganímedes requería depuradores para mantener el oxígeno en el aire. Blindaje contra la radiación para evitar que el material genético de Viola se deshilachara en la nada. Aquí, sin embargo, con ese imán como única cosa manteniéndola viva, Viola deseaba más sistemas redundantes. Quizás una mochila propulsora. O la lanzadera, ya que estaba soñando.

El borde del casco estaba frente a ella, algo que Viola solo veía porque la luz de su lámpara se desvanecía en la nada en lugar de reflejar luz. Viola supuso que lo que venía a continuación sería como escalar una montaña, apoyando los pies y saltando por el costado. Lo había hecho una vez como ejercicio de realidad virtual.

—¿Has hecho esto antes? —dijo Viola—. ¿Escalar el costado de una nave?

—Claro, docenas de veces —respondió Davin—. Solo que nunca en una tan grande. De noche. En una tormenta de viento.

—¿Algún consejo?

—¿No caerte?

—Gracias —Viola tomó una respiración profunda—. Allá voy.

Como ya estaba completamente sostenida por la cuerda, Viola no notó un gran cambio en cómo se distribuía su peso. Seguía dependiendo mucho de esa cuerda. Solo que al descender, el viento la empujaba de vuelta hacia la nave. La cuerda se enganchó en el borde del casco, el extremo puntiagudo de la popa del óvalo, y Viola quedó colgada en el espacio. El viento soplando la trataba como un péndulo, empujándola hacia adelante hasta que el peso de Viola sobrepasaba el empuje del viento y la enviaba oscilando hacia atrás. Cada vez que esto ocurría, Viola soltaba un poco más de cuerda, descendiendo unos metros más.

—Siento como si estuviera en mi propio mundo —transmitió Viola. Podría haber sido solo un pensamiento, pero Viola realmente necesitaba el sonido de una voz. Su lámpara no captaba nada, y aunque podía sentir el empuje del viento, podía sentir el balanceo del péndulo, no había señal de dónde estaba. El vértigo la atrapó, haciendo que su mente girara y se agitara, incapaz de averiguar dónde estaba o a qué velocidad se movía.

Balanceo hacia atrás. Inhalar. Bajar unos metros más mientras se balanceaba hacia adelante. Exhalar. Repetir.

Hasta que, en un balanceo hacia adelante, la lámpara de Viola golpeó algo que no era el aire de Neptuno. Era negro, pero sólido. Cubierto de polvo. Viola tuvo un segundo para mirarlo antes de que el efecto péndulo la llevara de vuelta. Solo que esta vez, en lugar de bajar, Viola se mantuvo firme hasta que el viento la empujó hacia adelante de nuevo y pudo observar con más claridad.

—Ya estoy allí.

—¿Las tomas de aire? —respondió Davin.

—Eso creo. Voy a soltarme en el próximo balanceo.

Breves visiones de películas de acción, las estrellas del cine saltando de nave a nave, de edificio a edificio, columpiándose a través de vastas selvas. ¿Cuántos de ellos habrían podido lograr esto? ¿Soltar el resto de la cuerda en el ápice del balanceo y lanzarse a la toma de aire?

—Si fallo, diles a todos que lo intenté —dijo Viola.

—Simplemente no falles —respondió Davin.

—Lo tendré en cuenta. Allá voy.

El viento empujó a Viola hacia adelante de nuevo, un arco más largo a través de la oscuridad. La lámpara alcanzó el borde de la toma mientras Viola se balanceaba hacia arriba, y soltó el rollo. Por primera vez, Viola sintió la breve ingravidez del vuelo libre, la liberación de las garras de Neptuno. La pregunta era, ¿dónde aterrizaría?

CAPÍTULO 32
HUIDA

A dónde iban a escapar? Phyla no dejaba de repetirse esa pregunta sin encontrar una buena respuesta. No había una estación espacial habitable en millones de kilómetros, siendo la más cercana que conocía un puesto de investigación cerca de Urano. Las probabilidades de que otras naves pasaran por esta zona tan profunda eran casi nulas, y eso suponiendo que esas naves no huyeran al primer indicio de una fuerza hostil.

—¿Cuál es tu plan? —dijo Phyla—. Una lanzadera sería un suicidio.

—Como escape, sí —respondió Quinn, sin dejar de trotar por los pasillos—. Como puerta trasera hacia las bahías principales, quizás no.

—¿Quieres aterrizar en el otro lado del carguero y qué, secuestrar una de sus naves?

—Me alegra que no seas tan simple como la mayoría de los mercenarios.

—¿Eso ha sido un cumplido? —preguntó Phyla entre jadeos, corriendo detrás del agente de Eden.

—Sí.

Quinn levantó una mano al llegar a la siguiente esquina y Phyla se detuvo antes de doblar la pared.

—Las lanzaderas están al doblar la esquina. Parece que no somos los únicos con esta idea.

—Oh, creo que probablemente somos los únicos con tu idea —murmuró Phyla. Escuchando, oyó los pitidos y movimientos de alguien preparando una lanzadera para despegar. Lanzar la pequeña nave requeriría introducir una contraseña, seguida de una breve serie de pasos preparatorios. En una verdadera emergencia, el ordenador de la nave podría eliminar el bloqueo y calentar los motores. Con Gage en el puente, sin embargo, no había manera de que eso ocurriera.

—Si la están preparando para salir, entonces deben ser de la tripulación. Los invasores no conocerían la contraseña —dijo Phyla.

—Buen punto. Iré primero.

Quinn dobló la esquina con el rifle en alto. Phyla le siguió, manteniendo la distancia. Al otro lado de la esquina, el pasillo se ensanchaba formando un amplio rectángulo, con la mitad derecha, orientada hacia el interior del carguero, cubierta de estanterías con suministros de emergencia, trajes espaciales y otros equipos necesarios si uno quería hacer un repentino viaje interestelar. Una serie de bancos servían de intermediarios entre las mitades derecha e izquierda, con la pared izquierda luciendo cuatro esclusas de aire, cada una lo suficientemente grande solo para entrar en fila india. Las lanzaderas estaban al otro lado.

Cuando Quinn entró en la sala, levantó rápidamente su rifle y parecía a punto de disparar cuando se detuvo, mirando hacia la derecha, donde Phyla no podía ver.

—Así que tú eres para quien trabaja Gage —dijo Quinn.

—Todos tenemos nuestros amos —llegó la respuesta, una voz cantarina que sonaba como un clarinete tocado a través de una cascada. Distorsionada—. Me gustaría conocer el tuyo.

—No importa —dijo Quinn—. ¿Crees que puedo dispararte antes de que tus amigos puedan levantar sus armas?

Phyla no oyó respuesta, no vio ningún gesto, pero Quinn apretó el gatillo. Su arma disparó una serie de tiros y Phyla aprovechó el momento para girar por la esquina, agachándose por debajo de la línea de fuego de Quinn y buscando un objetivo. Alineados contra la pared del fondo, con las taquillas de suministros detrás, había un trío de enemigos. Quinn disparó a la figura central, un hombre alto y delgado. El rostro del objetivo estaba cubierto de cicatrices retorcidas. Los dos que lo flanqueaban llevaban la misma mezcolanza de telas, accesorios aleatorios, pareciendo más montones de basura que personas reales. Los disparos de Quinn alcanzaron al de las cicatrices, pero desaparecieron al acercarse, disipándose como si fueran absorbidos por un agujero negro.

—Escudo portátil —dijo Phyla, apuntando a uno de los otros objetivos. No se movían, pero Phyla no discutía con un blanco fácil. Su rifle disparó y, una vez más, el láser pareció desaparecer cuando se acercaba al guardia.

—No todos tienen escudos —dijo Quinn, bajando ligeramente el rifle—. Eso sería demasiado caro.

—Eden, siempre pensando que la única moneda es el dinero —dijo el hombre de las cicatrices, y luego levantó su mano derecha.

Los dos miembros que flanqueaban al trío abrieron sus ropas, cosidas juntas en forma de túnicas. Debajo, cada uno sostenía un dispositivo de dos puntas que parecía un gran tenedor. Antes de que Phyla o Quinn pudieran moverse, los tenedores dispararon rayos, un espasmo blanco-azulado que destelló a través del espacio entre ellos y se estrelló con una fuerza convulsiva. Phyla soltó su rifle cuando sus brazos y piernas se contrajeron y estiraron aleatoriamente. Quinn cayó a su lado, retorciéndose en el duro suelo.

Phyla había sido aturdida antes, había sentido la entumecedora pérdida de contacto con sus propios nervios. Como si sus brazos, sus manos pertenecieran a otro cuerpo. Esto era lo opuesto, todos sus nervios ardiendo y activándose a la vez. No había forma de controlarlo. Su mente abrumada por las órdenes provenientes de cada rincón de su cuerpo. Incluso sus ojos parpadeaban rápidamente. Sus pulmones jadeaban buscando respiración tras respiración, apenas comenzando una inhalación antes de forzarla a salir de nuevo. Los dedos de los pies se encogían y abrían mientras sus pantorrillas se tensaban como para un salto, luego se relajaban de nuevo.

—Para el ganado —dijo el hombre del medio—. Mucho más efectivo que un aturdidor. Confío en que veas por qué.

Gradualmente, Phyla recuperó el control de su propio cuerpo y comprendió. Los aturdidores a menudo dejaban a sus víctimas inconscientes, aunque solo fuera porque sus cabezas golpeaban el suelo por la sorpresa. También eran menos efectivos si te entrenabas para contrarrestarlos, para saber cómo moverte sin sentir tus propias extremidades. Eso, y que los aturdidores eran evidentes. Los tenedores no parecían armas de mano, no parecían capaces de causar desastres.

—Gage me dijo que eres la persona más peligrosa a bordo —dijo el hombre—. Eden realmente se ha vuelto perezoso y descuidado si eres todo lo que pueden permitirse.

—¿Quién eres tú? —preguntó Quinn, incorporándose.

—Ten cuidado —dijo el hombre, avanzando—. Los que se mueven repentinamente suelen encontrarse electrocutados.

—Eso no responde a mi pregunta.

—Puedes llamarme Bakr —dijo el hombre mientras se inclinaba sobre Phyla. Mirando hacia arriba a su rostro, esos ojos marrones oscuros enmarcados por cicatrices rojas y furiosas. El horror aleatorio de una quemadura grave, una lesión que Phyla vio con frecuencia mientras crecía en Vagrant's Hollow. Gente jugando con máquinas de chatarra, tratando de convertir basura en tesoro y quemándose cuando algo salía mal.

La propia túnica de retazos de Bakr era un mosaico de

blancos y grises, tela confeccionada a partir de una ventisca sucia. Los colores claros contrastaban con el cuerpo quemado y jugaban con los ojos de Phyla, de modo que casi no veía la ropa, solo los brazos, manos y cabeza desollados flotando por sí solos.

—¿Y quién te paga? —continuó Quinn.

—Ah, el hombre de Eden carece de educación. Consigue un nombre pero no da el suyo —dijo Bakr, pasando por encima de Phyla hacia Quinn—. Qué vergüenza.

Bakr dio una patada, su pie derecho giró hacia adelante y conectó con la cabeza de Quinn. El guardaespaldas cayó hacia atrás, golpeando el suelo. Silencioso.

—¿Qué quieres? —dijo Phyla. Podía sentir cómo el fuego moría en sus nervios. Podía moverse si tenía que hacerlo. Podría estirarse, coger el rifle y tal vez rodar hasta una posición de disparo antes de que Bakr pudiera llegar hasta ella. Los dos guardias del hombre no estaban haciendo nada, solo de pie con esos tenedores eléctricos expuestos. Bakr podría tener que ordenarles. En ese caso, si pudiera sorprenderlo...

—No eres de Eden, ¿verdad? —dijo Bakr, volviendo hacia ella—. No tienes la actitud, el aspecto de quien ha vendido su alma.

—¿Vendido mi alma? ¿Quién habla así?

Mantén su atención en las palabras. En cualquier cosa que no sean sus ojos, midiendo la distancia hasta el rifle caído. Sus músculos tensos, preparándose para el giro.

—Alguien que ha pasado demasiados años navegando por el desierto del espacio —respondió Bakr, con el tono lírico bajando—. Pero si no eres de Eden, entonces debes ser uno de los otros. La seguridad adicional. Como el piloto que intentó atacarnos antes.

—Dale un premio al caballero —dijo Phyla.

—Ya tengo el mío. Y, desafortunadamente, no eres tú.

Cuando el pie de Bakr se adelantó para otra patada, Phyla rodó lejos. Su mano izquierda se estiró mientras completaba el giro, agarrando el gatillo y, torciendo los hombros, tirando de él a través de su cuerpo y apuntándolo directamente a la cara furiosa de Bakr.

—Qué pena —dijo Phyla, y apretó el gatillo.

No pasó nada. El rifle hizo clic, y no apareció ningún láser. Bakr no desapareció en un estallido de energía ardiente.

—Sí, una verdadera pena —respondió Bakr—. ¿Sabes que tu arma requiere un catalizador? ¿Un estallido de electricidad para formar realmente el láser?

Phyla abrió la boca para soltar una pulla, pero la mano izquierda de Bakr salió disparada y agarró su garganta. Con demasiada facilidad, Bakr se enderezó, levantando a Phyla con él.

—Mis amigos aquí, sus herramientas provocan descargas. Activan los nervios como tantas teclas de piano en un concierto —Bakr arrastró a Phyla por el suelo, hacia las puertas de la lanzadera de escape—. Vuestras armas no son diferentes.

Frente a una de las plataformas de lanzadera, con la mano aún alrededor de la garganta de Phyla, Bakr tecleó una serie de botones en el teclado. La puerta emitió un pitido, giró, y luego se dividió en el medio para abrir la esclusa de aire hacia la lanzadera de escape. Phyla intentó hablar, pero con la mano de Bakr alrededor de su garganta, no podía hacer mucho más que aspirar pequeñas bocanadas de aire por la nariz. Bakr balanceó su brazo hacia adelante, luego soltó, arrojando a Phyla dentro de la lanzadera. Ella golpeó el acolchado con un suave golpe, llevando la mano a su cuello y frotando para borrar las marcas dejadas por los dedos huesudos de Bakr.

—Neptuno es un planeta hostil —dijo Bakr, su mano continuando tecleando en el panel. Además de abrir la puerta, los teclados también podían establecer coordenadas, importante para enviar a personas menos versadas en astro-navegación fuera del carguero—. Espero que lo encuentres acogedor.

—¿Por qué...? —Phyla tosió—. ¿Por qué estás haciendo esto?

Bakr se detuvo fuera de la puerta de la lanzadera, parpadeó hacia ella. Un guardia le entregó un tenedor y él lo apuntó hacia Phyla, apretó el gatillo. Phyla se agachó, y los rayos pasaron por encima de ella, golpeando la pequeña consola de control de la lanzadera, que chisporroteó y se apagó.

—Por la misma razón que tú —dijo Bakr—. Para sobrevivir.

Bakr golpeó un botón en el teclado exterior y la esclusa. Las luces interiores de la lanzadera se encendieron, una luz blanca y limpia, y una voz advirtió a Phyla que se abrochara el cinturón. Dos segundos después, el impulso presionó a Phyla contra su asiento mientras la lanzadera despegaba del carguero hacia la fría oscuridad de Neptuno.

CAPÍTULO 33
CAZADA

Su cuerpo no esperó a que el dolor desapareciera para despertarla. Opal abrió los ojos a un mundo borroso y los volvió a cerrar. Aún no estaba lista. Aunque no tenía elección, ¿verdad? En fragmentos dispersos, la emboscada a la lanzadera, el láser minero, la llamada del bot de Viola, Puk, para saltar. Un desastre.

—¿Dónde? —suspiró Opal, abriendo los ojos de nuevo y observando el pasillo, la puerta cerrada de la bahía arrasada a su lado.

Alguien la había traído hasta aquí. La había dejado. Y sin un arma. Entre los momentos paralizantes de dolor de cabeza, Opal se colocó en cuclillas y revisó sus bolsillos. Lo único que le quedaba era su fiel cuchillo de haz sujeto al interior de su muslo. Seguía siendo peligroso.

Un leve ruido desde el pasillo. Voces. Seguido de un golpe metálico cuando alguien, algo, golpeó el suelo. Pesado y metálico. Opal contuvo la respiración y escuchó.

—Llévalo abajo —dijo una voz.

—¿Cómo esperas que haga eso? ¿Cargándolo?

—¿Ves ese traje? Lo protegerá durante un piso. Solo tíralo, cabrón.

Traje. Opal no reconocía las voces, lo que significaba que probablemente no eran amigos. Davin y Mox no la habrían dejado sola de todos modos. Y si tenían a Mox, entonces probablemente vendrían a buscarla. Opal se volvió hacia el panel de control y golpeó la flecha hacia abajo. No tenía idea de lo que hacía, pero cualquier cosa era mejor que quedarse aquí.

—Diré que me lo ordenaste, si lo matan —continuó la segunda voz.

Al otro lado de la puerta, el *Karat* retumbó. Palancas moviendo mucho peso y engranajes pasando unos junto a otros. Necesitaba moverse más rápido.

—Me da igual.

—Pero a Bakr quizás no.

Bakr. Oh, ese nombre. Ese nombre le resultaba familiar.

Los sonidos se hicieron más fuertes, con silbidos uniéndose mientras las válvulas liberaban presión. El ruido se extendía por el pasillo, recogiendo ecos a lo largo de las paredes. Opal intentó abrirse camino a través de los ruidos, más allá de los dolores de cabeza. Bakr. El nombre trajo consigo arenas rojas arremolinadas. Una lista de objetivos.

—Alguien está bajando la bahía —la voz interrumpió su concentración, estaba más cerca ahora—. Rápido, tíralo y luego alcánzanos.

Concéntrate, Opal. Ya habrá tiempo para los recuerdos.

Aplastándose contra la puerta, Opal mantuvo los ojos fijos en la esquina del pasillo. Lo que necesitaba ahora era un exceso de precaución. No sabéis lo que hay al doblar esta esquina, chicos. Tomadlo con mucha calma. Las voces dejaron de hablar. Probablemente se dieron cuenta de que era mala idea acercarse sigilosamente a alguien mientras no parabas de hablar.

La puerta sonó detrás de Opal, luego se abrió hacia arriba. Opal casi se cayó, retrocediendo para evitar encontrarse con estos tipos de espaldas. Una vez recuperado el equilibrio,

Opal corrió hacia su izquierda, fuera de la vista del pasillo. Frente a ella, los restos de la lanzadera yacían en pedazos. La bahía.

—¡Eh, eh! —Se escuchó un zumbido—. ¡Estás despierta!

—¿Puk? —dijo Opal, mirando hacia arriba y viendo al bot flotando sobre ella—. Rápido, ¿dónde hay un arma?

—¿Quieres la escopeta de Davin? Está por aquí —Puk zumbó a través de la bahía, hacia la popa de la lanzadera. En la dirección opuesta a la que había ido Opal. No se arriesgaría a cruzar frente a ese pasillo de nuevo. En su lugar, se dirigió hacia la proa de la lanzadera, que seguía apuntando hacia arriba debido al desequilibrio causado por el láser minero. Al menos había un puntal aquí tras el que agacharse.

Opal vio el borde del pasillo, la apertura a la bahía. Un segundo después de asomarse desde detrás del puntal, un cuerpo, luego dos, ambos con pesados trajes de soldadura, entraron. Sostenían pequeñas armas cortas, pero las sujetaban con ambas manos, cada uno mirando en una dirección diferente. Fuera cual fuese su indumentaria, iban muy armados para trabajo mecánico. No se movían rápido, tomándose su tiempo en medio del pasillo. Si hubiera tenido su rifle, habrían sido blancos fáciles.

—Separaos —dijo uno de los soldadores. Su traje carecía de las manchas y desgarros que marcaban el atuendo del segundo, y su voz coincidía con la que daba las órdenes. Sin pensarlo, Opal lo apodó Alfa y al otro Beta. El mismo estilo de designaciones que daban a los objetivos en Marte.

Alfa se dirigió hacia la popa de la lanzadera mientras Beta fue hacia la proa. En unos segundos, Beta vería a Opal o tropezaría con ella. Cuando eso ocurriera, Opal tendría un instante de sorpresa para clavar ese cuchillo de haz en la cara de Beta.

—Eh, ¿qué es eso? —dijo Beta, deteniéndose en su aproximación para mirar al aire—. ¡Es un bot!

Opal siguió la mirada de Beta y vio a Puk flotando sobre la lanzadera.

—¿Queréis saber quién está aquí? —zumbó Puk, con la voz amplificada para llenar toda la bahía—. Porque os lo diré, si prometéis no volarme en pedazos.

—¿Has oído eso? —dijo Alfa a Beta—. Tenemos un bot con instinto de autoconservación. Así que habla, bot. No te quemaremos.

Sus ojos estaban en Puk, así que Opal se deslizó entre el puntal y el cuerpo de la lanzadera. Visible por un momento, Opal se pegó contra el cuerpo de la lanzadera y respiró hondo. Puk divagaba sobre ella, hablando de Davin y Viola, y alguna historia loca sobre ellos saltando de la bahía con trajes puestos. Opal se acercó poco a poco a la parte dividida de la lanzadera donde la popa y la proa se arrugaban juntas.

—Pero me pareció oír que alguien acababa de entrar aquí —dijo Alfa—. La puerta se abrió hace un minuto.

—Todo fui yo, me temo —dijo Puk—. Bajé la bahía para recoger a mi amigo, ¿el del exoesqueleto?

Opal miró a través del agujero entre los costados de la lanzadera. No había nadie. Otro paso rápido y estaba junto a la sección de popa. Allí, justo pasados los motores, yacía en el suelo la escopeta favorita de Davin. ¿Por qué habría dejado el capitán eso aquí? No tenía mucho sentido. Fuera cual fuese el motivo, Opal murmuró un silencioso gracias y recogió el arma, deslizando el cuchillo de haz en una ranura de su cinturón.

Puk debía estar vigilando el progreso de Opal con su ojo mecanizado, porque en cuanto tuvo la escopeta en sus manos, el bot flotó hacia la puerta.

—Había otra persona —dijo Puk—. Pero se fue con Mox, el hombre de metal.

—Entonces tal vez esté aquí atrás —dijo Alfa—. Bot, si estás intentando engañarnos, te convertiremos en chatarra antes de que puedas escapar volando.

Puk protestó mientras Opal cruzaba por el otro lado de la lanzadera. Demasiado lejos para Melody. Sus armas cortas tenían más alcance, la harían picadillo si salía a descubierto. O atravesaba los restos de la lanzadera, o volvía por la proa.

—Creo que este bot nos está tomando el pelo, jefe —dijo Beta—. No hay nadie en ese pasillo. Es un callejón sin salida.

—Última oportunidad, bot —dijo Alfa—. ¿Dónde están?

No hay tiempo. Opal avanzó a través de los restos de la lanzadera. Demasiados pedazos rotos de metal significaba que no podía correr disparando a toda costa. Casi allí, Puk. Sigue distrayéndolos.

—Vale. Me habéis pillado —dijo Puk—. Es mi programación, ¿sabéis? No puedo luchar contra ella. Tengo que proteger a mis dueños.

Opal no vio el disparo, no escuchó el arma, pero vio a Puk estrellarse contra el suelo y rodar, con chispas saltando en todas direcciones mientras sus circuitos se freían.

—¡Acabas de conseguir que frían a tu propio bot! —gritó Alfa—. ¡Ahora sal y prometo que no haremos lo mismo contigo!

Opal se asomó desde la lanzadera, con la escopeta apuntando hacia el par, y apretó el gatillo. Seis bolas verdes de energía ardiente salieron disparadas hacia Beta y Alfa, que dieron un paso a un lado antes de que las bolas impactaran contra sus trajes. Opal persiguió sus propios disparos, observando cómo las bolas estallaban sobre Beta y Alfa. Las llamas se arrastraban alrededor de la gruesa armadura, pero la energía de la escopeta no parecía estar quemándola.

Eso no significaba que fuera inútil.

Plantando su pie izquierdo y girando su hombro derecho, Opal blandió la escopeta como un bate. Beta, todavía envuelto en las llamas verdes y agitándose, ni siquiera intentó esquivar el golpe. Probablemente no lo vio venir. La escopeta se estrelló contra su cabeza, el casco similar a la goma no hizo nada para amortiguar el golpe. El hombre se desplomó en el suelo y Opal pivotó, preparando la escopeta para otro golpe.

Alfa, todavía ardiendo, estaba preparado. Su mano izquierda atrapó la escopeta cuando Opal la levantaba de nuevo y se la arrancó de las manos, lanzándola por el suelo de la bahía. El brazo derecho de Alfa, sosteniendo el arma corta, se levantó hacia el pecho de Opal. Opal dejó que sus piernas se deslizaran bajo ella y, mientras Alfa disparaba, cayó al suelo. La descarga aturdidora voló sobre su cabeza mientras Opal lanzaba su pie derecho hacia la entrepierna de Alfa. Él gimió, moviendo la mano izquierda para protegerse, y retrocedió, agitando el arma corta para otro disparo.

Opal encogió el abdomen y dio una voltereta hacia adelante, agarrando el cuchillo de haz de su cinturón con la mano izquierda mientras rodaba. Alfa, todavía retrocediendo, apuntó el arma corta a Opal mientras ella terminaba el movimiento. Opal se lanzó con el cuchillo de haz, dirigiéndolo hacia el arma mientras Alfa apretaba el gatillo. El arma explotó, liberando la energía concentrada mientras la mitad frontal cortada caía. La fuerza expulsó el cuchillo de haz de su mano, lanzándolo a través de la bahía. La energía aturdidora liberada bañó a Opal y la empujó al suelo, entumeciendo su brazo izquierdo. Alfa contempló su arma arruinada, cualquier expresión facial oculta por ese casco, y luego la tiró.

—¿Sabes qué es lo gracioso? —le dijo Alfa a Opal, que seguía en el suelo—. Se suponía que debíamos mantener bajo el recuento de cadáveres en esta misión. Las muertes manchan de sangre el producto.

—¿Entonces qué demonios estáis haciendo?

—Tú no trabajas para Eden, ¿verdad? —continuó Alfa.

Intentando retroceder, los pies de Opal empujaban contra el suelo liso. Alfa la siguió, se cernió sobre ella. Manos bajas, brazos listos para bloquear una patada. El problema aquí era el punto de apoyo, una oportunidad para ponerse de pie. Si Opal no encontraba uno pronto, estaba muerta.

—¿Parece que lo haga? —dijo Opal.

—No lo parece. Lo que significa que a nadie le importará si te aplasto la cara —dijo Alfa.

Opal sintió la lanzadera detrás de ella, dura contra su espalda. No había a dónde huir. Alfa echó el puño hacia atrás, y Opal se preparó.

CAPÍTULO 34
BODEGA DE CARGA

La línea azul de la cuerda de seguridad se hundía en el vacío negro a unos metros de distancia. Avanzaba hacia delante, luego se inclinaba y desaparecía al pasar por el borde de popa del *Karat*.

—Entonces, el plan es que yo descienda por la cuerda hasta ti, y luego la desenganchamos y la recogemos —dijo Davin por tercera vez.

No es que tuviera miedo. Definitivamente no. Le habían disparado, apuñalado, había estado en una nave a punto de explotar en el espacio. Simplemente no quería caer al miserable cielo de Neptuno. ¿Qué conseguiría? ¿Unos minutos de caída antes de que el núcleo le derritiera hasta los huesos? ¿O quizá el viento arremolinado le atraparía y le zarandearía a tal velocidad que su traje se rasgaría y se congelaría? Un carámbano humano surfeando la atmósfera de Neptuno.

—Exacto. Ajustarás tu enganche. Pasarás la cuerda a través de tu traje, en vez de engancharla. Así podrás deslizarte por ella —la comunicación de Viola sonaba difusa, atravesando el casco del *Karat* y el aire nuboso de Neptuno para llegar hasta Davin—. Debería ser fácil.

Fácil. Los tiroteos eran fáciles. Calmar a idiotas engreídos discutiendo sobre el pago era fácil. Davin agarró la cuerda, anclada en el casco, y la soltó. El cable se puso verde. Aflojó su enganche, permitiéndole deslizarse a lo largo de la cuerda. Pasó la línea hacia adelante y hacia atrás, confirmando que se movía con facilidad.

—La próxima vez que suceda esto, le toca a Mox —dijo Davin.

—Capitán, ¿estás nervioso?

—Lo que pasa con ser capitán, Viola, es que tu trabajo consiste en entender los entresijos de cada situación —dijo Davin.

—Pero dejaste que me fuera sin preguntar nada.

—Lo que pasa con ser capitán, Viola, es que tienes que confiar en tu tripulación para hacer su trabajo.

El suspiro de Viola llegó a través del comunicador. Sin sentido del humor.

Sellar la cuerda de nuevo al casco cambió el color de vuelta a ese azul seguro y tranquilizador. Davin siguió esa luz, con las manos tocando la cuerda, dejando que el cable corriera entre sus dedos, y luego se agarró cuando sus pies resbalaron. Cuando llegó al precipicio, Davin se deslizó y cayó. El viento golpeaba con más fuerza aquí, colgando del cable. La oscuridad ocultaba su velocidad; Davin calculaba cuándo agarrar la cuerda basándose en el vuelco de su estómago, confiando en que los guantes del traje evitaran que la fricción le quemara las manos.

La cuerda se curvaba bajo el saliente del casco. Davin se arriesgó a mirar hacia atrás; esa línea vital azul se extendía detrás de él, como un cable místico hacia un dios. Has visto la mayoría de los planetas del sistema solar, puestas de sol en las afueras de Júpiter y un millón de otras maravillas, pero ese simple rizo de zafiro adentrándose en la oscuridad tempestuosa ocupaba un lugar privilegiado en su lista.

—Creo que lo voy a conseguir —comunicó Davin, deslizándose por la cuerda ya más nivelada.

—¿Estabas preocupado?

—Definitivamente no.

Caer en la toma de aire del *Karat* no fue nada del otro mundo. De un nivel de oscuridad a otro. Sentir sus pies sobre algo real de nuevo hizo que Davin respirara más tranquilo. Por muy mercenario espacial que fuera, no había mucho que se pudiera comparar con pisar suelo firme. Por no mencionar ver a Viola, otra persona, después de la última hora caminando solo a través de la noche de Neptuno. La chica ya estaba retractando la cuerda. El color cambió de azul, a verde, a naranja mientras Viola la enrollaba.

—Deberíamos conseguir una para el *Jumper* —dijo Davin.

—Apuesto a que podrías quedarte con esta —dijo Viola—. Ese transbordador ya no la necesita precisamente.

—Mira tú, atenta a las gangas. Puede que llegues a encajar en esta tripulación.

Davin subió por la toma mientras Viola terminaba de enrollar la cuerda. Se sentía extraño adentrarse en un entorno hostil sin Melody y su protección, pero tendría que coger la escopeta más tarde. Demasiado riesgo de un disparo inoportuno al rebotar por la cuerda. Así que ahí estaba, dependiendo de sus viejas manos y pies si aparecía un secuestrador.

Pero no apareció nadie. Davin caminó por la toma que se estrechaba hasta que llegó a la puerta. No había nada que Davin pudiera ver al otro lado. Ni paneles, solo placas de metal duro. Había visto suficientes naves para saber que por aquí era por donde entraba el material sin procesar. Solo se abriría si el *Karat* entraba en modo de minería.

—¿Ideas? —preguntó Davin cuando Viola se acercó por detrás.

—¿No hay un acceso de emergencia? —dijo Viola, mirando alrededor de la puerta—. No puedo imaginar... para reparaciones, deberían tener algún mecanismo, ¿no? Todas las naves de mi padre, las que fabrica Galaxy Forge, lo tienen.

—Quizás Eden tiene otro contratista —dijo Davin. Las

implicaciones no eran buenas. Si no había forma de entrar significaba que estaban atrapados aquí, con su oxígeno disminuyendo. Y si los secuestradores decidían sacar el *Karat* de órbita, entonces ellos dos acabarían más que fritos. Necesitaban ayuda.

Davin miró su comunicador. Buscó frecuencias. Mox y Opal no aparecían. El casco del *Karat* era demasiado grueso. Entonces una ráfaga de estática llenó su traje, la misma cascada de sonidos de antes, cuando estaban aterrizando. Aunque Opal había dicho que no era solo ruido.

—Viola, ¿ese mensaje? ¿El que interceptamos al acercarnos?

—¿El que nos decía que huyéramos?

—¿De dónde venía? ¿De qué punto?

—No lo sé. Era una transmisión de amplio alcance. No estaba precisamente centrada en rastrearlo —dijo Viola, continuando tanteando la puerta—. Yo probaría con el puente.

—Sería el lugar más seguro —asintió Davin—. Una persona en un punto estratégico podría resistir mucho tiempo.

Davin tocó su comunicador, intentando encontrar la fuente del mensaje. La atmósfera de Neptuno tenía pocos satélites para guiar al comunicador en su elección, así que el dispositivo de Davin solo podía dar una dirección general. Un punto en una esfera tridimensional apareció en la pequeña pantalla del comunicador, con colores verdes sombreando las fuentes probables de la transmisión. Usando los guantes del traje espacial, Davin trazó la ruta por la que quería enviar la transmisión.

—¿Hola? ¿Alguien recibe esto? —envió Davin.

—¿Con quién estás hablando? —preguntó Viola.

—Aún no lo sé —respondió Davin, y escuchó.

—Sí —llegó la respuesta un minuto después. Probablemente debatiendo si era buena idea hablar. La señal era entre-

cortada, perdiendo definición al atravesar el casco del *Karat*
—. ¿Quién es?

—Tu equipo de rescate. Que, eh, necesita ser rescatado —dijo Davin. Claro que existía la posibilidad de que fuera un secuestrador, pero ¿qué tenía Davin que perder?

—¿Os ha enviado Gage? —esta vez la respuesta fue instantánea.

—Más o menos —dijo Davin—. Más bien, nos envió el jefe de Gage.

—Bien, porque Gage es un traidor.

—Interesante —dijo Davin mientras hacía todo tipo de gimnasia mental. ¿Traidor a quién? Podría ser tanto a los secuestradores, a Eden o a algo ajeno a ambos. Mejor mantener al tipo en línea siendo cordial—. Me encantaría hablar más de eso en persona.

—¿Dónde estáis?

—En realidad, y esto puede sonar raro, pero sígueme, estamos en la toma de carga —dijo Davin—. Y con eso quiero decir que estamos encerrados fuera de tu bodega. Parece que tenéis una plaga del tipo armado y peligroso, y no queríamos meternos directamente en ella.

—¿Así que quieres entrar en la bodega?

—Esa es la idea, sí.

—Una vez que entres, no hay muchas opciones para llegar hasta aquí. Todas pasan por la cafetería, donde los traidores se han establecido. Busca otra manera. Envía otra comunicación cuando llegues al puente, y hablaremos de nuevo.

Un segundo después la puerta de la toma se abrió de golpe, el cuerpo inclinándose hacia fuera, obligando a Viola a retroceder. Al otro lado había un pequeño túnel. Tendrían que gatear. En el fondo, Davin pudo distinguir un resplandor: azul-blanco, difuso. Genial. Otra cosa que no entendía.

CAPÍTULO 35
AL RESCATE

La lanzadera giró y dio vueltas, retorciendo a Phyla en sus correas mientras intentaba reiniciar, tratando de obtener cualquier respuesta de la consola. Nada respondía. La palanca de control estaba bloqueada. La pantalla permanecía en blanco. Y por la ventanilla frontal, Neptuno se veía cada vez más grande.

Solo quedaba una herramienta.

—Gage —dijo Phyla por el comunicador, cambiando el transmisor a la señal del capitán. Solo tendría un minuto hasta que estuvieran demasiado lejos para que los comunicadores funcionaran, pero existía la posibilidad de que Gage pudiera capturar la lanzadera. Ya fuera mediante un control remoto o rescatando equipos diseñados para engancharse y atraer metales desde la distancia.

—Tu señal es débil. ¿Estás llamando desde esa lanzadera...?

—Sí. Hazme volver.

—¿Por qué querría hacer eso? Por lo que recuerdo, eres mi enemiga.

El hombre tenía razón. Phyla definitivamente tenía un puñetazo esperando a Gage la próxima vez que viera su cara.

Pero había condiciones que superaban su enfado. Como la muerte inminente.

—Conocí a Bakr. En el carguero. No quiere mantenerte cerca —dijo Phyla—. Está loco.

Vamos, Gage. Esperemos que no hayas conocido al tipo. Que seas influenciable.

—Bakr tiene una sólida reputación —respondió Gage—. Los términos que acordamos le son favorables. Además, aunque quisiera, este carguero no tiene nada que pueda traerte de vuelta. Disfruta de tu vuelo.

Phyla casi gritó cuando Gage cortó la comunicación. Volvió a la consola. Piensa, Phyla. El arma de Bakr habría enviado una carga alta a través del componente, probablemente activando un fusible. Rompiendo el circuito. ¿Dónde estaría ese fusible?

En una lanzadera de emergencia, no había muchos lugares donde esconder cosas. En el centro del suelo, a un metro de ella, había un panel etiquetado con el símbolo universal de mecánica, una llave inglesa amarilla envuelta en un círculo. Dos pequeñas bisagras se encontraban a cada lado, fáciles de abrir. Si la lanzadera no estuviera dando vueltas en círculos. Quitar las correas aquí no era buena idea, pero ese panel parecía su única oportunidad. Phyla tomó aire, con el dedo en el botón de liberación de las correas, y lo pulsó.

No había gravedad, pero el panel se movía con la rotación. El exterior de la lanzadera giraba más rápido que Phyla, que estaba en el medio, así que tuvo que aumentar su propio giro para igualar la velocidad del panel. ¡Las correas! Las correas inferiores de Phyla colgaban en el aire de la lanzadera. Phyla las agarró cuando pasaron volando y tiró de ellas. Tan pronto como el giro se igualó, las correas tiraron de Phyla hacia adelante, acelerándola para igualar el giro de la lanzadera. Era mareante, pero Phyla mantuvo los ojos enfocados en el panel hasta que sintió como si ya no se estuviera moviendo.

Ajustando su agarre, Phyla tiró de nuevo de las correas, impulsándose hacia el panel.

—¡Hola! —crepitó el comunicador de Phyla—. ¿Eres tú en esa lanzadera, Phyla?

El ruido repentino hizo que Phyla se sobresaltara, sus ojos miraron su comunicador y casi perdió el contacto con el panel, pero sus manos se agarraron al borde exterior elevado. Luego, aferrándose a las bisagras, que estaban integradas en muescas en el suelo, Phyla finalmente se concentró en su comunicador.

—Soy yo. ¿Quién es?

—Tu piloto de combate favorito —la voz de Merc llegaba clara—. Pilotando este barco tan voluminoso. Dime, Phyla, ¿cómo lo soportas? El *Jumper* se controla como una masa...

—Cállate —dijo Phyla—. ¿Venís a por mí?

—Tan rápido como esta cosa puede ir —dijo Merc—. Aunque tenemos un problema. Parece que entrarás en la atmósfera en un minuto. No llegaremos a ti hasta dentro de cinco. Para entonces estarás demasiado profunda para que podamos seguirte.

—Llama a Trina.

—¿Trina?

—Hazlo.

—De acuerdo —dijo Merc, desconectándose.

Phyla miró las bisagras, tiró de la superior. El panel se abrió. Phyla tiró de la otra manija y soltó su agarre. La cubierta flotó desde debajo de Phyla, ayudada por un empujón de sus manos. Debajo había una gran cantidad de cables y un pequeño panel parpadeante que indicaba que un fusible había saltado. El problema era, ¿dónde estaba el fusible?

—Trina al habla.

—¿Dónde están los fusibles en una lanzadera de emergencia?

—Depende del modelo. Hay varias diferencias, según el año.

—Me da igual. Abrí el panel mecánico. Estoy mirando un montón de cables y una caja que me dice que el fusible está fundido.

—Ah, eso es fácil. Solo tira hacia atrás de la pantalla.

Phyla alcanzó la pantalla parpadeante. Se levantó, mostrando un estante de fusibles. Uno, etiquetado como "Vuelo" había saltado. Phyla lo volvió a introducir y cerró la caja. Miró a su derecha y vio que la consola de vuelo de la lanzadera se iluminaba con vida.

—Trina, eres una genio.

—Ayuda cuando estás justo ahí —respondió Trina—. Pero, eh, ¿Phyla? Querrás cambiar tu trayectoria o te estrellarás contra Neptuno y explotarás por todas partes.

—Gracias por la advertencia —dijo Phyla, balanceándose de vuelta a la palanca de vuelo. Había suficiente combustible en el tanque, dado que la lanzadera solo había estado usando la gravedad de Neptuno hasta este momento. Phyla tocó los quemadores y, lo primero, detuvo el enloquecedor giro. Ahora sentía un ligero tirón en las piernas, el contacto con la gravedad de Neptuno. Significaba que estaba llegando a donde la atmósfera de Neptuno asaría la lanzadera, donde hacer cualquier maniobra grande causaría una fricción muy por encima de lo que la lanzadera podría soportar y enviaría todo hacia el núcleo de Neptuno en una lluvia de meteoros.

Tirando de la palanca, Phyla giró la ventanilla de la lanzadera hacia las estrellas. Activando los cohetes, Phyla observó cómo se agotaba el combustible mientras utilizaba cada gramo de potencia que la lanzadera podía generar con sus motores. Tenía que detener el descenso, y luego coger suficiente velocidad para rebotar en la atmósfera.

—Se ve bien, Phyla —llegó la voz de Merc desde el comunicador—. Sigue haciendo lo que haces y volverás en nuestra dirección para una recogida fácil.

La lanzadera se sacudió. Todavía estaba descendiendo hacia la gravedad de Neptuno, y ahora caería de panza en la atmósfera. No era bueno. El combustible estaba al veinte por ciento.

—No lo voy a conseguir —dijo Phyla, continuando con la impulsión—. Te necesito aquí más rápido.

—¿Puedes hacer una EVA? —preguntó Merc.

—No tengo traje.

—¿Sin traje? ¿Qué demonios estás haciendo, Phyla, subiendo a una lanzadera de evacuación sin traje?

—Larga historia —dijo Phyla. Diez por ciento.

—Trina me dice que hay otra manera. Sigue quemando. Guarda un dos por ciento de lo que tienes.

Eso no sería difícil. Quedaba un cinco por ciento y la lanzadera seguía cayendo demasiado rápido. Phyla dejó que la quema continuara un par de segundos más y luego apagó los motores. La consola seguía mostrando que caía hacia Neptuno, aunque, por la ventana, lo único que Phyla veía era el espacio. Atrapada entre dos entornos que la borrarían de la existencia en unos segundos. Sin combustible. Dependiendo de un piloto de combate que intentaba meter un carguero en una atmósfera para la que no estaba diseñado. Davin definitivamente se volvería loco ahora mismo.

—¿Cuál es el plan? —dijo Phyla después de unos segundos de silencio—. ¿O te olvidaste de mí?

—¿Phyla? —la voz de Trina llegó por el comunicador—. Necesito que hagas exactamente lo que te diga.

—Estoy en tus manos.

—Toca la caja roja en el lado derecho de la pantalla de la consola.

—¿La que dice "Emergencia"?

—Esa misma.

—Vale, tengo algunas opciones aquí.

—¿Hay una para vaciar combustible? —La voz de Trina

indicaba que sabía que estaba allí, y más aún, exactamente dónde estaba en la pantalla.

—No tengo mucho combustible que vaciar —dijo Phyla.

—Será suficiente. A la de tres, vas a pulsar el botón. Abrirá tus tanques de combustible. Les dispararemos, y explotarás.

—¿Cómo dices?

—Hacia arriba. Lejos de Neptuno, lo siento. Las lanzaderas pueden soportar mucha violencia antes de que tengan fugas. Debería impulsarte lo suficientemente alto para que podamos cogerte —dijo Trina, como si le estuviera explicando a Phyla los principios de las matemáticas simples—. Tres.

—No me gusta mucho esta idea, Trina.

—Dos.

Phyla apoyó el dedo sobre el botón, miró fijamente a través de la ventanilla hacia esas estrellas parpadeantes. Si iba a ser incinerada, maldita sea, apreciaría la vista una última vez.

—Uno.

La lanzadera hizo un ruido de expulsión, un chasquido cuando los tanques de combustible se abrieron. Y entonces Phyla salió volando hacia atrás, estrellándose contra la pared trasera de la lanzadera mientras todo volaba hacia adelante con demasiada fuerza. Alguna parte de ella, varias partes, se rompieron con el impacto. Phyla intentó gritar, chillar cualquier cosa, pero el aire no pasaba por sus pulmones. Su boca se estiró hacia atrás, la visión se volvió borrosa, todo en varios estados de dolor o shock entumecedor. Iba a morir.

Solo que la ventanilla de la lanzadera ya no mostraba las estrellas. O al menos, no todas. Una gran forma ocultaba la vista, acercándose cada segundo. La presión disminuyó a medida que la aceleración desaparecía, y Phyla se despegó de la pared, nuevamente en gravedad casi cero. La consola de la lanzadera estaba parpadeando y emitiendo pitidos, declarando todo tipo de infiernos inminentes si Phyla no salía pronto.

—¿Sigues viva ahí dentro? —preguntó Merc por el comunicador—. Porque eso parecía duro.

—Aquí —susurró Phyla, con los pulmones todavía aferrándose a cualquier aire que pudieran retener.

—¡Ahí vamos! —dijo Merc—. Prepárate, porque vuelves a casa.

El *Jumper* llenó la ventanilla, y Phyla vio cómo la nave giraba, orientando su bahía de acoplamiento hacia su lanzadera. Phyla no sabía a qué velocidad se movía la lanzadera, pero si golpeaba demasiado fuerte, destrozaría el *Jumper*. Arruinaría la nave. Phyla se arrastró, moviendo sus doloridos brazos y piernas para avanzar hacia el frente.

—Merc, tienes que desplegar la malla —dijo Phyla—. Voy demasiado rápido.

—Sí, ese era el plan. Solo que ahora que estoy mirando alrededor, no sé cómo hacerlo desde aquí.

—¡El único activador está en la bahía, y si alguien no lo activa, todos moriremos! —dijo Phyla, mientras el *Jumper* tapaba las últimas estrellas en el cielo de la lanzadera.

CAPÍTULO 36
ESQUIVAR Y PATEAR

El primer golpe de Alpha impactó a Opal en su brazo izquierdo cuando lo interpuso ante el puñetazo. El segundo fue un izquierdazo bajo. Atrapada contra la lanzadera, Opal recibió el impacto en el estómago. Otro derechazo a su cara y de nuevo Opal lo interceptó con su brazo. El dolor se extendió desde su muñeca hasta el codo. Con uno o dos más, no sería capaz de levantar el brazo a tiempo.

—¿Sabes? No me siento mal por esto —dijo Alpha, y luego cambió de táctica y le propinó una patada en el costado derecho a Opal. El golpe la empujó hacia la grieta de la lanzadera, con la mitad de su espalda contra la abertura.

—¿Por golpear a una mujer?

—Ahí está. No eres una mujer. Solo eres un enemigo —respondió Alpha, y luego se inclinó con otro derechazo.

Esta vez Opal no levantó el brazo, sino que apartó la cabeza hacia un lado. El golpe de Alpha atravesó el espacio donde habría estado el brazo de Opal, donde había estado su cabeza, y continuó por el espacio vacío que separaba las mitades de la lanzadera. Siguiendo su puñetazo, Alpha perdió el equilibrio, inclinándose hacia delante y extendiendo la mano izquierda para sujetarse. Opal rodó sobre su costado y pateó con la pierna derecha, golpeando a Alpha en la rodilla. Sin la mano que lo sostenía en ese lado, la pierna de Alpha se dobló y el hombre cayó. Opal se abalanzó sobre él.

—Tienes razón —dijo Opal—. Solo soy un enemigo.

Presionando la espalda de Alpha contra el suelo, Opal usó el impulso para ponerse de pie de nuevo. Nuevamente con su pierna derecha, Opal propinó una patada rápida a la cabeza de Alpha; el hombre gruñó y quedó inmóvil. Dos secuestradores inconscientes. Opal miró a su alrededor. No había muchas opciones allí. Podría abrir la compuerta de nuevo y empujarlos a través del escudo magnético. Opal miró los cuerpos inertes y negó con la cabeza. Incluso si pudiera moverlos con sus trajes hasta allí... no. Ya había suficientes muertos en su pasado, no necesitaba añadir más.

Beta, todavía inconsciente por la paliza con la escopeta, tenía un arma de mano. Opal cogió la pistola y observó que ya estaba en modo de aturdimiento. Quitándoles los cascos, que parecían más bien máscaras completas de tela, Opal les disparó a ambos. Eso debería mantenerlos inconscientes durante horas. Tiempo suficiente para recuperar el *Karat* o morir en el intento.

Puk era un desastre frito. Opal recogió el robot abollado y no vio nada. Ni una chispa, ni el sonido de ninguna actividad. Sin embargo, el cuerpo del robot no parecía completamente inútil. Probablemente Viola tendría una copia de seguridad, podría restaurar a Puk una vez que volvieran al *Jumper*. Pero no había espacio para llevar el cuerpo con ella ahora, así que Opal dejó la carcasa de Puk cerca de la puerta del pasillo. Con la escopeta en una mano y la pistola colocada en una funda en la cintura, Opal se adentró en el pasillo.

Usar el comunicador podría haber sido una buena idea, pero eso habría significado hablar. Habría significado delatarse, tal como Beta y Alpha lo hicieron antes. Así que Opal permaneció en silencio, deslizándose alrededor de la esquina y mirando el ascensor destrozado. Aparte del ruido de funcionamiento del *Karat*, un zumbido constante puntuado por ocasionales golpes y sacudidas cada vez que la nave ejecutaba un cambio de dirección, no había ningún sonido. Opal se acercó sigilosamente al ascensor, colocando sus pies talón con punta para eliminar el ruido de una pisada normal. Nadie saltó, nadie disparó un arma, nadie amenazó.

Mirando hacia abajo en el ascensor, Opal vio una escalera, con peldaños circulares aferrados al lado del hueco, que estaba iluminado por el mismo patrón de luces empotradas en la pared que iluminaban el pasillo detrás de ella. No sería difícil dejarse caer por el agujero, bajar por la escalera y ver qué le esperaba. Sin embargo, hacerlo la volvería vulnerable. La escopeta tendría que ir colgada al hombro, mientras que la pistola, en una funda en su cintura, sería difícil de sacar con los brazos en los peldaños.

Una emboscada inteligente esperaría hasta que estuviera en la escalera, un blanco fácil.

Pero, ¿qué otra opción tenía? Opal se echó la escopeta al hombro y deslizó sus pies por el agujero. Orientándolos, sus pies encontraron los peldaños. Luego, con la mano izquierda agarrando la base del ascensor, Opal se dejó caer. Inmediatamente, su brazo pulsó de dolor; los puñetazos de Alpha hicieron que el agarre de Opal se aflojara. Bajó una pierna al siguiente peldaño, luego la otra. Solo uno más y Opal podría agarrarse con la derecha. Vamos. Pierna izquierda abajo otro peldaño. Pierna derecha. Opal se inclinó para agarrar un peldaño, el brazo izquierdo sosteniendo la base del ascensor y doliéndole como si fuera a desprenderse. La escopeta, colgada sobre su hombro, se deslizó mientras se inclinaba.

Desequilibrada. La correa se enganchó en su muñeca derecha. La mano izquierda de Opal se resbaló, la derecha aún sin agarrarse. Tenía que perder peso. Opal movió su mano derecha mientras se desprendía de la escalera, y la escopeta y la correa cayeron. Devolviendo su mano aligerada, Opal se estabilizó en la escalera. La escopeta rebotó de peldaño en peldaño, aterrizando en el piso inferior con un estruendo metálico que recorrió todo el hueco.

¿Quién necesitaba el factor sorpresa de todos modos?

Opal descendió por la escalera a saltos, agarrándose al exterior del marco y saltando varios peldaños a la vez. Tenía que moverse rápido, porque si alguien venía a investigar, no tendría ninguna posibilidad de defenderse. El hueco del ascensor no era grande, ya que el *Karat* no era una nave enorme y el objetivo principal de este ascensor era transportar personas hasta el área de carga de la bahía. Opal llegó a la base del hueco momentos después, todavía sola. Habría tenido más sentido tenderle una emboscada en la escalera, así que probablemente tenía unos momentos para respirar. Si no estaban cubriendo la única ruta más profunda en la nave, estas personas o confiaban mucho en sus camaradas o no estaban versadas en tácticas de sentido común.

Descendiendo por el pasillo desde el hueco, Opal pasó por una serie de camarotes. Equipados con camas sencillas, con salpicaduras de objetos personales aquí y allá, apenas había espacio suficiente para tumbarse. Una pequeña taquilla para pertenencias. El *Karat* no estaba construido para viajes largos, entonces. Habrías tenido a un montón de personas volviéndose locas con tan poco espacio para ellas durante tanto tiempo.

Después de los camarotes, el pasillo se inclinaba hacia un espacio más amplio. La conversación llegó desde allí, así que Opal redujo la velocidad. Escuchó.

—Entonces, ¿qué quieres que hagamos con el tipo? —dijo alguien más adelante, con tono cansado—. ¿No tiene ningún valor? ¿Estás seguro?

Una pausa. Opal se arrastró, pegándose al lado del pasillo, hasta una puerta. La cafetería se abría a un espacio con un par de mesas largas, sillas y una pared trasera llena de almacenamiento para los típicos paquetes de comida insípida que las naves pequeñas llevaban para los vuelos. A lo largo de una pared, una pantalla de realidad alterada parpadeaba entre escenas de la Tierra. Opal podía ver el borde de un panorama montañoso, pero sus ojos fueron atraídos hacia el centro. Atado a una silla estaba Mox, con la cabeza en alto y mirando fijamente. Uno de los secuestradores estaba cerca de él, apuntando con un pequeño rifle de asalto a su cautivo. El otro, el que hablaba, estaba de pie mirando a Mox con la espalda vuelta hacia Opal. Nadie la había visto todavía.

—Considéralo hecho. Retendremos la nave hasta que estés listo para que subamos. —El que hablaba bajó el comunicador y se volvió hacia el otro—. Dispárale.

CAPÍTULO 37
ORO AZUL

Los diamantes de hielo eran olas azuladas que chocaban entre sí dentro de piedras individuales. Azul y blanco fluyendo uno alrededor del otro en marañas hipnotizantes, presionadas en las profundidades del núcleo de Neptuno. Mundos en miniatura con vida propia. Viola miraba fijamente los montones, agrupados en grandes contenedores en la bodega de carga del *Karat*, por lo demás gris y sin características distintivas. Más allá del resplandor azul de los diamantes, luces dispersas en forma de halo iluminaban la bodega con una luz pálida y gélida.

—Ahora tiene sentido —dijo Davin—. ¿Hay qué, unos pocos miles aquí? ¿Para toda la humanidad? Estas cosas van a ser carísimas.

—Quiero uno —dijo Viola.

—Seguro que Eden te hará un descuento si conseguimos devolverles el cargamento intacto.

—¿Tú crees?

—Concéntrate, Viola.

Cierto. Todavía no tenían el control de la nave. Viola apartó la mirada de los diamantes y se dirigió a la salida de la bodega. Detrás de ella, las tomas de entrada desembocaban en un par de contenedores vacíos, con estrechos pasillos entre ellos. Justo lo suficiente para pasar, mover el depósito y desplazar el siguiente contenedor. Parecía que, cuando el *Karat* estuviera listo para descargar, la tripulación podría invertir las tomas. Aspirar los diamantes y escupirlos en las manos de un comprador que esperaba.

La salida daba a otro corredor, del mismo gris pizarra con lámparas empotradas con el que Viola se estaba familiarizando demasiado. Después de esto, volvería con su padre a Galaxy Forge y exigiría que nunca más fabricaran otra nave con estos pasillos anodinos. Que los pintaran de otro color, cambiaran la disposición de las luces. Que añadieran obras de arte o diseños grabados. Cualquier cosa para mantener a raya esa sensación abrumadora de eficiencia industrial que destroza el alma.

Los dos avanzaron hasta salir, deteniéndose cuando el corredor terminaba en un callejón sin salida frente a un ascensor.

—¿Así que recorrimos toda la nave para acabar en otro ascensor? —dijo Davin.

—No prometí que funcionaría —respondió Viola—. Pero apuesto a que no esperarán que aparezcamos por este.

—No es que tengamos otra opción.

Davin pulsó el botón y veinte segundos después las puertas se abrieron. Viola había estado tensa, preparada para lanzarse hacia delante o correr si había un montón de hombres armados esperando detrás de esas puertas, pero lo que tenían delante era un ascensor vacío.

—¿Nos vamos? —dijo Davin, invitando a Viola a pasar.

El ascensor tenía una sola opción: Nivel principal. Davin miró a Viola y luego pulsó el botón. Solo armas cortas, y se dirigían directamente hacia un grupo de personas que no habían dudado en usar un láser minero gigante para desintegrarlos. Viola respiró más rápido, sus brazos y piernas se tensaron. Superados en armamento, otra vez.

—No pienses en ello —dijo Davin—. Cuando se abran las puertas, quédate a un lado. Solo dispara si tienes un objetivo claro. Déjame controlar la situación primero.

Viola asintió. Dejar que Davin controlara la situación. Disparar si hay un tiro claro. ¿Qué significaba eso exactamente? ¿Significaba cualquier oportunidad? ¿Solo si el enemigo iba a disparar a Davin si ella no lo hacía?

—¿Matar o aturdir? —soltó Viola.

—Aturdir. Menos energía. Más disparos —dijo Davin—. Siempre podemos hacer lo otro después si es necesario.

El ascensor sonó. Habían llegado. Viola respiró hondo mientras las puertas se abrían. Y vio a Opal corriendo hacia la amplia sala, gritando. La escena se grabó en la mente de Viola: Mox, atado a una silla en medio de la habitación. Un secuestrador detrás del hombre metálico, con un arma apuntando a su cabeza. Otro, paseando por la habitación, girándose hacia Opal. Y un tercero, allí al fondo, cogiendo agua de la máquina de recuperación. Opal había pasado corriendo justo al lado de ese, quizás oculto desde el punto de vista de Opal.

Davin reaccionó primero, apretando el gatillo de su arma y enviando un rayo azul directo al costado del hombre que estaba a punto de volar a Mox en pedazos. Opal disparó a continuación la gran escopeta, lanzando los rayos verdes contra el hombre que se paseaba, derribándolo. Viola sintió su mano en el gatillo de su arma mientras apuntaba al otro lado de la habitación al tercer hombre, que estaba levantando su propio rifle para disparar a Opal por la espalda.

El gatillo se sentía duro, tenso. Un pulso recorrió su mano. El arma tembló mientras los productos químicos se mezclaban, la energía se ionizaba y se proyectaba. Un rayo naranja pasó por delante de Davin, por detrás de Opal, y alcanzó al tercer hombre en el pecho. Viola vio la explosión de fuego, el momento carbonizado que estallaba mientras el láser quemaba el uniforme del hombre y lo hacía desplomarse.

Viola bajó el arma mientras Davin salía corriendo del ascensor hacia su objetivo. Opal se movió hacia Mox, ignorando al hombre ardiendo en el suelo junto a ella, cubierto de fuego verde moribundo.

Vamos, muévete. Viola mantuvo los ojos fijos en el hombre al que había disparado. Que se estremeciera, que se diera la vuelta. Algo. Salió del ascensor. Por el rabillo del ojo, vio a Mox ponerse de pie y apoyar una mano en Opal para estabilizarse. Davin estaba ocupado cogiendo las cuerdas que habían usado para atar a Mox y ya estaba atando a su hombre. El objetivo de Viola seguía sin moverse. Sin señales de vida. Viola guardó el arma en su funda, sus dedos tardaron en soltar la empuñadura. Si estaba muerto, entonces ella había sido quien lo había matado. Matado. A él.

Una parte de ella disparaba racionalización tras racionalización. Él iba a disparar a Opal. Ya había elegido cuando secuestró el *Karat*. Pero detrás de cada excusa reverberante estaba la voz de Davin diciendo aturdir. Diciendo aturdir y luego el ascensor había sonado y Viola no había cambiado la configuración. Había reaccionado. Había hecho precisamente lo que se supone que los soldados entrenados, los mercenarios profesionales, no deben hacer.

La máscara del hombre estaba bajada, mostrando su rostro arrugado, pelo gris apelmazado. Ojos cerrados, mejilla presionada contra el suelo donde había caído hacia delante. Sin sangre, la herida cauterizada por el calor del láser. Viola se inclinó, apartó el arma del hombre. La rigidez de la muerte aún no se había establecido y sus dedos se deslizaron fuera del agarre del rifle, cayeron al suelo con el más mínimo de los golpes. ¿Quién era? ¿De dónde había venido, y había esperado morir hoy? Viola sospechaba que la respuesta era no, pero lo había hecho. Por culpa de ella.

—¿Viola? —preguntó Opal, acercándose por detrás de la chica y poniendo una mano en su hombro—. ¿Estás bien?

—¿Está muerto? —dijo Viola. Es posible que se estuviera

perdiendo alguna señal. Viola trabajaba más con máquinas que con hombres, después de todo. Opal se inclinó, metió un par de dedos dentro de la camisa del hombre y los presionó contra su cuello.

—Se ha ido —dijo Opal. La palabra golpeó como un martillo, apretando los pulmones de Viola. Cerró los ojos—. Viola, ¿no era tu primera vez?

Viola solo asintió. Tenía que haber algún protocolo aquí. Algo que se estaba perdiendo. ¿Era Viola responsable de contactar con su familia ahora? ¿Había infringido la ley? ¿Seguía siendo Viola ella misma?

Opal la envolvió en un abrazo. La agarró con fuerza.

—Aférrate a lo que estás sintiendo —susurró Opal—. Nunca lo dejes ir. Si lo pierdes, perderás quién eres.

—No lo entiendo. Te estaba protegiendo.

—Y lo hiciste, Viola. Un trabajo impresionante. Me habría disparado —dijo Opal—. No hay nada peor que quitar una vida sin razón, y tú salvaste la mía. Gracias.

Viola escuchó las palabras. Interiorizó lo que Opal estaba tratando de decir. El cuerpo del hombre yacía allí, y, mirándolo, Viola solo podía pensar en una palabra. Se hinchaba en su mente, derribando cualquier otra parte de ella.

Asesina.

CAPÍTULO 38
ATERRIZAJE FORZOSO

La lanzadera golpeó la red con más fuerza de la que Trina esperaba, pero la red aguantó. Estaba diseñada para el Viper, una nave mucho más pesada. Matemáticas simples, en realidad. Merc, por supuesto, habría hecho mejor en advertir a Trina con antelación que el plan incluía la red. Tal como estaba, la bahía seguía llena de contenedores y herramientas para el mantenimiento del Viper, y la lanzadera se abrió paso entre ellos. Un contenedor en movimiento derramó sus baterías por el suelo, barras negras que parecían insectos corriendo hacia la libertad. Un cable de combustible cortado expulsó chispas multicolores hasta que Trina, corriendo hacia la fuente, cortó la energía.

—Quien avisa no es traidor, Merc —dijo Trina por su comunicador.

La lanzadera descansaba, con humo brotando de sus motores mientras sus altas temperaturas entraban en contacto con la atmósfera del *Whiskey Jumper*. Trozos de metal dentados se extendían por las paredes de la lanzadera y, como observó Trina, por el suelo de la bahía, antes impoluto. A Davin no le iba a gustar el coste de reparar esto.

—Te escucho. ¿Está Phyla viva? —respondió Merc.

Ah. Buen punto. La lanzadera tenía salidas tanto delanteras como traseras para permitir un aterrizaje de emergencia a elección del piloto. Trina fue hacia la salida de proa, presionando el mecanismo de liberación y retrocediendo mientras el parabrisas se desprendía y se elevaba. Sin seguridad de presurización aquí. Lo mínimo para sobrevivir, estas lanzaderas. Echando un vistazo, Trina vio a Phyla tendida en el suelo de la lanzadera, respirando.

—Viva, pero Erick, creo que tienes un paciente.

—Y pensar que estaba preguntándome si un médico tenía siquiera cabida en esta nave —respondió Erick—. Por favor, intenta no moverla. Ya estoy en camino.

Trina entró en la lanzadera y echó un vistazo a la consola. Un modelo más nuevo, con esa pantalla de calidad. Eden, preocupándose por equipar sus naves con buen material. Quién lo hubiera pensado.

—¿Phyla? —dijo Trina, por una vez sin levantar la muñeca y hablar a través de ella. La sensación era extraña; te acostumbras tanto a hablar con los que no están presentes que interactuar con una persona física y viva resultaba desconcertante.

—Aquí —murmuró Phyla—. No quiero levantarme.

—Erick tampoco querría que lo hicieras —respondió Trina—. Dada tu velocidad de entrada y el retraso en el despliegue de la red, aún considero que has tenido suerte de sobrevivir.

—Gracias —dijo Phyla.

Entonces Erick pasó empujando a Trina, hablando con Phyla y comprobando qué músculos le dolían más. El problema con los cuerpos es que todo es relativo. Sin grados exactos. Trina salió de la lanzadera, dirigiéndose hacia la popa. La lanzadera no volvería a volar, pero eso no significaba que no pudiera encontrar algunas piezas útiles en esos motores...

CAPÍTULO 39
HASTA EL PUENTE

—Creo que hemos resuelto tu problema de motín —dijo Davin por su comunicador, mientras permanecía de pie frente a la puerta sellada del puente del *Karat*—. Todos están, literalmente, atados o inconscientes ahí atrás.

Opal y Mox estaban detrás de Davin, y Viola detrás de ellos, vigilando el pasillo hacia la cafetería por si habían contado mal o alguna de las víctimas de Opal hubiera vuelto al mundo de los conscientes. No estaba mal el recuento, en general. ¿Neutralizar a seis mercenarios sin una sola baja real? Viola ni siquiera había pestañeado cuando Opal dijo que Puk había recibido un disparo. Dijo que podría tener al pequeño robot funcionando de nuevo en una hora, una vez que volvieran al *Jumper*.

—¿Hola? —dijo Davin, y la puerta se deslizó, desapareciendo en las paredes del *Karat*. Al otro lado había un hombre de baja estatura, con el pelo y la barba completamente negros que parecían relucir bajo la luz artificial. Como si el tipo se empapara de grasa cada mañana.

—Me mantiene joven —afirmó el hombre, al notar la

mirada de Davin—. Soy el capitán Yuan San-ye, y como es costumbre, os doy permiso para abordar mi nave.

—Davin Masters —respondió Davin, estrechando la mano que Yuan le ofrecía—. Siento que no hayamos llegado antes. Las cosas estaban, eh, bastante caóticas.

—No es nada —dijo Yuan—. Sin embargo, agradecería que todos vosotros permanecierais fuera del puente. A menos que alguno sea piloto.

—¿Qué?

—Si recientemente hubieras sido traicionado por tu tripulación, incluyendo a varios a quienes considerabas amigos, ¿quizás tú también te sentirías cauteloso antes de dejarlos entrar en tu hogar?

—Tiene armas apuntándonos —soltó Opal—. Detrás de él, en las esquinas. Un par de...

—Sí —interrumpió Yuan—. El *Karat* mantiene su puente seguro. Exactamente para estas circunstancias. La codicia, parece, es un problema universal. Uno para el que Eden tuvo a bien prepararse.

—¿Y vas a hacer qué, dispararnos con esas? —dijo Davin.

A ambos lados de la gran consola de mando había unas finas barras similares a cañas. En la parte superior de cada una había una cúpula con una pequeña punta sobresaliendo. Esas puntas apuntaban a Davin y Mox.

—Son rayos concentrados. Pequeños, pero potentes. Atravesarán vuestro corazón con suficiente calor como para haceros arder en llamas desde dentro —dijo Yuan—. Por favor, el tiempo apremia. ¿Tenéis un piloto? ¿Lo eres tú?

—Yo puedo pilotarla —dijo Viola.

—Pero ¿por qué no puedes tú, si se supone que el *Karat* es tan seguro? —preguntó Davin a Yuan.

Yuan le dio a Davin un ligero asentimiento.

—Niveles de habilidad —dijo Yuan—. Puedo deslizar al *Karat* por los caminos del espacio, pero abandonar Neptuno requiere más talento del que poseo.

—¿Crees que puedes pilotar esta cosa? —le dijo Davin a Viola. La chica no miró a nadie por un momento, pensando. Davin pensó que lo había hecho bien con la lanzadera, que había hecho un buen trabajo llevando el carguero a Europa durante su asalto de regreso, pero el *Karat* era más grande que ambos. Y Neptuno tenía una atmósfera más complicada. Pero así era como se crecía, ¿verdad? ¿Poniéndote en situaciones nuevas?

—Puedo intentarlo —dijo Viola—. No parece que tengamos otra opción, de todos modos.

—No la tenemos —dijo Yuan—. El resto de vosotros debería marcharse. Aseguraos en la cafetería. Sabréis cuando despeguemos.

—Viola, ¿estás cómoda quedándote a solas con este tipo? —dijo Davin.

—Si intenta algo, todavía tengo esto —dijo Viola, dando unos golpecitos al arma lateral enganchada a su cintura. Entonces Yuan les hizo señas para que salieran del puente, y la puerta se deslizó cerrándose un momento después de que Davin pisara el pasillo.

—No es lo que esperaba —dijo Davin mientras Opal y Mox le miraban fijamente.

—Estúpido —gruñó Mox.

—De acuerdo —añadió Opal.

—No os oí decir nada a ninguno de los dos ahí dentro —replicó Davin—. Ahora, vamos a asegurarnos de que ninguno de nuestros amigos quiera volver a jugar.

CAPÍTULO 40
REUNIDOS

La consola del *Karat* era digital. Sin botones. Sin palanca para pilotar. En su lugar, aparecían controles virtuales deslizantes en la pantalla cuando Viola pasaba las manos por encima. Una asesina, quizás, pero a la nave parecía no importarle. Rodeado por un par de tormentas, el *Karat* seguía en una posición precaria. No tenía muchas opciones si quería salir intacto.

Viola extendió los dedos de su mano izquierda, y la pantalla izquierda cambió de una vista cercana del *Karat* a la atmósfera que rodeaba la nave. Viola retiró la mano, la cerró, y luego la acercó de nuevo y la extendió. Ahora la pantalla mostraba más allá del límite de la atmósfera de Neptuno, el alcance difuso de los sensores del *Karat*. Una mancha más allá de la atmósfera se sombreaba ligeramente en amarillo, un indicador de que el ordenador del *Karat* creía que la forma era una nave.

—¿Hacia el *Amerigo*? —dijo Viola.

—Aunque usted es nueva en la atmósfera de Neptuno, yo he estado aquí durante algún tiempo —dijo Yuan, asintiendo.

—Créame, un poco va muy lejos aquí —respondió Viola.

Al tocar la mancha en la pantalla, la consola trazó una ruta para que el *Karat* la ejecutara. Mucho más rápido que la lanzadera, los cálculos del *Karat* determinaron con precisión la velocidad, inclinación y consumo de combustible necesarios para encontrarse con el carguero. Cuando los cálculos finalizaron, apareció un óvalo verde hacia la parte inferior de la pantalla instando a Viola a tocarlo para iniciar el curso.

—¿Por qué necesitaba un piloto? —dijo Viola, mirando el círculo—. El ordenador lo ha hecho todo por mí.

—Entonces quizás no lo necesitaba, pero hay riesgos que elijo no correr —respondió Yuan—. Por favor, comience.

—¿Es por eso que Eden le eligió para esto? ¿Porque es usted cauto?

—Porque no dejo que mi ego interfiera con mi tripulación.

—Eso no funcionó muy bien.

—Estaba preparado para contrarrestar sobornos de dinero, pero no de causa.

—¿Causa?

Yuan la miró.

—No tiene usted los ojos de los otros. Endurecidos y recelosos. Los suyos todavía están húmedos por los bordes, todavía formándose.

—Soy nueva en esto —dijo Viola. ¿Húmedos por los bordes? ¿Quién era este tipo?

—Un día, encontrará algo en lo que creer. Algo por lo que luchar. Y entonces comprenderá a aquellos a quienes ha herido hoy.

Viola asintió y tocó el botón. No había tiempo para esta charla mística ahora.

Apareció una cuenta atrás y varios sistemas de comprobación enviaron su información a la consola. Si alguna de las piezas del *Karat* no estuviera lista para los rigores del viaje, el ordenador cancelaría el curso. Viola supuso que los destrozos de la bahía de acoplamiento no interferirían con ninguna pieza crítica de la nave, pero cuando todo volvió en verde, se sintió aliviada. No estaba segura de qué habrían hecho si el *Karat* hubiera tenido algún tipo de fallo.

—¿Puede contarme qué ocurrió? —dijo Viola mientras el *Karat* se estremecía, sus motores orbitales calentándose por primera vez en días—. ¿Cómo tomaron la nave?

Yuan, que había estado mirando a través de la ventana frontal hacia la nada de la noche de Neptuno, asintió sin darse la vuelta.

—Empezó —comenzó Yuan—, cuando mis amigos murieron.

CAPÍTULO 41
MOTÍN

Era un trabajo sencillo, realizado por turnos. Supervisar máquinas. Reparar piezas rotas. Monitorizar las tormentas de Neptuno y hacer ajustes cuando fuese necesario. Diez de ellos, turnándose. Solo Yuan y Silwa, la piloto, permanecían fuera de la bodega de carga y las válvulas de entrada. Wan, el ingeniero jefe, supervisaba a los otros siete y les hacía rotar entre las labores de alimentación, minería y mantenimiento. La minería en sí era una serie de excavaciones cortas: sumergir el *Karat* en las profundidades calientes y presurizadas del núcleo interno de Neptuno y aspirar los diamantes sólidos, luego moverse a la siguiente área después de una hora.

Repitieron el proceso durante una semana sin problemas. Una semana viendo cómo más dinero del que cualquiera de ellos esperaba entraba rodando en la bodega de carga del *Karat*. Y fue hacia el final de esa semana cuando Wan abordó por primera vez a Yuan, allí en el puente. Silwa estaba durmiendo, ya que su próximo turno de navegación no empezaría hasta varias horas después.

—Estoy viendo un cambio —dijo Wan—. La tripulación está más callada. Menos sonrisas.

—¿Usted cuenta sus sonrisas? —respondió Yuan.

—Su moral es un recurso como cualquier otro. Es mi trabajo gestionar los recursos.

—¿Y la moral está baja? —dijo Yuan—. Estamos casi llenos. Volveremos a la órbita en un día. Estarán de vuelta con sus amigos y familias en pocas semanas.

—Aun así, la moral está baja.

Yuan aceptó la afirmación. El sentido común decía que había que esperar a que pasara. Quedaba tan poco tiempo hasta que las circunstancias cambiaran. El vuelo de regreso al espacio mantendría a todos demasiado ocupados para pensar en la moral. En la cena de esa noche, una experiencia compartida con toda la tripulación, Yuan recordó a todos que casi habían terminado. Que era una hazaña asombrosa la que habían logrado. Que deberían estar orgullosos. Silwa levantó su copa, una botella de vino espumoso guardada para una noche como esta. Wan se unió al brindis. Al igual que los demás.

—¿Qué opina? —preguntó Yuan a Silwa más tarde, de vuelta en el puente. Le había contado a Silwa lo que Wan había mencionado, le dijo a la piloto que mantuviera los ojos en los demás durante la cena.

—No tenían ninguna alegría esta noche —respondió Silwa—. Como si en lugar de brindar por nuestro éxito, estuvieran viendo morir sus propias almas.

—Usted siempre es tan dramática —dijo Yuan—. Eleve la nave esta noche, lejos del núcleo hasta el punto intermedio. Tendrán el día de mañana libre, para mirar y ver el Sol otra vez.

Esa noche, Yuan se quedó dormido escuchando el rugido de los motores del *Karat*. No hubo pesadillas. Ni sonidos de lucha. Sin embargo, el ordenador del *Karat* activó una alarma. Horas antes de lo programado. Una indicación de que los mecanismos de defensa del puente habían sido armados.

—Un error —murmuró Yuan para sí mismo, poniéndose

la ropa y saliendo de sus aposentos. Adyacente al puente, parte de la devoción de Eden por la seguridad, Yuan recorrió el corto pasillo privado hasta una segunda puerta. Yuan puso su mano en el escáner y, después de un breve pitido, la puerta se abrió. Silwa yacía sobre la consola, con una pequeña línea de humo elevándose desde su pecho. Junto a la puerta principal del puente, el cuerpo de uno de los mineros, con un arma en la mano, estaba sentado contra la pared. La puerta principal, según las medidas de seguridad, se había sellado por sí sola.

Yuan primero fue hacia Silwa, su estómago era un desastre negro de carne chamuscada, pero quizás no fuera mortal. Una herida cauterizada por láser suele ser más viable que los proyectiles duros y desgarradores de las armas más antiguas. La respiración de Silwa aún era leve, entrando y saliendo mientras Yuan la recogía de la consola, y la llevaba por el corto pasillo hasta su cama. Luego corrió de vuelta al puente, comprobó el cuerpo del minero para confirmar que los sistemas de defensa del puente habían hecho su trabajo, y probó el comunicador.

—¿Wan? —Yuan envió un mensaje de haz estrecho a la frecuencia directa del ingeniero—. ¿Está usted despierto?

—Lo siento mucho, capitán —llegó una voz que no era la de Wan—. Wan no veía las cosas desde nuestro punto de vista.

No tenía sentido pedir más información. El arma lateral del minero muerto, configurada para matar, era más que suficiente evidencia.

—¿Y cuál es su punto de vista? —dijo Yuan al comunicador.

—Que Eden y sus socios han estado dirigiendo el espectáculo durante demasiado tiempo.

—El *Karat* no tiene armas, y no estamos cerca de una zona de guerra.

—Resulta que las causas necesitan dinero, capitán.

Yuan cortó la comunicación. El minero le había contado a Yuan todo lo que habían hecho, por qué lo hicieron y qué querían a continuación. En el vacío aislado del puente, Yuan sintió cómo su adrenalina se agotaba, dejando solo un fracaso agotador.

De vuelta por el pasillo, de vuelta a Silwa acostada en el colchón. Había tosido sangre, las salpicaduras en su cara, camisa y el suelo. Yuan las limpió con la manta, escuchó la respiración superficial. Cogió el único botiquín de primeros auxilios con lo estrictamente necesario que estaba en el estante superior del armario de Yuan. Analgésicos, un rollo de gasa y algunos puntos de sutura y tijeras. No era lo que necesitaría para atender el agujero en el estómago de Silwa. Pero un capitán debe usar las herramientas disponibles para llevar a cabo su misión. O al menos intentarlo.

Silwa tardó cinco horas en rendirse. Nunca recuperó la consciencia. Al menos, no mientras Yuan estaba en la habitación. Había vuelto a entrar, y encontrado sus ojos abiertos y vidriosos, la débil respiración detenida. Le cerró los ojos. La muerte en el espacio no era algo raro, pero eso no la hacía menos desgarradora.

Tenía deberes, protocolos a seguir en caso de motín. Solo que el equipo de comunicaciones del *Karat* tenía dificultades para salir de la tormenta. O, al menos, Gage nunca respondió a las llamadas de Yuan. No había lugar para poner el cuerpo del minero, ni lugar para poner el de Silwa, así que Yuan les cedió su habitación. Sacó sus cosas y los dejó sellados allí. Y entonces esperó para morir.

CAPÍTULO 42
INTERROGATORIOS

Habían metido a los secuestradores, incluido Beta, en una esclusa y la habían sellado. Tendrían oxígeno suficiente ahí dentro, siempre que a Mox no le entrase el aburrimiento y abriese la compuerta exterior. Davin pensaba que ese trato era mejor de lo que merecían, pero lo atribuyó a, bueno, ser capitán y por tanto ser más sensible a que su tripulación decidiera que no merecía la pena mantenerlo con vida. Había enviado a Opal a regresar a la lanzadera destrozada para recuperar su rifle y rebuscar cualquier otra arma de los secuestradores que hubieran dejado atrás.

Todo esto mientras el *Karat* se alejaba de la atmósfera de Neptuno a una velocidad constante. El tamaño de la nave y el ascenso lento significaban que Davin no tenía que atarse, pero iba rebotando de silla en silla en la cafetería. Esto convertía el interrogatorio del secuestrador, Alpha, en una farsa. El tipo estaba sujeto a su silla, así que simplemente observaba a Davin apoyarse en una mesa, luego en una silla, hasta que finalmente el capitán se recostó contra la máquina de bebidas.

—No inspiras mucho miedo —dijo Alpha.

El líder del motín, despojado de su casco, era un individuo mugriento. Empapado en su propio sudor, el pelo húmedo de

Alpha se pegaba a su rostro, compuesto por una nariz puntiaguda y una boca ancha y monstruosa. Ojos rasgados que no miraban a nada en particular. La cabeza de Alpha era un proyecto de extremos.

—Realmente no me importa —dijo Davin, agarrándose a los lados de la máquina que tenía detrás—. No me interesa el miedo.

—¿Entonces para qué me retiene aquí? ¿No está enfadado porque intenté matarle?

—Pensaba que yo era quien debía hacer las preguntas —dijo Davin. ¿Enfadado? Sí. Davin estaba enfadado. Si Alpha y su estúpida tripulación no hubieran intentado secuestrar el *Karat*, entonces Davin ni siquiera estaría aquí. No estaría en esta tormenta mientras Phyla estaba atrapada allá arriba, probablemente muriéndose de aburrimiento.

—Entonces hágalas.

—¿Quién es su jefe?

—No tengo ninguno.

—¿En serio?

—Mire —dijo Alpha, sus correas moviéndose ligeramente, como si hubiera intentado encogerse de hombros—. Usted vio lo que había allí. En la bodega.

—Los diamantes de hielo.

—Nos está viendo, pensando que todo se trata de ellos. Que es solo por el dinero.

—¿Me está diciendo que no es así?

—Le estoy diciendo que no tiene ni idea de lo que está pasando —Alpha sacudió la cabeza—. Y ni siquiera importa, porque estará muerto mucho antes de que todo esto se desarrolle.

—Si hay algo que me encanta —dijo Davin—, son las amenazas vagas y las teorías conspirativas. Siga, por favor.

—Intentamos advertirles —dijo Alpha, con una pequeña sonrisa formándose en sus labios.

—¿Advertirnos?

—El mensaje. La única señal que pudimos emitir. Ni siquiera teníamos un micrófono.

—¿"Huyan"? ¿Fue usted?

Alpha asintió.

—¿Por qué?

El *Karat* dejó de temblar. Davin sintió que la presión en sus piernas disminuía, su estómago dio un pequeño vuelco cuando la gravedad de Neptuno desapareció y los generadores del *Karat* se activaron. Por fin, ese horrible planeta azul quedaba atrás.

—Llame al carguero —dijo Alpha—. Compruebe si alguno de sus amigos sigue con vida.

CAPÍTULO 43
NUEVAS ÓRDENES

Pilotar el *Jumper* con una migraña asesina y un cuerpo construido sobre el dolor no era lo que Phyla llamaría agradable, pero comparado con aquella lanzadera, lo aceptaría. Con gusto. Merc estaba sentado en la silla del capitán junto a ella, manejando la radio mientras Phyla orientaba el *Jumper* hacia la nueva nave que salía de la atmósfera de Neptuno.

—¿Es lo que creo que es? —dijo Phyla.

—Es ella —dijo Merc—. Parece que tu chico ha hecho algo bien por una vez.

—¿Mi chico? —Phyla miró a Merc, arqueando una ceja.

—Phyla, tú y el capitán tenéis que bajar de vuestros caballos de superioridad moral algún día y divertiros un poco —dijo Merc—. Por muy graciosos que seáis los dos, esto ya se ha prolongado demasiado.

—Pero Lina...

—Para. Te lo dice un piloto de combate entrenado para que cada día probablemente sea el último. No pongas excusas.

Phyla se rió, pero sus costillas magulladas hicieron que el dolor floreciera por su pecho, convirtiendo la risita en tos y una mueca. Merc no se equivocaba. Las pruebas estaban ahí. Si lograban salir vivos de este planeta, tendría que mantener una larga conversación con el capitán.

—Gracias —dijo Phyla después de un minuto. Merc asintió y luego volvió a la radio.

—Eh, *Karat*. Aquí el *Jumper*. ¿Me recibís? —dijo Merc.

—Tan profesional como siempre, Merc —murmuró Phyla.

—Aquí el *Karat*, —dijo una voz distinguida que Phyla no reconoció—. Os recibimos, *Jumper*. Mi piloto dice que sois de los buenos.

—Eso es correcto —respondió Merc—. Ahora, si no os importa, creo que tenéis a algunos de nuestros amigos a bordo. ¿Os importaría dejarnos entrar?

Durante el proceso de acoplamiento, en el que el *Jumper* se alineaba con la escotilla de emergencia del *Karat*, ya que la lanzadera destrozada ocupaba el único muelle de atraque real, Phyla mantuvo un ojo en los escáneres. Bakr y su tripulación no habían despegado del carguero. No les habían contactado. Quinn seguía allí en alguna parte. ¿Quizás se había liberado y estaba dirigiendo algún tipo de contraataque?

Poco después de que las dos naves se acoplaran, Davin entró en la cabina, echó a Merc y ocupó su legítimo asiento. Los siguientes minutos los pasaron poniéndose al día sobre lo ocurrido. La aventura de Davin caminando por el lateral del *Karat*, el rescate de la lanzadera de Phyla.

—Alguna vez no lo conseguiremos —dijo Phyla cuando Davin terminó.

—Nadie lo consigue siempre, Phyla —respondió Davin—. La diferencia es que, al menos, nosotros lo estaremos eligiendo.

—Sí, eso es lo que pensaba cuando Bakr me disparó al espacio. Me sentí mucho mejor que esperando a la vejez y morir mientras duermo.

La radio zumbó. Solo que el mensaje entrante no venía de

cerca. Era de largo alcance. Un rebote desde los satélites dispersos por todo el sistema solar. Davin miró la alerta parpadeante durante un segundo, como decidiendo si continuar la conversación con Phyla o reproducir el mensaje. Luego el capitán tocó la consola y comenzó la grabación. Phyla exhaló. Se había metido en un callejón sin salida con sus palabras. Davin no estaba sintonizando con la empatía, no estaba dando las respuestas adecuadas. Aquí, pues, había una vía de escape.

—Davin. Han pasado horas sin una respuesta sobre el estado de la misión. Eden dice que han perdido contacto con el carguero. Si no recibo noticias tuyas o de tu tripulación en las próximas horas, asumiré que la misión ha fracasado —la voz de Bosser sonaba demasiado formal—. Preferiríamos no tomar medidas de emergencia, así que por favor comunica tu estado.

La comunicación hizo un pitido. Algo había cambiado en la fuente.

—Sé que estás vivo —la voz de Bosser era diferente, menos como si estuviera leyendo un guion—. Tengo ojos ahí fuera. Sé que estás rescatando al *Karat* y su carga. Una vez que lo tengas, Davin, abandona el sistema. No intentes enfrentarte a los asaltantes. Son más fuertes de lo que crees, y los diamantes de hielo son mucho más valiosos que ese carguero o su tripulación. Comunícate cuando hayas abandonado el espacio de Neptuno e iremos desde ahí.

La grabación se cortó.

—¿Quién queda en el *Amerigo*? —le dijo Davin a Phyla.

—Ninguno de los nuestros. Solo la Víbora —dijo Phyla. Aunque eso no era exacto, ¿verdad?

—Los diamantes de hielo pueden comprarnos un nuevo caza. Y si Gage es un traidor, entonces no me importa dejarlo —dijo Davin, asintiendo—. Salgamos de aquí.

—Espera —dijo Phyla mientras Davin extendía la mano para tocar el botón de respuesta en la consola—. Es cierto que ninguno de los nuestros está allí. Pero hay un tipo de Eden. Su agente.

—¿Y? No me apetece arriesgar a la tripulación por un solo tipo. De todos modos, pedirán rescate por él, si no está muerto, una vez que hayan perdido los diamantes.

Phyla no podía descartar la lógica de Davin, excepto que había visto a Bakr, y no creía que le importara lo más mínimo el rescate.

—Davin, me salvó la vida. Allí, en el carguero.

El capitán se recostó en la silla, se cubrió los ojos con las manos y suspiró. Miró a Phyla con una ligera sonrisa.

—Tenemos que rescatarlo, ¿verdad?

Phyla asintió.

—Y cabrear a Bosser al mismo tiempo.

Phyla volvió a asentir.

—Necesito conseguir una tripulación más cobarde —murmuró Davin, y luego pulsó el botón de respuesta.

—Bosser. Gage es un traidor e intentó tendernos una trampa. No me gusta que me utilicen y luego marcharme sin más. Te avisaré cuando estemos de camino a Saturno —Davin envió la transmisión.

—Mejor avisar a todos que no han terminado de recibir disparos —dijo Phyla, poniendo una mano en el brazo de Davin—. Y, gracias.

—Supongo que le debo algo a ese tipo por mantener viva a mi piloto —dijo Davin, poniéndose de pie—. Tengo una idea, pero necesito consultarla primero con Yuan.

Mientras Davin se levantaba, el escáner del *Jumper* emitió un pitido, luego dos, y luego un tercero. Tres nuevos contactos. Saliendo del carguero.

—Sus cazas —dijo Phyla—. Deben haberse dado cuenta de con qué nos estábamos acoplando.

—Desacopla, ahora. No tendremos ninguna oportunidad si seguimos pegados al *Karat* —dijo Davin, y luego usó el intercomunicador para llamar a Mox y Erick a las torretas. Un minuto después, Opal confirmó que las escotillas estaban despejadas y Phyla desconectó el puente. Dando potencia a los propulsores, el *Jumper* se alejó del *Karat* y voló directamente hacia la gran navaja blanca del carguero.

¿El *Whiskey Jumper* contra el trío de cazas de los asaltantes? Phyla había visto peores probabilidades.

CAPÍTULO 44
PERSPECTIVA

—Están intentando protegernos —dijo Yuan, observando el escáner mientras el *Jumper* se colocaba entre el *Karat* y los cazas que se aproximaban—. Para ser mercenarios, tus amigos son muy nobles.

—Deberías decírselo a Davin —dijo Viola.

Había algo reconfortante en mantener una conversación normal después de la historia de Yuan. Que pudieran volver a la realidad, con cumplidos y respuestas sin desaparecer en el silencio.

—¿Cómo lo superas? —dijo Viola—. ¿Cómo superas el haber matado a alguien?

—Creo que esa no es la pregunta correcta —respondió Yuan tras unos segundos.

En la consola, el *Whiskey Jumper* y los tres cazas se acercaban cada vez más. En unos minutos estarían al alcance de los primeros disparos. Todos los demás Nueves estaban a bordo del *Jumper*, con los secuestradores encerrados de forma segura en una de las esclusas del *Karat*. Viola se preguntaba por qué no se sentía más extraña al estar separada del resto de ellos. Aunque, por otro lado, Viola sabía qué más sentía allí en el puente del *Karat*, sin estar bajo fuego. Alivio.

—Yo me preguntaría: ¿quién eres tú y este acto cambia eso? —dijo Yuan—. Porque si tienes confianza en tu idea de ti misma, entonces una acción tomada para salvar las vidas de tus camaradas debería ser una afirmación de esa idea, no una condena.

Viola estudió al capitán, que parecía cautivado por la consola y los puntos luminosos que convergían. Algunos profesores divagantes en las clases que había tenido de pequeña le habían dado a Viola cierto escepticismo hacia las afirmaciones más filosóficas. Sin embargo, aquí, de una persona que acababa de pasar por un motín total, la pérdida de la mayoría de su tripulación, y que había descubierto que su oficial adjunto en otra nave le había traicionado... si Yuan podía mantenerse entero después de pasar por todo eso, quizás tuviera razón en algo.

—Ahora mira —dijo Yuan—. Tus amigos están luchando por nuestras vidas.

CAPÍTULO 45
EL JUEGO DE LAS TORRETAS

El problema de ser el capitán era que no podías divertirte. Davin observó los puntos que se acercaban en la consola, y luego a través del cristal a medida que las naves se aproximaban. El ordenador de vuelo proyectaba las naves invasoras en sus posiciones aproximadas frente a ellos, así que aunque Davin no podía ver las cazas contra el oscuro telón de fondo del espacio, sabía dónde estaban.

—Estado —transmitió Davin.

—Lista para partir —dijo Trina, desde los motores.

—En posición —dijo Opal desde la torreta superior. Davin creyó captar un atisbo de agotamiento al final de esa frase. Un pequeño suspiro. Llevaban un día entero sin dormir de verdad y Opal había sido golpeada, dejada inconsciente y casi incinerada. Se había ganado una bonificación después de esta.

—Listo —dijo Mox desde el cañón inferior.

Las torretas gemelas eran estándar en naves medianas como la *Jumper*. Campo de tiro máximo, y con el cañón frontal de la *Jumper*, el único punto vulnerable que tenían era justo en la popa. Y Phyla no permitiría que nadie se situara allí detrás.

—Alinéame —le dijo Davin a Phyla.

—Dos cazas rectos, y tienen esa nave de reconocimiento. ¿Preferencia?

—Me gustan los objetivos más grandes.

Phyla maniobró la *Jumper*, colocando el cuadrado del extremo derecho, uno más grande, justo en el centro. En unos segundos, ese cuadrado cambiaría de amarillo a verde, y Davin escupiría láseres. Los dos cuadrados más pequeños, los cazas, se desplazaban hacia arriba mientras ajustaban su aproximación.

—Mox, tú eres el principal conmigo. Opal, manténnos despejados.

Los comunicadores chasquearon afirmativamente.

—Merc debe estar que se muere por estar encerrado aquí —dijo Phyla—. Perdiéndose una pelea.

—Es su culpa. ¿Qué piloto deja su propia nave atrás?

El cuadrado se volvió verde con un pitido y Davin apretó el gatillo frente a él. Delante de la *Jumper*, una luz blanca y brillante salió disparada más rápido de lo que Davin podía registrar. Destellos mientras cada pulso del cañón frontal estallaba en la oscuridad. Un momento después, destellos secundarios, más bajos pero angulados, salieron de la torreta de Mox. Entonces el cristal frente a Davin crepitó en ondas gris azuladas. El fuego de la nave de reconocimiento golpeando sus escudos frontales. La consola mostraba más disparos de los cazas golpeando la parte superior de la *Jumper*.

—¿Trina? —transmitió Davin, continuando rociando luz láser hacia el cuadrado.

—Aguantamos —llegó la respuesta—. Pero podrías intentar esquivar.

La nave de reconocimiento cortó hacia arriba cuando se acercaron, los otros dos cazas manteniéndose sobre la *Jumper*. Minimizando la eficacia de las dos torretas manteniendo toda su fuerza en una sola zona de tiro. Cuando la nave de reconocimiento pasó disparada, Phyla hizo girar la *Jumper* y se enroscó tras ella, poniendo la nave de reconocimiento en la mira de Mox mientras ofrecía escudos frescos para recibir el fuego de los cazas.

—¡Potencia! —transmitió Davin a Trina, quien desvió parte de la energía dedicada a los escudos traseros, ahora fuera de peligro, a los motores de la *Jumper*. El impulso adicional hizo que la nave girara más rápido, y Phyla empujó la *Jumper* hacia arriba para que la gran popa de la nave de reconocimiento quedara justo en el punto dulce de Davin. Gatillos apretados, luces destellaron, y entre Davin y Mox, los escudos de la nave de reconocimiento se rompieron, seguidos por piezas de metal chamuscadas y destrozadas.

—Manténnos sobre él un segundo más y lo atravesaremos —dijo Davin.

—¡Por la popa! —transmitió Opal.

Davin echó un vistazo a la consola mientras Phyla daba un fuerte tirón a la *Jumper* hacia estribor, sacando la nave de reconocimiento del arco de Davin. Un caza había llevado su forma de disco a través de la posición distraída de Mox y flotaba justo detrás de la *Jumper*. Phyla intentó sacudírselo, pero la nave más ágil mantenía el ritmo, atravesando los ligeros escudos traseros.

—¡Agarraos! —dijo Phyla, y luego tiró hacia atrás de la palanca de vuelo.

La *Jumper* se inclinó directamente hacia arriba, lanzando el caza a la zona de Opal, justo donde ella ya estaba apuntando. Mientras Opal atacaba al caza, este avanzó rápidamente, inyectando energía a sus motores para alejarse de la torreta de Opal. Cuando el caza pasó por debajo de la *Jumper*, Phyla empujó la palanca hacia adelante, nivelando la *Jumper* y poniendo el caza en la mira de Mox. Después de un par de disparos, los escudos del caza se apagaron. Con otro par, su cabina se hizo añicos, liberando atmósfera y enviando el caza en una caída descontrolada hacia Neptuno.

—Uno menos, quedan dos —dijo Davin, mirando la consola. La nave de reconocimiento cojeaba de vuelta hacia el carguero. Solo que había un nuevo punto en escena. Una nave más grande.

—Su nave grande —dijo Phyla. No se equivocaba. Era más grande que la *Jumper* y, a juzgar por la velocidad con la que se acercaba, no estaba hecha para carga—. Merc ni siquiera intentó enfrentarse a ella.

—¿Qué quieres decir?

—Esperaba que quizás, con el carguero, no tuvieran suficiente tripulación para todas sus naves —dijo Phyla, orientando la *Jumper* tras el caza restante, que esquivaba frenéticamente, sin molestarse siquiera en atacar. Davin tenía que admitir que el pequeño cabrón también era bueno en eso. Sus propulsores le permitían detenerse, arrancar y hacer fintas sin las curvas con las que lidiaban la mayoría de las naves. Mox y Opal acertaron algunas veces, pero no lo suficiente, no concentrados en las mismas partes, y los escudos del caza resistieron.

—Necesito un plan, Davin —dijo Phyla.

—¿Conociste a su líder? —preguntó Davin—. ¿Es muy conversador?

—No llegamos a conocernos. Todo ese asunto de electrocutarme y lanzarme al espacio arruinó el ambiente.

—Ah —dijo Davin, y luego ajustó el comunicador para transmitir un mensaje directamente hacia la nave invasora que se acercaba—. Eh, todos somos mercenarios aquí. ¿Qué tal si organizamos algo que nos haga ricos a todos?

—¿Eso es lo que dices? —murmuró Phyla.

—Estoy apelando a su codicia. Y quizás deberíamos dejar de disparar a su caza.

Phyla captó el mensaje y orientó la *Jumper* hacia otro lado, alertando a Opal y Mox sobre el plan. El caza también lo entendió, aprovechando la oportunidad para esprintar hacia la nave más grande, que finalmente estaba lo suficientemente cerca como para que los escáneres captaran más detalles.

La *Jumper* era una nave modular, diseñada para tener

piezas acopladas en juntas estándar que permitían ajustes según las necesidades. La mayor parte de la industria de naves espaciales era así. Piezas intercambiables. Compra las piezas que necesitas, las conectas a un acoplamiento, y estás listo para volar.

La fragata frente a ellos se asemejaba a un ala, con la cabina en un extremo puntiagudo y un gran banco de motores en el otro. Las secciones brotaban del núcleo central como plumas, cada una repleta de torretas.

—Tengo la sensación de que hemos visto esta antes —dijo Davin, mirando el exterior ondulado de la nave enemiga. Parecía una pincelada al revés, una mancha en la parte delantera seguida de una sección media delgada y una popa festoneada y masiva. Era el extremo que estaba cubierto de armas, al menos cuatro torretas en la parte superior e inferior cada una.

—Cerca de Europa —dijo Phyla—. Pensé que era de Eden.

—No podemos ganar esta, no sin ayuda —dijo Davin—. Pero no pueden atraparnos, ni a la *Karat*.

—¿Quieres huir? —dijo Phyla—. ¿Y Quinn?

—Hay diferencia entre arriesgarse y suicidarse.

—Tendrás que ordenármelo —dijo Phyla, dirigiendo a Davin una mirada firme.

—Llévanos de vuelta hacia la *Karat*, y prepárate para dirigirnos hacia Saturno —dijo Davin—. Lo siento, Phyla.

—Yo también.

Phyla hizo girar la *Jumper* mientras la fragata se acercaba al alcance de tiro. Entonces los motores de su carguero se activaron y la distancia entre la *Jumper* y una muerte rápida y ardiente comenzó a aumentar.

El comunicador le pitó. Transmisión entrante. Parece que querían hablar. Davin pulsó el botón de conexión.

—¿Qué quieres? —dijo Davin.

—Salvar vidas —dijo la voz. Davin se volvió hacia Phyla, quien asintió. Era Bakr quien hablaba.

—Ya nos vamos.

—Una elección cobarde. Dejad que os dé una oportunidad de redimir vuestro honor —dijo Bakr—. Os ofreceré el siguiente intercambio: la tripulación restante del carguero y vuestras vidas, a cambio de la *Karat* y todo lo que hay a bordo.

Davin silenció el comunicador y miró a Phyla.

—Es un trato de mierda —dijo Phyla.

—Pensé que querías recuperar a tu chico.

—No es "mi chico" —dijo Phyla, pero no dijo nada más. Davin recordó la mano de Phyla en su brazo, la conversación antes de que partiera hacia Neptuno. Ahora estaba este tipo, Quinn. Davin parpadeó. Basta. Eso no importaba. Si este Quinn había salvado la vida de Phyla, entonces merecía su propio rescate. Y si Bakr iba a permitirles aterrizar sin disparar un tiro, entonces había una posibilidad.

—Lo aceptamos —envió Davin de vuelta, y luego se volvió hacia Phyla—. Más vale que merezca la pena.

CAPÍTULO 46
VIGILADO

La mujer le miraba fijamente, con la boca tensa y los brazos cruzados. Habría sido inquietante, pero a Quinn ya no le importaba. Su vida ya estaba perdida. Le pondrían un rescate simbólico, o quizás simplemente le lanzarían por una esclusa de aire para que quedara a la deriva entre las estrellas hasta que se congelara y muriera. Nada de lo que ella pudiera decir empeoraría las cosas más que eso.

—Dicen que estabas ayudando a esos mercenarios —dijo la mujer, tanteando la pregunta mientras la formulaba—. ¿Los conoce usted?

—No —respondió Quinn—. Solo conocí a uno. Valiente, eso sí, para alguien cuya lealtad se compra con dinero.

Recuperar la sensibilidad en los brazos, las piernas y la mente era lento. Le habían drogado con fuerza. Había tardado una hora solo en poder articular una frase.

—Yo pensé lo mismo.

Ahora Quinn levantó la mirada.

—¿Qué quiere decir? —preguntó.

—El que me encontré, el piloto. Pensé que pediría unirse cuando viera lo superado que estaba —suspiró la mujer—. Bakr le habría aceptado, además. No nos queda mucha gente.

—Eso es lo que pasa cuando decides luchar contra los que tienen todo el poder.

—Los mismos para los que usted trabaja.

—Sí, porque tienen todo el poder —replicó Quinn—. Parece una idea inteligente.

—¡Pero Eden hace daño a tanta gente!

—Y ustedes son santos, ya lo entiendo —dijo Quinn.

La mujer se calló ante eso, fulminándole con la mirada. Hasta que su comunicador pitó. Lo miró y luego, con el rostro inexpresivo, volvió a mirar a Quinn.

—Se supone que debo llevarle a la bahía de acoplamiento —dijo.

Quinn intentó ponerse de pie, pero cuando se apartó de la cama, sus piernas no respondieron y cayó al suelo.

—No me había dado cuenta de que estaba tan débil todavía —dijo la mujer, para luego inclinarse y levantar a Quinn—. Puede apoyarse en mí mientras caminamos. Porque soy una santa.

Había muchos escalones entre el dormitorio y la bahía de acoplamiento, y Quinn se apoyó en la mujer en cada uno de ellos.

CAPÍTULO 47
PUENTES

—¿Está usted listo? —preguntó Viola a Yuan, que estaba detrás de ella con un rifle en la mano.

La esclusa de aire frente a Viola contenía a los secuestradores que habían neutralizado en el *Karat*. Habían intentado matarla a ella y a sus amigos, y ahora los estaba dejando libres. Viola pulsó el botón de liberación en el teclado junto a la esclusa y la puerta completó su ciclo de apertura. Los secuestradores la miraron fijamente y Viola se preguntó si, incluso desarmados, se abalanzarían sobre ella de todas formas.

—Ya era hora —dijo el llamado Alpha—. ¿Están instalados los puentes?

Viola negó con la cabeza. El *Karat* estaba cerca del carguero, en posición para descargar su cargamento de diamantes de hielo. La transferencia se realizaría utilizando puentes que podían extenderse desde el *Amerigo* hasta su objetivo. Con la gravedad cero del espacio, lo único que tenían que hacer los puentes era actuar como barandillas para enviar la carga de una nave a otra. Los diamantes de hielo flotarían a lo largo de esos conductos y serían recogidos por robots o personas en la bodega de carga del carguero.

—No hay nadie para montarlos. Excepto ustedes.

—¿Dónde están todos vuestros amigos? ¿El tipo que intentó interrogarme?

—Alejando a su antigua tripulación de ustedes.

—¿Habéis oído eso, chicos? —dijo Alpha, volviéndose hacia los otros cuatro—. Están haciendo la limpieza por nosotros. Tenemos que mover algunas rocas y luego será el momento de cobrar.

Un minuto después se dirigían a la bodega de carga, con Yuan y su rifle vigilándolos. Viola regresó al puente y miró la consola. El *Jumper* estaba deslizándose en uno de los muelles de atraque del carguero.

—Las rocas están a punto de moverse —comunicó Viola—. Tengan cuidado.

—Esté preparada —respondió Davin.

¿Para qué?

CAPÍTULO 48
LEGADO

A través de la mira de un francotirador, cualquiera se convierte en un objetivo. Aunque su dedo no estuviese cerca del gatillo, Opal seguía sintiendo que la persona bajo su punto de mira estaba a un instante de morir. Desde lo alto de la rampa de carga del *Jumper*, Opal observaba a los diez tripulantes del *Amerigo* rodeados por los mercenarios de Bakr. La tripulación parecía aturdida, excepto un ingeniero bajito que parecía disfrutar lanzando miradas fulminantes a cualquiera que lo mirase. Supuso que ella se sentiría igual si un grupo de bandidos y un capitán traidor hubieran tomado su nave.

Davin estaba al pie de la rampa, con Mox y Merc armados a su lado. Tan pronto como llegara el aviso de que los diamantes de hielo estaban pasando por los conductos, la tripulación subiría. Luego saldrían de allí y, con suerte, nunca volverían a ver el carguero. Marcharse con la tripulación en lugar de con los valiosos diamantes significaba que el pago por este trabajo podría no ser espectacular, pero... Eden era una empresa fantásticamente rica. Podrían darles una buena bonificación por devolver a sus miembros con vida.

La mira se detuvo un momento sobre Merc. ¿Cuán cerca

había estado Opal de morir hace apenas unas horas en el *Karat*? Mientras ella yacía inconsciente, Merc estaba aquí arriba intentando no ser reducida a polvo espacial por los cazas asaltantes. Ambas al borde del abismo, a un disparo láser de no volver a verse nunca más. De no volver a sentirse nunca más.

—Están moviendo los diamantes —dijo la voz de Viola a través de sus comunicadores.

El líder de los asaltantes, un hombre fornido cuya chaqueta dejaba tras de sí ondulantes pliegues de tela, echó un vistazo a su comunicador y silbó. La tripulación se alineó y avanzó. Ninguno de ellos estaba esposado ni retenido de forma alguna. Había otros diez asaltantes en la bahía, así que quizás los invasores no se sentían amenazados por sus prisioneros. Por su lento y abatido caminar subiendo la rampa de embarque, Opal tampoco habría tenido miedo de la tripulación.

—No está con ellos —comunicó Phyla—. Quinn.

—Eh —le dijo Davin al hombre fornido—. Falta uno.

—Me han dicho que el último es un caso especial —respondió el hombre.

—Nuestro acuerdo no contemplaba casos especiales —dijo Davin.

El hombre le dedicó a Davin una sonrisa barbuda, luego se llevó el comunicador a la boca y dijo unas palabras que Opal no pudo captar. Hubo movimiento junto a la puerta de la bahía de atraque. Opal cambió la mira para cubrir ese espacio y apoyó el dedo en el gatillo. La primera en entrar fue otra asaltante, con el pelo desparramado sobre una camisa de retales y telas de colores firmemente enrolladas alrededor de sus brazos. Caminando detrás de la asaltante, con un brazo sobre su hombro, estaba el hombre de Eden que Opal reconoció de la visita que hicieron al carguero hacía lo que parecía una eternidad.

La mujer asaltante se detuvo un segundo, mirando fijamente a Merc. La piloto de cazas le devolvió la mirada. Opal notó el reconocimiento. Algo que preguntarle a Merc más tarde.

—Es él —dijo Phyla—. El que tiene el brazo sobre esa asaltante.

—Ya me lo imaginaba —dijo Mox.

Opal ignoró la charla. Se concentró en la persona que entraba a continuación. Demacrado, alto y con la cara enmascarada, Bakr entró con paso firme detrás de Quinn. Pasó junto al guardia de Eden y se dirigió directamente hacia Davin. Opal mantuvo la mira fija en la cabeza de Bakr, luchando contra una avalancha de recuerdos para mantenerse en el presente. Marte. La Voz Roja. De ahí conocía el nombre. Una lista de objetivos, y Bakr estaba cerca de la cima.

Si él estaba aquí, entonces estos no eran simples mercenarios. Los diamantes de hielo no estaban siendo robados por un grupo de asesinos codiciosos. La Voz Roja había sido silenciada, según los medios. Eden y las otras corporaciones, junto con el ejército de la Tierra, habían proclamado la victoria. Una fanfarronada prematura, al parecer.

De repente, su comunicador comenzó a transmitir ruido ambiental, proyectando una conversación. Le tomó un segundo darse cuenta de que Davin estaba retransmitiendo lo que Bakr estaba diciendo.

—... y por tanto comprenderá que usted, al pedir a este hombre, me está obligando a renunciar a mi ventaja con Eden —estaba diciendo Bakr.

—Sí —respondió Davin—. El caso es que nosotros necesitamos lo mismo. No estarán muy contentos si dejamos a su hombre con un grupo de asaltantes.

—Entonces uno de nosotros debe hacer un sacrificio.

—No sé si lo llamaría así, pero vale —dijo Davin—. Voto por ti, porque te estás llevando los malditos diamantes de hielo y un gran carguero para transportarlos.

Bakr, a través de la mira de Opal, no mostraba ningún

indicio de expresión tras la máscara. No había una sonrisa, un ceño fruncido. Apenas un parpadeo. Opal intentó recordar qué había llevado a Bakr a su posición en la Voz Roja. Fragmentos de recuerdos pasaron volando. El hombre había sido un puñal en la espalda de Eden, retorciéndose en las sombras para volver a la gente contra sus amigos, introduciendo sabotajes en la vida cotidiana de los ciudadanos marcianos.

—Dígame, Davin Masters, ¿por qué quiere salvar a la tripulación? —preguntó Bakr—. Usted es un mercenario. Vive y muere por el dinero que gana. ¿Qué utilidad tienen estas vidas para usted?

Opal observó a Davin pensar durante un segundo. Era una pregunta extraña, al igual que la cadencia lenta del habla de Bakr. Los asaltantes cercanos permanecían aburridos. Como si estuvieran esperando algo.

Los diamantes de hielo.

Los estaban trasladando del *Karat* al carguero. Bakr no podía arriesgarse a nada hasta que la transferencia estuviera completa, hasta que los puentes se desconectaran. Viola podría alejar el *Karat* o incluso usar los puentes para dañar la bodega de carga del *Amerigo*. Pero una vez que los puentes estuvieran despejados, no habría ninguna razón para permitir que continuara el traslado de la tripulación. Bakr podría achicharrarlos a todos, atrapados aquí en la bahía.

—Davin, tenemos que coger al tipo e irnos. Está ganando tiempo —dijo Opal por el comunicador. Su voz salió por el comunicador de Davin lo suficientemente alto como para oírla.

Davin miró hacia arriba de la rampa, hacia donde Opal estaba sentada. Bakr siguió la mirada, miró directamente a Opal. Sin entender por qué, atraída por la oportunidad de encontrarse con esos ojos ensombrecidos, Opal levantó la cabeza del rifle y miró directamente a Bakr.

—Creo, Davin —dijo Bakr, sin apartar la mirada de Opal

—, que estaba a punto de argumentar que la vida vale más que el dinero. Sin embargo, viaja con esa persona...

Bakr apretó los puños. Opal se agachó de nuevo tras su mira, apuntándola directamente a la cara de Bakr.

—Los hombres buenos no dan cobijo a monstruos —concluyó Bakr. Antes de que Opal pudiera apretar el gatillo, Bakr tiró de Davin frente a él, agarró el arma que llevaba en la cartuchera del cinturón y la sostuvo contra la cabeza del capitán.

—Nuevo trato —dijo Bakr—. El hombre de Eden por la francotiradora. O todos vosotros arderéis aquí, ahora.

CAPÍTULO 49
FRENÉTICO

Calificar a Opal de monstruo? ¿Eso es lo que había oído? Merc agarró su par de discos aturdidores, unos dispositivos que, pocos segundos después de ser activados, despedirían arcos de electricidad paralizante a su alrededor. Sus pulgares se movieron hacia los gatillos. Incluso si Merc aturdía a Davin, sería mejor que dejar que Bakr le disparara. Porque de ninguna manera iban a...

—Hecho —dijo Opal, en voz alta, desde lo alto de la rampa—. Es un trato.

—No eres la capitana —dijo Davin, con la mirada fija en el arma que Bakr le apuntaba a la sien—. No es tu decisión.

—Es mi vida —dijo Opal—. Y digo que hagamos el intercambio.

—Al menos eres valiente —dijo Bakr. No apartó el arma. Cualquier pretensión diplomática que tuviera el tipo había desaparecido. Los asaltantes percibieron el mismo cambio, llevando las manos a sus armas, desenfundándolas. Había seis asaltantes en la bahía, más Bakr, con cuatro de los Nueves. Claro, Phyla también podía usar la torreta del *Jumper*. Bakr tenía que saber que sus probabilidades aquí no eran muy buenas.

Cass empujó a Quinn hacia la rampa. El tipo parecía incapaz de caminar, y Mox atrapó a Quinn cuando se cayó y, tras una mirada de Davin, llevó al hombre hacia el *Jumper*. Pasaron junto a Opal en la rampa, mientras la francotiradora se colgaba su rifle largo a la espalda. No tenía ningún sentido. ¿Por qué Opal se ofrecería a sí misma por un tipo que ninguno de ellos conocía? ¿Por qué Davin no estaba luchando?

Mientras bajaba por la rampa, Opal miró a Merc y le hizo un ligero asentimiento. Merc quería gritar que todo esto era una locura, pero... tenía que haber un plan. No estaría haciendo esto sin un as bajo la manga. Así que Merc le devolvió el gesto y esperó.

Cuando Opal llegó a un metro de Bakr, el capitán asaltante empujó a Davin con fuerza y apuntó a Opal. Davin golpeó el suelo, rodando hasta volver a ponerse en cuclillas, con su escopeta girando sobre su hombro hasta quedar en sus manos.

—Nuestro trato está cerrado —anunció Bakr, y agarró el brazo de Opal. Merc esperó el giro, la patada. Un disparo sorpresa de Phyla que incineraría a Bakr donde estaba. Pero no ocurrió nada. Bakr tomó el brazo de Opal y caminó hacia la salida de la bahía. La francotiradora ni siquiera se resistió.

—¿Qué demonios os pasa? —dijo Merc—. ¿Vamos a dejar que se lleve a Opal?

—Como ella dijo, es su decisión. —Davin parecía no creer sus propias palabras.

—Sí, pero no solo suya —dijo Merc, y lanzó ambos discos. El primero se deslizó por el suelo y explotó a los pies de tres asaltantes. El segundo voló hacia Bakr y Opal. Opal se apartó instintivamente, y Bakr se lanzó con ella mientras los discos explotaban con electricidad. Los tres asaltantes se derrumbaron, convulsionando, en el suelo.

Después de lanzar los discos, Merc giró el rifle sobre su hombro hasta tenerlo en las palmas, apuntando a Bakr. Cass y el otro asaltante seguían en la bahía, pero Merc esperaba que Mox o Davin pudieran encargarse de ellos. Ni de coña Bakr se llevaría a Opal. La francotiradora, sin embargo, había encontrado su espíritu y forcejeaba con Bakr en el suelo, demasiado cerca para un disparo limpio. Merc se acercó, escuchando gritos a su espalda. Cass le decía a alguien que no disparara. Algún movimiento junto a la puerta que Merc no pudo identificar. No es que quisiera hacerlo, podía ver a Opal colocando sus piernas en posición para... ahí estaba, Opal levantó las piernas y luego golpeó con fuerza los tobillos de Bakr con sus botas, haciendo que el asaltante la soltara. Un tiro claro.

Entonces Merc salió volando y aterrizó en el suelo de la bahía, el aire escapando de sus pulmones en un ataque de tos. Le dolían las costillas. ¿Qué demonios había sido eso? Al incorporarse, Merc vio a un hombre bajo y con túnica mirándolo fijamente. ¿Dónde estaba Opal? Merc parpadeó y la encontró, corriendo hacia él. Bakr detrás de ella, apuntando con su arma.

—¡Gira! —intentó gritar Merc, pero no tenía aliento. Bakr disparó. El rayo naranja salió disparado y golpeó a Opal en la espalda. Ella cayó hacia delante, humo y fuego elevándose desde la parte trasera de su chaqueta, y aterrizó junto a Merc. Su cara justo ahí. Tan cerca. Sus ojos mirando directamente a los suyos, con lágrimas bordeando los párpados.

—Lo siento —susurró Opal. Merc no estaba seguro de cómo pudo oír las palabras por encima del ruido en la bahía, los disparos láser, los gritos, pero ahí estaban.

—No hables —dijo Merc, con su propia voz apenas funcionando. Sus pulmones buscando aire desesperadamente.

—Te quiero.

—Estarás bien —dijo Merc, incorporándose, levantando su comunicador. Echó un vistazo a la espalda de Opal, al humeante agujero carbonizado que había sido su chaqueta un segundo antes. Los datos volaban por su cabeza, estadísticas sobre la potencia del arma de Davin, la probabilidad de muerte cuando te disparan en ciertas áreas del cuerpo. Y el hombre con túnica se interpuso entre ellos. Desde tan cerca, Merc podía ver ojos metálicos, sus cámaras sin parpadear mirándolo fijamente. Podía ver los brazos extendiéndose para aplastarle la garganta.

—No —gruñó una voz profunda.

Entonces el robot se elevó en el aire, el brazo recubierto de metal de Mox sosteniendo al enemigo como si fuera un juguete. Como si estuviera jugando, Mox lanzó al robot con fuerza contra la pared de la bahía. Al impactar, el robot estalló en pedazos, las túnicas cayendo al suelo mientras sus brazos y piernas chisporroteaban hasta apagarse.

Davin, más cerca de la puerta de la bahía, disparó hacia Bakr, pero una segunda figura con túnica salió disparada y apartó al jefe asaltante. El fuego verde de Melody salpicó alrededor de la salida, enmarcando la puerta con llamas.

—¡Erick! ¡Herido! —comunicó Merc—. ¡Opal ha recibido un disparo en la espalda!

—Ya se está preparando —respondió Phyla—. Tráela.

—Eh, tú —dijo Merc, inclinándose para recoger a Opal—. Aguanta.

Ella no respondió.

CAPÍTULO 50
INVERSIÓN

Mox aturdió a los asombrados asaltantes uno a uno. No era emocionante, pero sí necesario. Después de electrocutar al último, miró hacia la rampa de embarque del *Jumper* y vio a Merc bajando. No había rastro de Opal. Davin y la asaltante, que mantenía las manos en alto, estaban esperando.

—En cuanto Merc pise el suelo, márchate —el comunicador de Davin transmitió a todos.

—Entendido —respondió Phyla.

No iban a arriesgar su nave mientras perseguían al hombre quemado por el *Amerigo*. Mox caminó hacia la salida de la bahía, pasando por encima de los restos destrozados del extraño soldado robot que el hombre quemado llevaba consigo. No era un androide completo, no era tan resistente como eso, pero aun así capaz de golpear con fuerza.

—¿Está bien? —preguntó Mox a Merc cuando el piloto se unió a ellos.

—Ya lo veremos —dijo Merc, con los ojos enrojecidos—. No estará contenta si se despierta y no nos hemos ocupado de este tipo.

—Entonces hagamos feliz a Opal —gruñó Mox.

Davin se percató de que la asaltante seguía de pie en la sala—. ¿Quién eres?

—Cass —dijo la mujer.

—Dime por qué no debería dispararte —preguntó Davin.

Cass miró a Merc. El piloto le devolvió la mirada sin decir palabra.

—¿Por qué le miras a él? —dijo Davin.

—Mira —respondió Cass, volviéndose hacia Davin con las palmas hacia arriba—. Solo estoy intentando no morir, ¿de acuerdo?

—No ayudas —dijo Mox.

—Puede que tu jefe haya matado a mi francotiradora —dijo Davin—. Dime por qué no debería tomarte como rehén. Usarte como moneda de cambio.

—Porque no valgo nada para él. Y porque quiero ayudaros.

—Ya has ayudado bastante, trayendo a Quinn aquí.

—Davin —interrumpió Merc—. No es nuestra enemiga.

Cass dedicó al piloto de combate una rápida sonrisa.

—Convénceme. Demuestra que en el momento en que me dé la vuelta no me vas a disparar por la espalda con esa arma —dijo Davin.

—No puedo —dijo Cass, llevando la mano a su funda y sacando el arma. Mox se tensó, listo para saltar y derribar a la mujer si levantaba la pistola. Pero ella la dejó caer, y el arma resonó contra el suelo—. Lo único que puedo decir es que he perdido la fe.

—¿Fe? —dijo Mox.

—Mira a mis amigos. —Cass señaló a los asaltantes inconscientes en el suelo, los tres aturdidos por la granada de choque de Merc—. Están aquí por una causa. Porque creían que lo que estaban haciendo ayudaba a alguna gran cruzada. Se suponía que íbamos a liberar Marte, pero ahora ni siquiera estamos allí. Antes luchábamos por ciudades, ahora estamos muriendo intentando tomar un solo carguero de gente que no tenía nada que ver con la guerra.

—Qué conveniente que te des cuenta de esto ahora —dijo Davin, sin apartar las manos de Melody.

—No lo vi claro hasta que volvisteis aquí. Hasta que empezamos a intercambiar vidas inocentes por esos diamantes de hielo, por la oportunidad de conseguir algo de dinero —dijo Cass, y luego miró un trozo de cinta carmesí atada a su muñeca derecha—. No me uní a la Voz Roja para ser una ladrona. No es por eso que murió mi familia.

Cass sostuvo la mirada de Davin.

—No conozco su nombre, capitán —dijo Cass—. Pero si está dispuesto, me gustaría ayudarle a limpiar este desastre. Luego puede dejarme en la próxima estación.

La mujer parecía decidida. Mox la creyó. No había temblor en su voz, ni miradas hacia los lados. Y con Opal fuera de juego, podrían usar a una cuarta persona en el terreno.

—Confío en ella —dijo Mox.

Davin asintió un segundo después.

—Merc, parece que la conoces, así que es tu responsabilidad —dijo Davin—. Por lo demás, Mox y yo al frente, vosotros dos cubriéndonos la espalda. Trina, cuando tengas un minuto, ata a nuestro trío ahí fuera para que no se despierten y se emocionen.

El pasillo fuera de la bahía estaba en silencio. Mox notó marcas en las paredes, desgarros por exposición al vacío. Cables, contenedores y equipos abarrotaban el suelo.

—Realmente has hecho un desastre aquí, Merc —dijo Davin mientras caminaban.

—No estaba pensando en eso —respondió Merc—. Eh, capitán.

—Dime —dijo Davin.

—Opal no habla mucho de su pasado. ¿Sabes por qué ese tipo la llamaría monstruo?

Mox escuchó la acusación. Le habían lanzado insultos

similares. Según cualquier medida razonable, Mox había herido, matado o destruido más personas y cosas de las que tenía derecho. ¿Era un monstruo? ¿Merecía morir por ello? Mejor pregunta: ¿Mox sentía que era malvado? No. Por lo tanto, no era un monstruo. Tampoco Opal.

Al menos a sus propios ojos.

—Eso tendrás que preguntárselo a ella —respondió Davin después de un minuto.

Unos cuantos tramos más de pasillo vacío los llevaron cerca del puente. Ninguna resistencia hasta ahora. Cass pensaba que el hombre quemado había retirado sus fuerzas restantes. Las había enviado a proteger los diamantes de hielo. A preparar su nave. Que el puente sería una emboscada ideal.

—¿Merc? —llegó la llamada de Phyla por el comunicador —. El caza y esa nave exploradora siguen ahí fuera. Erick está trabajando con Opal, Trina está haciendo magia con los escudos, y vamos a necesitar cobertura.

—¿Qué quieres que haga al respecto? —respondió Merc.

—¿No dejaste la Viper en el carguero? ¿Puedes llegar a ella?

Merc estaba asintiendo antes incluso de terminar de hablar.

—Puedo, siempre que los asaltantes no la hayan quemado.

—Cass, ve con él —dijo Davin—. Demuestra lo que dijiste allá atrás.

Los dos salieron corriendo por donde habían venido. Mox y Davin se quedaron solos fuera de las puertas del puente.

—¿Estás listo para esto, grandullón? —dijo Davin. Mox asintió.

Davin tocó el intercomunicador.

—Eh. Gage. Abre estas puertas —dijo Davin.

—No puedo hacer eso, capitán —respondió Gage—. Ya sabe cómo me siento respecto a la seguridad.

—Siento oír eso —dijo Davin, mirando a Mox.

Erick le había preguntado una vez a Mox, después de vendar nuevamente las manos del hombre metálico, si Mox se cansaba alguna vez de golpear cosas. La respuesta a esa pregunta, mientras Mox cargaba el exoesqueleto y golpeaba la puerta con su mano reforzada, era no. Otro golpe y la puerta se sacudió. Diseñada para soportar un alto estrés puntual, pero no impactos repetitivos —porque ¿cuántas naves espaciales llevaban arietes?— la puerta se dobló bajo el puño de Mox.

Varios puñetazos después, alternando izquierda y derecha, el grandullón hizo una pausa. Había sentido que la puerta cedía en el último golpe.

—Uno más —dijo Mox.

—No puedo esperar —respondió Davin, apuntando su escopeta hacia la puerta.

Mox cargó el puñetazo y lo lanzó. La puerta resistió durante una fracción de segundo antes de arrugarse alrededor del puño de Mox y salir despedida hacia el puente. La puerta golpeó el suelo y se deslizó hasta detenerse a un metro frente al hombre quemado y su otro guardia robot. Detrás de ellos dos, en la consola del carguero, estaba Gage.

El hombre quemado, mientras Mox aún se recuperaba del golpe, disparó con su arma lateral. Sin embargo, Mox vio venir el disparo y ya estaba apartándose de un salto. El exoesqueleto potenció el salto de Mox, y voló por encima, hacia un lado, del rayo naranja. Mox vio el destello verde que indicaba que Davin había disparado su escopeta. Entonces Mox golpeó el suelo y rodó.

Se incorporó y el robot estaba balanceando hacia la cabeza de Mox un tenedor corto de dos puntas. Hecho para fuerzas del orden. Mox los había visto antes, en Luna. Allí no había armas, así que se usaban otros métodos. Mox se encogió, dejando que el primer golpe del robot pasara por encima de su cabeza. Intentó agarrar a la criatura con túnica, pero el robot se alejó bailando, apuntó el tenedor a Mox y disparó.

El rayo se arqueó hacia adelante y atravesó el exoesqueleto de Mox, que absorbió la corriente y se cortocircuitó. Mox se desplomó en el suelo, con todo el peso del traje reteniéndolo. Un mecanismo de defensa, pero no muy bueno. Mox activó el reinicio, pero el exoesqueleto no respondió. Tomaría tiempo. Tiempo que Davin no tenía.

Mox podía ver al capitán batallando con el hombre quemado, más largo y delgado. Davin disparó por segunda vez la escopeta, pero el hombre quemado ya estaba rodando fuera de su alcance. Intentando acercarse. Habían invertido posiciones, con Davin más cerca de Gage y el hombre quemado cerca de la puerta de salida. El robot también se movía, preparándose para golpear a Davin por detrás.

Davin no tenía ninguna posibilidad. El exoesqueleto seguía sin reiniciarse. Solo había una manera. Mox alcanzó detrás de su cabeza, presionó un botón oculto bajo la nuca. A lo largo de sus brazos y piernas, Mox sintió sensaciones de estallido, pellizcos mientras los nervios se liberaban. El exoesqueleto desprendiéndose.

Mox se levantó y se lanzó cuando el robot apuntaba con el tenedor. Sin el exoesqueleto, con los nervios de Mox inestables tras años operando con el apoyo del traje metálico, el salto quedó corto. En lugar de un placaje, Mox aterrizó en el pie izquierdo del robot. Extendió la mano y lo golpeó. La mano de Mox estalló de dolor al golpear el tobillo metálico del robot, ya sin la protección del guante del exoesqueleto. Pero Mox seguía siendo lo bastante fuerte como para desviar la puntería del robot, y el arco del tenedor se disparó hacia arriba y chocó contra el techo.

El robot cayó de espaldas y rodó lejos de Mox, pero el grandullón agarró el brazo del robot. Agarró el tenedor. El robot detuvo su giro, trató de retroceder. Minutos antes, Mox habría sido capaz de arrancar el tenedor sin pensarlo. Ahora, con ambas manos envueltas alrededor, tensándose, Mox podía sentir que el robot estaba ganando la pelea.

Así que Mox invirtió la estrategia, empujó en lugar de tirar. Clavó el extremo posterior del tenedor, con la fuerza de la propia potencia del robot, en el pecho de este. El tenedor atravesó la placa pectoral del robot, perforando el caparazón y entrando en los circuitos centrales. Se sacudió una vez y luego se derrumbó. Mox liberó el tenedor, levantó la vista justo a tiempo para ver a Davin recibir una embestida del hombre quemado. Vio a su capitán desplomarse en el suelo.

CAPÍTULO 51
LIBERACIÓN

Maldita sea, ese último golpe le reventó la mandíbula a Davin. No estaba nada contento con eso. Y menos aún mirando hacia el cañón del arma de Bakr. El tipo sabía pelear: los brazos fibrosos de Bakr eran como intentar agarrar cuerdas empapadas en aceite, y esa misma delgadez hacía que los bloqueos de Davin no estuvieran en los lugares correctos. Era como pelear contra un pulpo.

—Ríndete —dijo Bakr—. Tienes talento. Un talento que podríamos aprovechar.

—¿Ah, sí? —respondió Davin, frotándose la barbilla contra el suelo del puente—. Parece que todo el mundo me ofrece trabajo últimamente. ¿Qué tal es el sueldo?

—Sabes lo que hay en la bodega de esta nave —contestó Bakr.

—Eso me ha estado intrigando —dijo Davin—. ¿Cómo planeas vender esos diamantes, considerando que todos los existentes provendrán de un secuestro conocido?

—No importará —dijo Bakr, y por primera vez, Davin vio cómo el rostro impasible del hombre se transformaba en algo parecido al placer. Ver las cicatrices blancas y rojas de Bakr estirándose no era agradable, como mermelada y queso crema bailando.

—Ese es el detalle que busco antes de aceptar un trabajo —dijo Davin, mirando hacia Mox—. Eh, Mox, ¿qué opinas? Bakr dice que no importará que su pago sean bienes robados.

—Acepta el trato —respondió Mox, apoyándose en la horquilla.

Davin notó que el grandullón había reventado el exoesqueleto. Tampoco tenía buen aspecto. Un rescate de último minuto parecía improbable.

—Escucha a tu amigo, Davin —dijo Bakr.

—Bah, él cree más cosas a ciegas que yo. ¿Por qué debería creerte que Eden no vendrá a buscar sus diamantes robados?

—Porque Eden, y todos los de su calaña, estarán demasiado sumidos en el caos como para preocuparse —gruñó Bakr, desapareciendo la expresión tranquila de su rostro—. Ahora, únete o muere.

Bakr acercó más el arma a la cara de Davin. Lo cierto es que, aunque el trato fuera bueno, no había forma de que Davin trabajara para alguien tan loco como Bakr. Todo el dinero del mundo no importaba si tu jefe podía dispararte cualquier día. Davin tomó aire, saboreó ese insulso aire reciclado y comenzó a terminar con su propia vida. Pero las palabras de Davin quedaron ahogadas por las repentinas alarmas que sonaron por todo el puente. Una voz robótica anunció que la bodega de carga estaba expuesta al vacío.

Bakr se giró bruscamente, apuntando con su arma a Gage, quien se puso de pie y le devolvió la mirada al hombre quemado desde la consola.

—Lo siento, Bakr —dijo Gage—. Me apunté por algo de dinero, no por una revolución descabellada. Tus diamantes de hielo están siendo expulsados al espacio ahora mismo. Junto con, supongo, la mayoría del resto de tu tripulación.

Davin no vio a Bakr apretar el gatillo. El destello naranja, sin embargo, fue bastante visible. Un agujero humeante y enorme se abrió en el pecho de Gage y el capitán se desplomó. En el mismo movimiento, sin dedicar ni un segundo a Davin, Bakr salió corriendo del puente. Davin y Mox se acercaron a Gage, pero el viejo capitán ya estaba muerto.

—Sella la bodega —dijo Mox. Buena idea, con Merc dirigiéndose allí.

Davin se acercó a la consola. Cambió el sello de rojo a verde. Las alarmas cesaron. Cualquier cosa que no estuviera atada o sujeta en esas bodegas ya habría sido succionada. Davin pasó por las cámaras exteriores hasta encontrar una que mostraba los diamantes, una enorme nube de ellos, brillando como pequeñas estrellas contra el fondo de Neptuno. Dejados allí, los diamantes caerían lentamente de vuelta a su madre.

—¿Merc? —llamó Davin por el comunicador—. Por favor, dime que sigues en la nave.

CAPÍTULO 52
PLAN DE VUELO

P odrías haberme avisado de que ibas a vaciar la bodega de carga —dijo Merc a Davin por el comunicador.

Merc y Cass estaban atrincherados en el pasillo que conducía a la entrada de la bodega de carga. Habían estado intercambiando disparos con los asaltantes del interior cuando estos desaparecieron de repente. Las puertas se cerraron, indicando una brecha de vacío, y lo único que pudo hacer Merc fue pensar en lo afortunado que había sido.

—No había tiempo —comunicó Davin—. Comprueba si el Viper sigue ahí.

—Entendido.

—Y Merc, no lo hemos pillado.

—Bien. Tengo algo que quiero decirle al grandullón.

—Pues ve a por ello.

Davin cortó la comunicación y Merc miró a Cass.

—¿Te importa que vaya a por tu jefe? —dijo Merc.

—Ya no es mi jefe.

—Davin es mejor, créeme.

Las alarmas del carguero cesaron, y el repentino silencio pareció ensordecedor a su manera. La puerta de seguridad de la bodega de carga se abrió de golpe al restablecerse la atmósfera. Cass asintió en esa dirección, y ambos se dirigieron allí. Lo único que quedaba en la bodega era el Viper, su masa y los anclajes bloqueados lo mantenían pegado al suelo. Fuera del sello magnético, Merc podía ver miles de luces giratorias. Como estrellas, pero a metros de distancia en lugar de años luz.

—Cuando despegue, quiero que vuelvas al puente —dijo Merc—. Davin y Mox tendrán algo para que hagas.

—Voy contigo.

—¿Qué? —dijo Merc.

—Es un caza clase Viper. Hay espacio para un pasajero.

—Espacio es quedarse corto —pero Cass no se equivocaba. Un pasajero pequeño podía caber detrás del piloto. Diseñado más para comida y bebida en vuelos largos, no era raro ver a los Viper dejar ese espacio vacío y meter a alguien allí para trayectos cortos. Al abrir la escotilla, el espacio estaba tan vacío como Merc recordaba. Si Cass quería venir, si quería doblarse como un pretzel, podía hacerlo.

Se acomodaron en los asientos, Merc comenzó las comprobaciones previas al vuelo y Cass se quejó de cómo ya se le estaba cortando la circulación.

—No esperes compasión —dijo Merc—. Tú quisiste venir.

—Simplemente estoy comentando el pésimo diseño de este espacio —dijo Cass.

—¿Así que ahora insultas a mi nave?

—Sí.

Merc se rio, y se detuvo inmediatamente. Opal estaba ahí fuera, en el *Jumper*, quizás muriendo, quizás muerta. Tenía que salir y protegerla. Tenía que encontrar y acabar con Bakr. Viendo que las comprobaciones previas al vuelo mostraban todo en verde, Merc encendió los propulsores y se deslizó fuera de la bodega de carga.

Y entró en un enjambre de diamantes de hielo. Los malditos estaban por todas partes, girando a diferentes velocidades según el impulso que habían tenido al salir de la bodega. El Viper rebotaba entre ellos, la armadura de la nave desviaba las rocas. Desde la cabina, parecía como si la realidad se estuviera fragmentando. Los diamantes reflejaban la luz del sol, la luz de Neptuno y la pintura nacarada del carguero, creando la impresión de que líneas aparecían y desaparecían en el espacio. Merc no podía pensar en una forma de describirlo, así que se quedó ahí sentado, observando mientras el Viper se calentaba para el vuelo completo.

—Hermoso —murmuró Cass desde atrás.

—Esta vida no es del todo mala —dijo Merc. El Viper emitió un pitido, mostrando que los motores principales estaban listos para disparar. Los sensores de la nave estaban confundidos por los diamantes, pero Merc aún podía detectar al *Jumper*, y cerca de él, cerca del carguero ahora, al *Karat*.

—¿Qué está haciendo esa chica? —dijo Merc, aumentando la aceleración y alejándose del enjambre de diamantes de hielo.

—¿Qué chica?

—Viola. Reprogramó un androide una vez —dijo Merc, dirigiendo el Viper hacia el *Jumper*—. Si seguimos vivos, la conocerás.

—¿Y lo haremos?

—¿Haremos qué?

—Seguir vivos.

—Cass, estás volando con uno de los mejores pilotos del sistema solar. Si quieres seguir viva, quédate justo donde estás.

El *Jumper* se acercaba, ahora visible frente al Viper. Los sensores mostraban que estaba siendo perseguido por la nave de exploración dañada y el caza que había hecho un trabajo tan perfecto manteniendo su trasero intacto anteriormente. Hablando de traseros, el del *Jumper* estaba recibiendo un montón de láser. Merc podía ver los destellos y los ocasionales intentos de contraataque. Parecía que los escudos aún resistían, pero cuánto tiempo más era una incógnita.

—Phyla, cuando te dé la señal, vas a tirar de ese mando hacia atrás, ¿entendido? —comunicó Merc.

—¿Merc? ¿Eres tú en mi tablero? —respondió Phyla, sonando agobiada.

—Oh sí, soy yo.

Merc inclinó ligeramente el Viper para que se deslizara justo bajo la trayectoria del *Jumper*. Dirigió toda la potencia del escudo hacia el frente, desvió las baterías de los motores a los láseres. Lo hermoso del espacio era que la velocidad de Merc se mantenía constante hasta que algo lo empujara en otra dirección, así que mejor usar esa energía para lo que importaba. Las alarmas de colisión del Viper sonaron estruendosamente. Era su señal.

—¡Ahora! —comunicó Merc.

El *Jumper* se elevó, como un perro corriendo que de repente es detenido por su correa. El Viper pasó por debajo, y justo en la trayectoria de la nave de exploración, que ya intentaba imitar la maniobra del *Jumper*. No prestaba atención al pequeño Viper que lo iluminó. Los escudos ya dañados de la nave de exploración no resistieron más de un par de impactos antes de colapsar. Brillantes flores naranjas aparecieron en el casco de la nave de exploración, mientras el navío sangraba metal mientras Merc descargaba fuego.

—Uno menos —dijo Merc mientras volaba por debajo de la nave destruida.

—¿Dónde está el otro? —dijo Cass.

—Probablemente huyendo.

El Viper se estremeció, y sonó una alarma. Una diferente, el motor trasero izquierdo había sido alcanzado y estaba inutilizado. Merc deslizó un control que equilibraba los escudos y echó un vistazo a los sensores. El caza con su molesta forma de disco estaba siguiendo al Viper. Debía haberse girado alrededor de la nave de exploración y usado sus malditos motores omnidireccionales para situarse detrás del Viper. Bien. Merc podía asumir un desafío.

—Pensé que tú... —empezó Cass.

—¡Agárrate! —dijo Merc, y luego tiró del mando hacia atrás mientras redistribuía la energía de los láseres a los motores. El impulso rápido, junto con el tirón del mando, hizo que el Viper diera la vuelta.

Merc cortó los motores por completo y activó los propulsores de acoplamiento delanteros, haciendo que el morro del Viper volviera hacia donde, un segundo antes, había estado su popa. Pero el caza de disco ya se estaba alejando, intentando pasar por debajo del Viper, mantenerse detrás. Merc disparó dos veces, pero los tiros fallaron por arriba, muy desviados. Luego aumentó la potencia.

Cass estaba diciendo algo, pero Merc no la escuchó. Quizás solo estaba gritando mientras el Viper atravesaba el espacio a toda velocidad. Incluso con uno de sus motores inutilizado, Merc estaba bastante seguro de que ese omnidireccional no podría seguirle el ritmo. Tenía que convertir esto en un juego a mayor distancia, donde la capacidad de esa cosa para moverse como una libélula no fuera una ventaja.

Su tablero de sensores mostraba que el disco los seguía, disparando ocasionalmente, pero con Merc haciendo que el Viper se moviera aleatoriamente, el omnidireccional no acertaba mucho. El carguero apareció de nuevo frente a ellos, grande y blanco. El *Jumper* estaba a un lado, más cerca de Neptuno y fuera del combate. Incluso con artilleros experimentados manejando las torretas, no habían podido alcanzar al disco. No tenía sentido arriesgar a los prisioneros.

—Uno contra uno —dijo Merc, sin darse cuenta. Su mano derecha agarraba el mando con fuerza, sudando. La izquierda de Merc flotaba sobre los controles deslizantes de motores, láseres y escudos, todos equilibrados en ese momento. En un segundo estarían volando sobre el carguero.

En un segundo, el omnidireccional perdería la mitad de

sus opciones; cualquier cosa por debajo significaría estrellarse contra la superficie del carguero.

—¿Alguna vez has hecho un salto mortal hacia adelante? —dijo Merc, y no escuchó la respuesta de Cass. Cortó la energía de los motores, empujó el mando hacia adelante y activó los propulsores de maniobra, haciendo girar el Viper en la dirección opuesta a la primera vez. Solo que no disparó ningún impulso, así que el Viper siguió acelerando a través del carguero y alejándose del omnidireccional.

Merc no podía ver al omnidireccional, y apostaba a que el omnidireccional tampoco podía ver al Viper, excepto en sus sensores. Y los sensores hacían un trabajo pésimo mostrando hacia dónde apuntaba alguien. Hacia dónde iban. Pero ahora los láseres de Merc disparaban hacia donde había venido. Destellos mientras los rayos se lanzaban a la distancia, y Merc vio algunos chocar contra un escudo, pero cuando miró el sensor, el omnidireccional seguía allí, acercándose desde una trayectoria diferente.

—¿Lo has pillado? —dijo Cass.

—¿Cómo sabes que es un él? —dijo Merc, volviendo a activar los motores. Volviendo hacia el carguero. Hacia el omnidireccional. Enviando láseres continuos y viendo cómo cada uno de ellos fallaba mientras el omnidireccional se movía en ángulos irregulares. Luego llegaron los impactos contra los escudos del Viper; el omnidireccional disparaba y se desviaba para evitar el contraataque de Merc.

Esta no era la forma de ganar la pelea. Eliminar la mitad de las opciones del omnidireccional no era suficiente. Merc tenía que acorralar al caza, reducir sus oportunidades. El Viper se estremeció cuando otro disparo lo alcanzó en el costado; la consola parpadeó en rojo mientras los escudos caían a una potencia mínima.

—Si muero aquí, te perseguiré hasta el infierno —dijo Cass.

—Yo también estaré muerto —dijo Merc.

—No importa.

Merc negó con la cabeza. Los sensores emitieron un pitido. Un nuevo icono, dando la vuelta al carguero. La fragata. Debía de ser la nave de Bakr. Intentando coger esos diamantes de hielo. Merc parpadeó. Desvió la energía de los láseres del Viper a los motores, y el caza atravesó la superficie del carguero, aumentando la distancia entre él y el disco.

—¿Y ahora qué, chico listo? —dijo Cass.

—Es un secreto —respondió Merc.

—Solo espero que sea mejor que tu último truco.

Yo también, pensó Merc. El Viper pasó por el borde del carguero. Merc cortó los motores, desvió la energía a los escudos y dejó que el disco lo alcanzara. No funcionaría si el enemigo prestaba demasiada atención. Tenía que hacerlos codiciosos.

Un momento después, el Viper estaba de nuevo en la nube de diamantes de hielo, atravesando el espacio en la órbita de Neptuno. Merc sorteó grupos de ellos, haciendo girar el Viper a través de la nube y observando los sensores mientras el disco hacía lo mismo, acercándose. En cualquier momento, el disco dispararía contra los motores del Viper. En cualquier momento, ambos estarían completamente rodeados por los diamantes.

El Viper chilló al recibir otro impacto en los motores; los láseres del disco atravesaron los escudos e hicieron que el motor central de Merc se apagara en la consola. Perfecto. Merc desvió la energía al motor derecho, el único que quedaba, e hizo girar el Viper de nuevo. El disco estaba preparado, reaccionando al giro del Viper. Merc lo vio, vio cómo el disco se movía mientras apretaba el gatillo y enviaba láseres al espacio vacío. Observó cómo el disco volaba directamente hacia un lado, en un ángulo imposible para la mayoría de las naves, un ángulo que lo llevó justo a la trayectoria de un grupo de diamantes de hielo.

Los diamantes de hielo no eran energía. Eran masa sólida

y forjada. Atravesaron los escudos del disco a alta velocidad, impulsados por la gravedad persistente de Neptuno y la expulsión desde el carguero. Cortaron el disco en pedazos, destrozando los motores, los cañones láser, rompiendo el caza en docenas de fragmentos que giraban junto con el grupo.

—¿Ves? ¿Qué te dije? —dijo Merc, usando los propulsores de maniobra para guiar al Viper lejos de los diamantes—. Estás bien.

—¿Lo estamos?

Merc echó un vistazo al tablero de sensores, luego inclinó el Viper hacia la izquierda. Avanzando hacia ellos, ocupando la mayor parte de la cabina del Viper, estaba la fragata, erizada de torretas. Y Merc solo tenía un motor funcionando.

CAPÍTULO 53
EL PASADO DEL TIRADOR

El objetivo estaba rodeado por otros objetivos. La colección que la ACT —Alianza Corporativa Terrestre— llevaba meses cazando estaba allí, todos reunidos en la ladera del Olympus Mons. Una montaña tan grande que su flanco ocupaba todo el horizonte de Opal y se extendía más allá, pero la sombra de la montaña tenía un propósito. El inmenso tamaño del Olympus Mons restringía la vista de los satélites, interrumpía las comunicaciones y dificultaba acercar cualquier fuerza significativa sin ser detectada. Por eso Opal yacía junto a un mini-rover observando a través de una mira a personas a más de tres kilómetros de distancia.

Paz. Ese era el tema a debatir. La razón por la que la Voz Roja había reunido allí a sus miembros de alto rango. Definir las condiciones que la ACT tendría que aceptar si querían que sus inversiones en Marte siguieran produciendo. Si es que querían conservarlas.

—¿Opal? —Una voz. ¿Del comunicador?

Opal miró su muñeca. Ningún mensaje.

—¿Puedes oírme?

Aparte de la gigantesca montaña, lo único que rodeaba a

Opal eran montículos de roca y arena rojiza. Encajada en una estrecha grieta entre un par de elevaciones, con su rover oculto tras ellas, Opal no estaba segura de dónde procedía la voz. Unos momentos respirando. Nada más. Quizás solo una ensoñación.

—Concéntrate —murmuró Opal para sí misma, mirando de nuevo a través de la mira.

El objetivo principal, Alissa Reinhart, seguía moviéndose, dando la bienvenida a sus asociados en la amplia sala. Un fallo de diseño, poner tantas ventanas en un espacio de reuniones de alto perfil. Pero, ¿quién habría predicho que un complejo turístico de lujo sería requisado por fuerzas hostiles? Opal tomó aire. Tantos de ellos. Alissa era el objetivo principal de la ACT, pero si todos estaban allí, todo el liderazgo de la rebelión... quizás si pudiera enviar una señal de comunicación, la ACT podría intentar algo más.

Pero, ¿merecían morir todas estas personas? Opal no reconocía a la mayoría. Actores menores. Especialistas. No combatientes. No estaban en su protocolo de misión. Así que el comunicador permaneció apagado.

Opal redujo el zoom, observó el exterior del edificio. Como medio óvalo, el complejo turístico estaba construido dentro del Olympus Mons, con parte de él literalmente en el interior de la montaña. La sala de conferencias se ajustaba al borde exterior del óvalo, proporcionando lo que probablemente era una vista espectacular. Solo que el cristal funcionaba en ambos sentidos.

Opal notó movimiento en la mira; se abrían puertas a la sala, camareros entraban con brindis para celebrar. No había más tiempo para pensar en ataques. Los objetivos, incluida Alissa, cogían copas y se arremolinaban alrededor de una mesa. Opal no tenía ángulo para ver qué había sobre ella, pero podía adivinarlo. El documento, las condiciones. Un acuerdo alcanzado para llevar a la rebelión a la mesa, un acuerdo que la ACT no tenía ningún deseo de mantener. Una forma de librarse de una promesa era deshacerse de quien se le había hecho.

Alissa estaba en la mira ahora. Caminando hacia la mesa. Sonriendo. Riendo.

—Vamos, Opal. Necesito una señal de que estás ahí —la voz de nuevo.

Opal parpadeó. ¿Qué era eso? ¿Quién intentaba hablar con ella?

—Vuelve —dijo.

No. El objetivo. Opal centró a Alissa en la mira mientras se inclinaba sobre la mesa, apretó el gatillo. En la fina atmósfera de Marte, el rifle chasqueó ligeramente, el retroceso fuerte debido a la débil gravedad, pero Opal estaba preparada. Mantuvo el rifle centrado, los ojos en la mira. El disparo fue certero. Golpeó el cristal. Y rebotó. Ni siquiera un rasguño. Nadie dentro levantó la mirada.

Eso no tenía sentido. Las estadísticas del complejo indicaban que el cristal era estándar. Su disparo debería haberlo perforado. Atravesarlo. A través de la mira, Opal podía ver a los otros miembros del grupo turnándose en la mesa, añadiendo sus nombres. Tenía que actuar.

—Necesito un ataque negativo en las siguientes coordenadas ASAP —comunicó Opal, indicando la posición exacta de la sala de conferencias del complejo. La ACT tenía varios satélites en órbita alrededor de Marte, algunos de ellos capaces de realizar los llamados ataques negativos. Le habían asegurado que habría uno sobre ella si fuese necesario, si la situación lo requería. Si Opal lo consideraba necesario para lograr el objetivo.

—¿Qué estás diciendo? —respondió la voz, confundida.

El comunicador en su muñeca hizo un clic. Afirmativo. La voz no venía del comunicador. Extraño. Opal volvió a acomodarse en su posición, observando.

El ataque negativo era invisible, pero comenzó rápidamente. Opal vio cuando se activaron las primeras alarmas del centro de conferencias. Sería la brecha de vacío mientras el arma del satélite perforaba la cúpula de cristal. Los miembros parecían confundidos por un momento, luego se dirigieron hacia la salida. Alissa rodeada por un par de lo que parecían guardaespaldas. Un momento después la gente se quitaba los abrigos, y las primeras expresiones de pánico aparecían en sus rostros. El humo se elevaba de los manteles, del champán evaporándose. Y entonces el óvalo estalló en llamas cuando el oxígeno comenzó a arder.

Opal sabía lo que ocurriría a continuación. La iluminación literal del aire se expandiría demasiado rápido para que el complejo pudiera hacerle frente. Quemaría todo el subterráneo, las habitaciones y restaurantes, las bahías de acoplamiento y piscinas. Solo cuando el último bit de oxígeno se hubiera consumido se extinguirían las llamas. Y todo lo que cualquiera encontraría cuando viniera a ver serían cenizas.

—Esto va a doler un poco, pero necesito que despiertes —dijo la voz.

—¿Quién eres? —preguntó Opal al aire marciano.

Solo que ya no era el aire marciano. Los paisajes rojos, el rifle de Opal y el mini-rover desaparecieron y por un momento Opal no estaba en ninguna parte. Luego sintió la cama, la manta. Vio la luz que brillaba sobre ella, y el ceño fruncido de Erick.

—¿No sabes quién soy? —preguntó Erick.

—Yo, sí lo sé —dijo Opal.

El doctor dividió su rostro en una amplia sonrisa.

—Opal, creo que vas a estar bien —dijo Erick.

Pero lo único en lo que Opal podía pensar era en esa expresión en el rostro de Alissa Reinhart cuando se dio cuenta de lo que estaba sucediendo, esa chispa que se extinguía cuando comprendió que todo estaba perdido.

CAPÍTULO 54
IMPROVISANDO

Con un deslizamiento en la pantalla de la consola, Viola activó la entrada de mineral del *Karat*. Diseñada para usarse junto con láseres de minería, la entrada actuaba como un pozo gravitatorio focalizado, absorbiendo diamantes de hielo y depositándolos en la bodega de carga. Ahora, no había nadie apuntando con un láser minero, pero tampoco tenían nada que cortar. Los diamantes de hielo, flotando en el vacío, eran recogidos por la entrada y succionados hacia la bodega del *Karat*.

—Tienes que acercarte más —dijo Yuan—. Las entradas no tienen suficiente alcance desde aquí.

—Nos hará volar en pedazos si nos ponemos al alcance de esos cañones.

—Los escudos aguantarán. Al menos el tiempo suficiente.

Viola tragó saliva. Introdujo un nuevo rumbo en la consola y ordenó al ordenador de vuelo del *Karat* que lo ejecutara. La nave se desplazó; las entradas en funcionamiento consumían la mayor parte de la potencia del motor, pero en el vacío, incluso una pequeña cantidad de propulsión era suficiente. Los sensores mostraban un par de puntos: la fragata era el más grande, el Viper de Merc el más pequeño. En unos segundos, la fragata eclipsaría a Merc y lo borraría de la existencia.

—¿Estás seguro de que esta cosa no tiene armas? —preguntó Viola por quincuagésima vez.

—Es una nave experimental —dijo Yuan—. Eden probablemente añadirá defensas en futuros modelos, basándose en esta experiencia.

—Eso no nos ayuda ahora.

—No te centres en lo que no tienes —respondió Yuan.

—Lo que tú digas, Capitán Zen.

—Lo siento, es una mala costumbre.

—Si desvías la energía de nuestro escudo a la entrada, te perdonaré —dijo Viola, con los ojos pegados al escáner de sensores.

—Eso nos dejará vulnerables —respondió Yuan.

—Hazlo, simplemente —dijo Viola—. Confía en mí.

Había algo absurdo en que Viola, una mercenaria recién estrenada, le dijera a un experimentado capitán corporativo qué hacer, pero maldita sea, era el amigo de Viola quien estaba en peligro, así que el protocolo normal no tenía por qué aplicarse. Yuan, por su parte, parecía entenderlo. Asintió y desvió la energía. Mientras el ordenador del *Karat* ajustaba la atracción, Viola sintió temblar la nave al absorber repentinamente más carga de la que estaba diseñada para manejar. Diamantes de hielo, restos espaciales aleatorios y cualquier otra cosa que pasara cerca del *Karat* estaba siendo atrapada por la succión y arrastrada a la bodega de carga.

En la consola de sensores, el punto que representaba a la fragata seguía acercándose al Viper. Solo que la velocidad iba disminuyendo. Luego se detuvo, con los dos iconos apenas separados. Y entonces la fragata retrocedió. Hacia el *Karat*.

—¡Lo tenemos! —gritó Viola, y luego se volvió hacia Yuan—. ¿Y ahora qué?

CAPÍTULO 55
VACÍO

Merc sintió cómo el Viper se impulsaba hacia adelante, en dirección a la fragata. Sin embargo, la nave más grande no se acercaba. Merc observaba por la ventana de la cabina, esperando a que su cerebro volviera a la realidad y le dijera que el Viper y sus motores dañados iban a estrellarse contra la nave más grande o a ser reducidos a pedazos por sus láseres.

—¿No deberíamos estar muertos ya? —preguntó Cass—. Porque me están dando calambres aquí atrás, así que si vamos a morir, ¿podemos acabar con esto de una vez?

—Lo estoy intentando —dijo Merc, con voz apagada. La consola del Viper mostraba que se estaban moviendo, a pesar de no tener motores. ¿Qué estaba pasando? Echó un vistazo al panel de sensores. Había un tercer punto cerca, aún más grande que la fragata. Demasiado grande para ser el *Jumper*. No lo suficientemente grande para ser el *Amerigo*. Lo que significaba...

—Creo que nos están succionando —dijo Merc.

—¿Succionando?

—El *Karat* ha entrado en juego, y nos está absorbiendo —explicó Merc.

—¿Eso es malo?

—Aún tengo que averiguarlo —respondió Merc. Si el Viper salía disparado hacia la bodega de carga del *Karat*, quizás podría activar los propulsores de maniobra a tiempo para evitar que el caza se estrellara. Pero la fragata estaba entre ellos y la nave minera. En cuanto decidieran abrir fuego contra Merc, estarían acabados.

—Lo que pasa con Bakr —dijo Cass—, es que te matará si eso ayuda a la causa.

—¿Lo mencionas porque...?

—Tus amigos no son tan despiadados. Es peligroso no enfrentarse a un fanático en sus propios términos —dijo Cass.

—Sí, bueno, a tu fanático no le va muy bien —replicó Merc, y luego ajustó los niveles.

Potencia a los escudos y a los propulsores de maniobra.

—¿Cómo es que el mejor piloto del sistema solar acaba mezclado con un grupo de mercenarios? —preguntó Cass.

—¿Me lo preguntas ahora, cuando estamos a un dedo del gatillo de convertirnos en polvo espacial?

—Cuando Edén arrasó mi pueblo en nombre de mantener la paz, perdí a todos. No quiero morir de esa manera también.

—Te entiendo —dijo Merc, con Opal pasando fugazmente por su mente—. Ya que preguntas, el mejor piloto del sistema solar tiene un problema con la autoridad.

—Sorprendente.

La proa de la fragata, justo fuera del alcance de tiro, se alejó del Viper. Girando hacia el óvalo detrás de ellos. Merc esperaba que el *Karat* tuviera unos escudos potentes, porque de lo contrario estaba a punto de convertirse en cenizas.

—¿Eso satisface tu deseo de muerte? —preguntó Merc.

—Servirá. Aun así, preferiría no morir, ¿si puedes arreglarlo?

—Estoy en ello.

Antes de que Cass pudiera responder, Merc activó el comunicador y abrió un canal amplio.

—Hola, *Karat*, soy el amistoso piloto de caza que estás a punto de succionar en ese asqueroso vacío tuyo. Entiendo que estás intentando atrapar al grandullón, pero ¿qué tal si nos dejas ir?

—¿Cómo sabes que son amigos? —preguntó Cass.

—¿Porque le caigo bien a todo el mundo?

—¿Merc? —La pregunta vino del comunicador, con la claridad de una comunicación de haz estrecho—. ¿Puedes oírme?

—¡Viola! —exclamó Merc—. Chica, te oigo como una canción. Ahora, por favor, dime que no vas a triturar mi nave hasta convertirla en polvo.

Fuera de la ventana frontal, el óvalo del *Karat* surgió de la oscuridad como una versión más pequeña y distorsionada del planeta que orbitaban. La fragata estaba entre ellos y el *Karat*, casi terminando su lento giro. Las naves grandes hacían sus movimientos en largos arcos, difíciles de realizar cuando te arrastran desde atrás.

—Estoy intentando salvarte —respondió Viola—. Eres lo suficientemente pequeño. ¡Enciende tus motores, sal de ahí!

—Viola, mis motores están quemados —dijo Merc—. Solo, cuando atrapes ese gran premio de ahí, apaga tus aspiradores y estaremos bien.

Frente a ellos, la fragata de Bakr completó su giro. Las alas de la nave, erizadas de torretas, escupieron fuego contra el *Karat* tan pronto como la nave minera estuvo a tiro. Merc observó cómo los primeros disparos se extinguían contra los escudos, pero pronto los destellos atravesaron las defensas y estallaron llamaradas naranjas en el costado del *Karat*. La nave de Bakr disparaba al azar, tratando de encontrar un punto que desactivara el vacío.

Fuera de la cabina, diamantes de hielo centelleantes se arremolinaban, atraídos también hacia el *Karat*. Reflejaban la luz de láser de la fragata, destellando en carmesí, dorado y ocasionalmente blanco cuando alguna pieza particular de componentes eléctricos salía despedida del *Karat*.

—¿Tienes más escudos en esa cosa? —preguntó Merc por el comunicador—. Porque tal vez quieras activarlos.

La única respuesta fue estática. Dada la progresiva destrucción que envolvía al *Karat*, no era sorprendente que las comunicaciones estuvieran cortadas. La fragata tenía potencia de fuego cuando quería utilizarla. Solo las toberas de succión seguían funcionando, atrayendo todo hacia su oscuro interior. Y la nave de Bakr se estaba acercando demasiado. En unos momentos iban a colisionar, y cuando lo hicieran, todo alrededor del Viper sería un amasijo de escombros.

—Las cosas están a punto de volverse realmente locas —dijo Merc.

—Como si no lo estuvieran ya —contestó Cass.

La fragata, casi tan grande como las dos toberas de succión del *Karat* juntas, pasó muy cerca, disparando láseres libremente. La parte delantera desapareció en la tobera, brilló mientras los escudos de la fragata absorbían el impacto inicial, y entonces todo se fue al infierno. Una explosión naranja en cadena se extendió por la fragata, ascendió por el *Karat*, y salpicó los escudos del Viper. Merc solo pudo ver naranja por un momento, con llamas lamiendo y bloqueando el universo. Y luego desaparecieron, reemplazadas por una nube de fragmentos, pequeños fuegos que se extinguían tan rápido como se formaban, y la silenciosa desintegración del *Karat* mientras el impacto se abría paso a través de las cubiertas de la nave.

—Eh, ¿vas a moverte? —dijo Cass.

Ah, sí. Merc activó los propulsores de maniobra. Hizo que el Viper planeara arriba, abajo, y a los lados de trozos de metal, diamantes de hielo, y los fragmentos de humanidad que habían estado en esas naves pero que ahora eran residentes permanentes de la órbita exterior de Neptuno. Entre cada viraje, Merc bajaba la mirada al escáner, esperando ver algo, cualquier cosa que mostrara que Viola seguía viva.

cada viraje, Merc bajaba la mirada al escáner, esperando ver algo, cualquier cosa que mostrara que Viola seguía viva.

CAPÍTULO 56
DESMORONÁNDOSE

La consola explotó en su cara mientras Yuan tiraba de Viola hacia atrás. La pantalla se hizo añicos en mil bordes afilados que cortaron hendiduras en la cabeza girada de Viola. Las alarmas sonaban en diferentes frecuencias y cadencias, cada una anunciando otro sistema crítico al borde del colapso. Era abrumador, enloquecedor, pero Viola se aferró a lo último que había visto en el escáner. Ese punto, la fragata, fusionándose con el *Karat* y desapareciendo.

—Se han ido —dijo Viola mientras Yuan la arrastraba hacia la salida del puente.

—Nosotros también lo estaremos si no nos damos prisa —respondió Yuan.

Como si estuviera de acuerdo con Yuan, el *Karat* se estremeció, un chasquido resonó por el interior de la nave y los envió a ambos al suelo. Viola se incorporó, apartó el pelo de su cara y notó que su mano se manchaba de sangre. Un corte, o quizás se había golpeado la cabeza. La razón no importaba. La emoción de haber destruido la fragata se estaba convirtiendo en pánico. No sabía dónde estaban las lanzaderas de escape. Si el *Karat* tenía alguna que aún funcionara. Y ¿cuánto tiempo les quedaba?

—Concéntrate —dijo Yuan, poniéndose de pie junto a ella
—. Y corre.

El capitán salió disparado, corriendo hacia la puerta del
puente y atravesándola. Viola lo siguió. Por su cabeza
pasaban cálculos, problemas que había resuelto en sus clases
de ingeniería. Los sistemas de seguridad que naves como el
Karat tendrían incorporados, del tipo que Galaxy Forge, la
empresa de su padre, exigiría.

La fragata había embestido al *Karat* por las tomas de aire,
desde abajo. La bodega de carga tendría muchas barreras
entre ella y el resto de la nave, una necesidad para la sección
que se abría al vacío y a materiales peligrosos con mayor
frecuencia.

—¡Agáchate! —gritó Yuan en el pasillo de delante cuando
una serie de estallidos atravesó el techo. Viola se tiró al suelo
y un momento después los paneles del techo cayeron un
metro. Las vigas se rompían, el fallo residual de otros lugares
se extendía hasta aquí. Viola se levantó en cuclillas y siguió
moviéndose.

Después de la bodega de carga, la zona más dañada habría
sido los camarotes de la tripulación. El lado que daba a la
fragata cuando llegó disparando láser. Viola intentó recordar
la disposición del *Karat*. Al lado opuesto de los camarotes de
la tripulación estaría la zona de muestreo, donde la carga
recogida era analizada, limpiada y preparada para la venta.

Yuan salió de debajo de los paneles derrumbados y miró
hacia atrás mientras Viola continuaba su carrera a medias, su
gateo a medias.

—Hay un par de lanzaderas justo aquí, junto a la cafetería
—gritó Yuan.

Viola salió de debajo de los paneles y corrió tras Yuan. La
mayoría de los diseños de naves ponían la cafetería cerca de
los camarotes. Tenía sentido desde una perspectiva logística.
Menos pasos para ese tentempié a medianoche. Una ola de
calor, de origen desconocido, le azotó la cara. El olor hormi-

gueante de circuitos quemados llenaba el aire mientras se acercaban al espacio en ruinas que una vez albergó las comidas para la tripulación. Partes del suelo se habían hundido, dejando secciones que parecían islas en un océano metálico. Las puertas del ascensor estaban bloqueadas a medio abrir, mostrando un hueco vacío.

—¿Por dónde? —dijo Viola.

—Recto —respondió Yuan, dando un salto para cruzar una sección derrumbada.

Viola miró el metro de suelo frente a ella, luego el hueco que Yuan acababa de saltar. Más largo que su propia altura. Pero a su izquierda había una pared dura, a su derecha estaba la ruina ardiente de la cocina del *Karat*. Probablemente víctima de una sobrecarga de energía cuando los reguladores del *Karat* se quemaron, dejando que la energía corriera libremente por toda la nave. Lo mismo habría chamuscado la consola del puente. Respiró hondo, con Yuan mirándola con una mezcla de expectación y preocupación en su rostro, y dio un par de pasos corriendo.

Y saltó.

Mientras Viola se elevaba, sintió que la atracción en sus botas disminuía, la gravedad interna del *Karat* fallaba y enviaba la nave a casi gravedad cero. Viola se precipitó hacia adelante, sobre el hueco pero aún en movimiento, disparada directamente hacia la pared opuesta. Giró. Viola balanceó su cuerpo y golpeó la pared con los pies. Intentó no empujar, hundirse lo más posible en una sentadilla para no rebotar. Luego se impulsó hacia la salida cercana, la que Yuan había señalado. Sus manos, extendidas, se agarraron a la esquina e hicieron girar a Viola. Mientras se movía, Viola vislumbró unas letras pegadas en la pared: Camarotes de la tripulación.

Yuan pasó disparado junto a ella, propulsándose por el pasillo hacia una lanzadera que probablemente ya estaba destruida. Alojada en una sección del *Karat* demolida por el fuego de la fragata. Las luces en esa dirección parpadeaban, imposible saber qué les esperaba a la vuelta de la esquina. Solo que, si la corazonada de Viola era correcta, toda esa parte de la nave estaba a punto de desmoronarse.

—¡Yuan! —gritó Viola—. ¡Da la vuelta!

El capitán se agarró a una parte rota del lateral del pasillo, mirando hacia atrás.

—¡La lanzadera está justo adelante! —gritó Yuan.

—Pero...

El pasillo detrás de Yuan se iluminó con un destello amarillo, un gran retorcimiento recorrió el *Karat* y, de repente, las estrellas eran visibles detrás de Yuan. Parte del disco turquesa de Neptuno se mostraba. Viola estaba mirando hacia el espacio exterior. Los mecanismos de defensa del *Karat* lucharon por entrar en acción y cerraron una puerta de golpe, casi partiendo en dos a Yuan mientras se lanzaba de vuelta hacia Viola.

—¿Hay otra manera? —dijo Viola cuando Yuan la alcanzó, ambos tomándose un segundo para respirar.

—La otra lanzadera está en el lado opuesto. Por ahí —Yuan señaló al hueco del ascensor—. Está junto a la bodega de carga.

Era imposible que la bodega de carga siguiera allí. No, Viola negó ligeramente con la cabeza. Las tomas soportaron el impacto. La bodega de carga podría estar perforada, pero algo al otro lado de su gran espacio vacío aún podría estar ahí.

—Necesitaremos trajes —dijo Viola, y Yuan asintió.

—Hay un juego de emergencia cerca de la entrada a la bodega —dijo Yuan—. Por si algo va mal.

—Creo que esto califica como tal —dijo Viola mientras se lanzaban hacia el hueco del ascensor.

Se voltearon dentro del negro interior del hueco del ascensor, la única luz procedía de destellos esporádicos a lo largo de los lados. Crujidos, retumbos, gemidos y el ocasional rugido de vacíos creados y cortados resonaban en los oídos de

Viola mientras flotaban hacia abajo. Yuan golpeó primero la parte superior del ascensor, presionando un dispositivo de liberación de emergencia que hizo saltar la tapa de la parte superior del ascensor. La fuerza envió a Yuan volando de vuelta por el hueco, pero Viola atrapó al capitán cuando pasaba, usando su impulso para empujarlos a ambos dentro del ascensor y a través de las puertas hacia otro pasillo.

La bodega de carga a la derecha, las taquillas de emergencia de Yuan a la izquierda, donde el pasillo terminaba en una puerta de apertura manual. La mayoría de las compuertas del *Karat* se abrían y cerraban mediante paneles electrónicos, Yuan abrió esta a la antigua usanza; girando una manija. Dentro de la taquilla había cuatro trajes y sus correspondientes tanques de oxígeno, junto con un montón de otros equipos de primeros auxilios. Después de unos minutos apretándose en los trajes, algo en lo que Viola no era la más experimentada, salieron de la taquilla y se dirigieron hacia la bodega de carga.

El traje se ajustaba perfectamente, envolviendo a Viola en una tecnología que proyectaba su temperatura, nivel de oxígeno y un diagrama completo del propio traje frente a sus ojos. Un diagrama más pequeño apareció unos segundos después, mostrando el traje de Yuan. Verían al instante si algo le sucedía al otro.

—Estos son realmente buenos —dijo Viola mientras caminaban—. Galaxy Forge no tiene nada parecido.

—El *Karat* es —Yuan hizo una pausa— era el escaparate de Eden. Una prueba de nueva tecnología.

—Podrás contarles lo bien que funcionó —dijo Viola.

Entonces las luces se apagaron. Todo el pasillo quedó a oscuras cuando un crujido tembloroso, más fuerte y grande que los otros, surgió de la izquierda de Viola, hacia las tomas de aire. Detectando la falta de luz, los trajes encendieron sus lámparas frontales, y Viola vio un mundo diferente. Anteriormente, los pasillos bien iluminados eran aburridos, seguros caminos de metal. Ahora, con las sombras jugando entre los arcos de las lámparas y esas paredes combándose, rompiéndose, Viola encontró sus ojos escaneando por todas partes, sus manos sudorosas. Respirando rápido.

Lo conseguirían. Viola se susurró las palabras mientras avanzaban. Y entonces el pasillo se inclinó, retorciéndose como si hubiera sido agarrado por un niño y girado de lado.

—Se ha partido —dijo Yuan—. Hay espacio abierto adelante.

—¿Podemos llegar a la lanzadera? —dijo Viola.

—No lo sé. Depende de lo que quede —Yuan se estabilizó en la pared que ahora era el suelo, luego se lanzó hacia adelante. Viola lo siguió. Pasaron a través de lo que había sido una de las puertas de vacío del *Karat*, destinada a sellar la bodega de carga, pero el suelo al que se conectaba había desaparecido. En su lugar, la puerta colgaba allí, de lado, como una bandera rígida sin viento. Detrás de la puerta, filtrándose a través de los bordes astillados, Viola vio los tonos azulados del espacio.

La bodega de carga ya no era una bodega. En su lugar había una estructura esquelética, la estructura de soporte del *Karat* ahora era una serie de largas vigas maltratadas conectadas solo por el espacio. Diamantes de hielo, metralla y chatarra giraban alrededor, propulsados por la atracción de Neptuno y la fuerza de la desintegración del *Karat*. Agarrándose a la puerta, Viola miró más allá de los escombros hacia la pura y eterna nada que se extendía más allá. Nunca había caminado por el espacio. Nunca había estado aquí fuera. A pesar de que el traje regulaba su temperatura, Viola se sintió fría.

—La lanzadera está por aquí —la voz de Yuan llegó ahora a través de las comunicaciones de corto alcance del traje, el capitán asintiendo a su derecha—. En el borde exterior de la bodega de carga, pero separada.

Yuan fue primero, impulsándose desde la puerta y

siguiendo la pared interior de la bodega de carga hacia la derecha. Viola lo siguió, usando la lámpara frontal del capitán tanto como la suya para agarrar asideros mientras flotaban. Detrás de ella, Viola sintió que el *Karat* seguía desintegrándose, pero solo cuando tocaba la pared, sentía su temblor. El sonido no se transmitía en el vacío, y después de la interminable cacofonía de alarmas, el silencio era surrealista. Un poco pacífico, si Viola era sincera.

Alrededor de la curva de la pared, donde la bodega de carga se quedaba sin espacio, había un módulo mayormente intacto. Habría estado debajo del puente, si el *Karat* todavía estuviera de una pieza. Yuan se detuvo, con la cabeza inclinada.

—La puerta, ya está abierta —dijo el capitán. Viola lo alcanzó y miró por encima del hombro del capitán. El fondo negro del espacio se mezclaba con el gris acerado del interior del *Karat* mientras la pared en la que estaban se conectaba con la sala y salía disparada hacia el casco, formando una L desde su ubicación. En medio de ese recodo hacia fuera, había una puerta, aureolada por el azul de Neptuno, abierta e invitándolos.

—Podría haberse abierto por los daños —dijo Viola—. O por el corte de energía.

—Posiblemente. De todos modos, no tenemos elección. O está ahí y vivimos, o ha desaparecido, y morimos.

—Espero que sea lo primero —respondió Viola.

Yuan se lanzó hacia la habitación, la puerta abierta. El capitán se movió rápido, impulsándose y dirigiéndose hacia la habitación como un misil. Si se perdiera esa puerta, se aplastaría contra la pared. Una locura. Viola siguió avanzando a su manera. Yuan, con brazos y piernas pegados al torso, atravesó la puerta y desapareció.

—¡No estamos solos! —comunicó Yuan.

—¿Qué? —dijo Viola, pero la única respuesta fue estática.

¿No estaban solos? ¿Había alguien ahí? Viola juntó las piernas y se lanzó desde la pared, apuntando a la puerta.

Viola presionó sus brazos y piernas, formando tanto como pudo una aguja mientras atravesaba la puerta. Dentro de la habitación estaba oscuro excepto por una franja que se filtraba desde la puerta. Y la lámpara frontal de Viola, girando mientras intentaba encontrar un lugar para detener su impulso. Rebotó contra una pared, luego contra lo que habría sido el suelo antes de sujetarse.

—¿Yuan?

Nada. Viola giró la cabeza por la habitación. Estanterías con varios trajes espaciales más, una pila de suministros de emergencia. Pero solo había una luz, la suya, revoloteando por la habitación. La lámpara frontal de Yuan también debería haber estado allí. Girando lejos de la puerta, Viola vio que la habitación continuaba. Tenía sentido, la lanzadera en la proa, tan lejos de los motores y la probable ruptura como pudieran colocarla, aquí abajo.

—¿Capitán? ¿Hola? —dijo Viola de nuevo. Siempre existía la posibilidad de interferencias, una señal interrumpida.

Viola avanzó más, su lámpara iluminando el extremo más alejado de la habitación. Una esclusa de aire, abierta al interior de la lanzadera. Entonces se mantendrían los trajes puestos, ya que la lanzadera no tendría aire para ellos. Viola flotó hacia la lanzadera. Luego se detuvo cuando algo la agarró.

Viola se giró a la derecha, su lámpara iluminó otro traje espacial, sin la marca de Eden, y en él, una cara con cicatrices, boca firme y ojos mirándola fijamente. Solo fue un instante, mirando esos ojos, pero Viola sintió que el hombre quemado no la estaba mirando en absoluto. No la veía excepto como un objeto, algo en su camino.

Entonces estaba volando hacia adelante. Él la había lanzado. Viola miró hacia atrás, vio que al lanzarla, él se había impulsado de vuelta hacia la puerta. Viola extendió sus manos, se agarró contra el borde exterior de la esclusa de aire.

¿Dónde estaba Yuan? Escaneó la habitación y encontró al capitán, abajo en la esquina, con grietas extendiéndose por su casco, sus manos intentando extender cinta gruesa a lo largo de las líneas, arreglando una fuga.

Pero el atacante estaba regresando. Viola lo captó con su lámpara frontal mientras se dirigía hacia ella, girando para que sus pies impactaran primero. Sin un arma, romper un traje sería difícil, pero una patada voladora desde el otro lado de la habitación podría ser suficiente. Solo si le daba, claro.

Viola agarró el interior de la esclusa de aire con su mano izquierda y tiró, balanceándose dentro de la esclusa y atravesándola, bajando hacia la lanzadera. La consola estaba encendida, la lanzadera calentándose. Yuan debió haber encontrado a este tipo a punto de activar el lanzamiento. Viola se volvió hacia la entrada de la lanzadera. Estaría atrapada si él entraba aquí, pero al menos estaría cerca. Una batalla de rasgaduras y roturas. Quien consiguiera la primera buena fuga ganaría.

El hombre quemado se deslizó sobre la entrada, la miró. Viola flotó hacia atrás, hasta que pudo tocar la consola. La pantalla se reflejaba en la placa de su casco, mostrando a Viola dónde planeaba ir el hombre quemado.

—¿Quién eres? —la voz que llegaba por el comunicador la sorprendió.

—Solo una piloto —respondió Viola—. ¿Quién eres tú?

—Solo un refugiado —dijo el hombre quemado—. ¿Fuiste tú quien destruyó mi nave?

—Tú eres quien me lo permitió.

El hombre quemado era más grande que ella, probablemente más fuerte. Viola no sabía nada sobre pelear cuerpo a cuerpo, mucho menos en trajes espaciales. Cuando atacara, no le gustaban sus posibilidades.

—Si supieras lo que dependía de esos diamantes, habrías elegido de manera diferente —dijo el hombre.

El hombre se impulsó hacia adelante, lanzándose hacia Viola. Apoyando los pies en la consola, Viola dio una patada y voló hacia el hombre quemado. Justo antes de chocar, Viola retorció su cuerpo hacia un lado, estirando los brazos y empujando al hombre quemado más allá de ella. El movimiento la impulsó hacia arriba, junto a la esclusa de aire, y al pasar, Viola golpeó el pequeño panel, que aún brillaba gracias a su batería independiente y con cableado propio. Las lanzaderas debían poder despegar sin importar las condiciones, y los mecanismos de lanzamiento siempre estaban conectados a su propia fuente de energía. Un segundo después la esclusa de aire se cerró de golpe, y aunque Viola no podía oírlo, sintió que el contenedor se desplazaba cuando la lanzadera se liberó.

CAPÍTULO 57
UNA HUIDA

Una jugada limpia, aunque insensata. Bakr miró la escotilla cerrada de la lanzadera, que se alejaba a toda velocidad del *Karat*. Ellos quedarían atrapados allí. Morirían rápidamente si todo colapsaba, o lentamente cuando se les acabara el aire. Mientras tanto, él tenía la lanzadera. No era un gran desenlace, pero si la ruta que Bakr había trazado funcionaba, la lanzadera debería llevarlo lo suficientemente cerca de Urano para pedir ayuda por radio.

Los motores se encendieron brevemente, girando la lanzadera. La ventanilla detrás de Bakr se llenó de luz azul. No era lo que habría esperado. La ruta debería haberlos hecho bordear Neptuno, usar el impulso para enviar la lanzadera de regreso hacia el sol. Bakr se giró y miró la consola mientras los motores se encendían de nuevo, esta vez a toda potencia. La ruta era diferente. No era la suya.

Unas flechas trazaban la trayectoria desde la posición actual de la lanzadera hacia Neptuno, terminando directamente en el centro del planeta. Una ruta simple, una condenada.

—La chica —dijo Bakr, aunque nadie podía oírle. La chica había cambiado el vector, de espaldas a la consola. La ruta era rudimentaria, pero cumpliría su propósito. Una mirada a las reservas de combustible le dijo a Bakr todo lo que necesitaba saber. La lanzadera se movía demasiado rápido, ya estaba demasiado dentro del pozo gravitatorio de Neptuno para ir a cualquier otro sitio que no fuera hacia su interior.

—Alissa —dijo Bakr, mirando la creciente esfera azul que llenaba la ventanilla—. Lo siento.

El hombre quemado se inclinó hacia delante, agarrando la consola y mirando cómo Neptuno se hacía cada vez más grande. Bakr sintió primero el tirón en sus pies, luego en sus dedos, el creciente empuje de la gravedad de Neptuno. El interior de la lanzadera se calentó. Una alarma sonó, lastimosamente, indicando que su descenso era demasiado empinado. No es que quedara combustible para corregirlo. Los bordes de la ventana brillaron en blanco mientras la densa atmósfera de Neptuno sobrepasaba los escudos insignificantes de la lanzadera.

Bakr cerró los ojos mientras el universo se desvanecía.

CAPÍTULO 58

BUSCAR Y ENCONTRAR

Guiar el *Jumper* a través de miles de toneladas de desechos espaciales no era la actividad favorita de Phyla, pero era mejor que esquivar láseres. Hacía unos minutos, habían acoplado el Viper dañado, y Merc y esa asaltante, Cass, habían subido a bordo. La piloto de combate insistió en que Viola podría estar en algún lugar de allí, y Phyla sintió que le debían lo suficiente a la chica como para echar un vistazo.

—¿La lanzadera no respondió? —comunicó Trina desde los motores.

Phyla había intentado contactar con la lanzadera de escape que habían visto despegar de los restos del *Karat* mientras recogían a Merc, pero no hubo respuesta. La trayectoria tampoco era buena, y a estas alturas la pequeña nave había desaparecido. No solo de los sensores del *Jumper*, sino de la existencia.

—Nada —dijo Phyla—. Ni siquiera parecía que hubiera un intento de corregir el rumbo. Esa no puede haber sido Viola.

—Los lanzamientos accidentales ocurren —respondió

Trina—. Con la energía irregular, quizás una pequeña explosión...

—Lo entiendo —dijo Phyla—. Voy a virar hacia esa zona para comprobarlo.

Intentó concentrarse en encontrar a Viola, en escanear los escombros, pero seguía esperando que el comunicador crepitara. Que Davin anunciara que estaban bien en el carguero, que podían ser recogidos. No había habido nada. Basta. Ahora no. El carguero no era un montón de escombros flotantes. Davin estaría bien.

—Tengo entendido que debo agradecerte —dijo Quinn, entrando en la cabina—. Así que, gracias.

—Estoy pagando una deuda —dijo Phyla, manteniendo los ojos en el lío de metal retorcido y diamantes de hielo que tenía delante.

—Eso no significa que no pueda darle las gracias.

—¿De verdad quiere agradecérmelo? Entonces baje a la esclusa, póngase un traje y prepárese —dijo Phyla.

—¿Prepararme para qué?

—¿Ve eso? —Phyla señaló. Después de tantos años mirando la luz de las estrellas, era fácil ver el destello de un brillo artificial. No podía decir de dónde venía, pero el reflejo, con su luz mate más apagada y sin parpadeos, no era de origen natural. Quinn siguió su indicación, asintió, se levantó y se marchó.

No fue una gran conversación. Phyla podría haber dicho más. Podría haber sido más amable. Pero ahora mismo, no había tiempo. Phyla envió el *Jumper* por debajo del gran trozo de restos, girando la nave de lado para que la esclusa quedara frente a la habitación flotante donde había visto el reflejo. Envió dos ráfagas de comunicación hacia la sección, pero no obtuvo respuesta. Infinidad de posibles razones para ello, desde sistemas rotos hasta trajes no equipados con comunicadores de largo alcance.

—Merc, ¿puedes ir con Quinn? —comunicó Phyla a través de la nave—. No sé quién está ahí dentro.

—Sí, te entiendo —comunicó Merc un minuto después. Phyla notó que la respuesta venía de la habitación de Opal, hizo una mueca. No era agradable alejar al piloto de Opal, pero ¿quién más lo haría?

—Quédate ahí —una voz que Phyla no reconoció—. Yo iré con Quinn. Ya has hecho suficiente, piloto de palo.

—¿Quién es? —preguntó Phyla.

—Tu nueva polizón quiere ganarse el pasaje —comunicó la voz de nuevo. Cass.

—Entonces id a por ellos —respondió Phyla—. Os tendré en posición en sesenta segundos.

Un minuto después, Quinn activó la apertura de la esclusa y Phyla, usando las cámaras del *Jumper*, observó cómo la pareja flotaba, atada, hacia los restos.

—Estableciendo enlace de vídeo —comunicó Quinn, y la consola de Phyla se iluminó con una transmisión granulada del traje de Quinn. A medida que la pareja entraba en los restos, la luz disponible disminuyó y el vídeo se convirtió en una mancha de grises y puntos de luz.

—¿Alguna señal? —preguntó Phyla.

—Definitivamente estoy captando la luz —respondió Quinn—. Parece un faro frontal. Se mueve lentamente. Hay muchas porquerías flotando aquí dentro.

Silencio por un momento. Quinn parecía estar avanzando más hacia el interior de la habitación, luego giró a la derecha, siguiendo la luz del faro. Allí, en la esquina, había dos cuerpos. Casi entrelazados.

—Los veo. El más grande en la parte posterior es el capitán Yuan —dijo Quinn, avanzando rápidamente—. Su casco está agrietado. Probablemente perdiendo oxígeno. Parece que la chica conectó su traje al de él. Compartiendo el mismo aire.

—Tenemos que sacarlos de aquí —interrumpió Cass—. Ahora. Mientras aún están vivos.

La asaltante tomó la iniciativa, colocando los brazos bajo el capitán y levantando los dos cuerpos. Quinn tomó el otro lado, ambos llevando los cuerpos de vuelta a través de la habitación.

—Erick, vamos a necesitar algo de oxígeno listo —comunicó Phyla.

—¿Qué crees que estoy haciendo aquí abajo? ¿Sentado en la oscuridad esperando a que me den órdenes? —respondió el médico.

—¿Sí?

—No. No lo estoy. He estado escuchando todo. La enfermería está lista para recibirlos.

—Bien —Phyla cambió a la transmisión saliente—. Estamos listos para vosotros.

—Ciclo de la esclusa en tres —dijo Quinn.

Dos.

Uno.

Y entonces era hora de ir a por Davin.

CAPÍTULO 59

EL HOMBRE DE METAL

Cada segmento se sentía como una puñalada profunda, los nervios de Mox filtrándose una vez más a través de la red del exoesqueleto. Una mordaza llenaba su boca para evitar que se mordiera la lengua por el impacto mientras yacía en la cama de la enfermería del *Jumper*.

—¿Cuántas de esas hay? —preguntó la mujer asaltante, Cass. Estaba ayudando a Erick a colocar cada una de las conexiones. Hacía muchas preguntas.

—Casi cien conexiones diferentes —respondió Erick, enlazando la siguiente en la pierna izquierda de Mox—. Tienen que responder a cada músculo, a cada espasmo y amplificar la potencia.

La puñalada. Mox inhaló profundamente y cerró los ojos. Recuerda los motivos.

—¿Cuánto cuesta algo así? —preguntó Cass. Demasiado, quería decir Mox. Vale cada moneda. El tipo de penitencia que literalmente te fortalece.

—No lo sé —dijo Erick—. Fue una decisión que tomó Mox.

—¿Sabes por qué?

—Tendrás que preguntárselo a él —dijo Erick.

Gracias. El doctor lo sabía. Entendía que algunas cosas deben quedar tras puertas cerradas.

Un pinchazo más agudo. Mox apretó la mandíbula. Ese sería el de la rodilla.

—¿Cómo lo llevas, grandullón? —Cass se inclinó sobre su cara—. ¿Necesitas algo?

Mox negó ligeramente con la cabeza. Las drogas podrían adormecer el dolor. Una bebida podría aliviar el escozor. Pero ese no era el objetivo. Cass vio la negación y miró al doctor.

—¿Cuánto tiempo más va a tardar esto?

—Una hora más —dijo Erick.

—¿Crees que merece la pena? —le preguntó Cass a Mox.

El hombre grande asintió. Cuando el siguiente segmento entró, Mox apretó la mordaza. ¿Merecía la pena? ¿Todo el dolor?

Sí.

CAPÍTULO 60
UNO DE ELLOS

—¿Y qué harás ahora? —preguntó Viola a Yuan mientras el capitán bajaba por la rampa del *Jumper* hacia el carguero. Algunos miembros de la tripulación del carguero ya habían abandonado la bahía, dirigiéndose a sus camarotes, sus puestos, para ver qué quedaba de sus antiguas vidas.

—¿Te refieres a después de devolver el carguero a Eden, como un glorioso fracaso? —dijo Yuan, pero suavizó la seriedad con una sonrisa—. Un barco tan grande como este tarda mucho en llegar a cualquier parte. Puede que Eden me haya perdonado cuando regresemos a Júpiter. Quizás me asignen otra misión. Si no, tal vez busque a tu capitán y vea si hay alguna vacante.

—¿Unirte a nosotros? —Viola se rio—. A menos que hayas disfrutado de todas esas experiencias cercanas a la muerte, probablemente deberías reconsiderarlo.

—¿Y tú? ¿Estás decidida a continuar por este camino?

—No lo sé —dijo Viola, y se sorprendió un poco al darse cuenta de que era cierto. No sabía si quería quedarse con Davin y la tripulación. Estaba agotada; su único descanso real en los últimos dos días había sido por la falta de oxígeno en los restos del *Karat*, pero temía que, tras los párpados cerrados, todo lo que vería sería la cara del asaltante cuando se dio cuenta de que le habían disparado, cuando comprendió que iba a morir.

—Hay sitio aquí, si lo decides. Un piloto sería bienvenido —ofreció Yuan.

Su padre le gritaría que aceptara esa oferta. ¿Conseguir un puesto lucrativo en una de las principales empresas de la humanidad?

—¡Quinn! —oyó gritar a Phyla desde lo alto de la rampa, dirigiéndose al guardia de seguridad de Eden, que vigilaba a la tripulación dispersándose como un padre observaría a un grupo de niños revoltosos.

—Vuelve aquí y despídete como una persona normal —continuó Phyla, y luego pasó junto a Viola mientras bajaba—. Perdona, Vi.

Phyla dio un par de pasos más, luego se detuvo y miró hacia atrás a Viola.

—Por cierto, tan pronto como vuelvas dentro, ¿puedes trazar una ruta para llevarnos de vuelta a Miner Prime? Gracias.

Phyla nunca le había pedido a Viola que hiciera eso. Pilotar realmente el *Jumper*, trazar su curso.

—Lo siento —le dijo Viola a Yuan—. Todavía no he terminado aquí.

Yuan asintió, su sonrisa haciéndose más amplia y más triste.

—Quizás nos veamos de nuevo, al otro lado del Sol —dijo Yuan, y luego se dio la vuelta y se alejó.

Al otro lado del Sol. No tenía ni idea de dónde venía esa expresión, pero sonaba bien. Viola buscaría la frase más tarde. O, después de reconstruir a Puk, se lo preguntaría. El pequeño lo sabría.

Mientras Viola subía de nuevo por la rampa, echó una última mirada hacia abajo y vio a Quinn extender una mano para que Phyla la estrechara, vio a Phyla agarrarla, vio a Phyla atraer a Quinn para darle un abrazo rápido y fuerte. Demasiado personal. Viola se dio la vuelta, regresó al interior metálico y cuadrado del *Jumper* y dirigió su mente hacia asuntos matemáticos.

CAPÍTULO 61
LAS ÓRDENES DE EDEN

El *Jumper* dejó atrás Neptuno, ganando velocidad para un largo trayecto hacia Miner Prime. Davin comprobó dos veces el trazado de la ruta que Viola había hecho antes, aunque sabía que Phyla ya lo había revisado, y que la chica lo había configurado perfectamente a la primera. Tardarían semanas en llegar a la estación espacial, y la mayoría de la tripulación estaba haciendo lo que él debería estar haciendo: dormir.

—Es buena —dijo Phyla, sabiendo lo que Davin estaba haciendo.

—Ese movimiento con el *Karat*, eso fue valiente —respondió Davin—. ¿Crees que nosotros lo habríamos hecho?

—¿Tú? Nunca. Demasiado paralizado por el miedo.

—Tú habrías estado ahí sentada, intentando pensar en mejores formas de hacerlo hasta que todos estuvieran ya muertos —replicó Davin.

—Quizá sea bueno tener a bordo a una piloto temeraria —dijo Phyla.

—Pensaba que para eso estaba Merc.

—Nunca le confiaría este asiento —Phyla negó con la

cabeza—. Tendría al *Jumper* dando tantas vueltas que todos acabaríamos vomitando.

—Hiciste un trabajo impresionante allí atrás. Con los cazas —dijo Davin—. No sé si te lo digo lo suficiente, pero estoy realmente contento de tenerte.

—¿Tenerme? —Phyla arqueó una ceja—. Estoy aquí porque quiero estar. No tienes nada.

—¿Eso significa que no tengo que pagarte?

—Querer, Davin. Querer. Esta mujer necesita su parte, o querrá estar en otro sitio muy rápidamente.

La luz parpadeante del comunicador amenazaba con interrumpir su conversación. Davin la ignoró. El *Jumper* registraría el mensaje y podrían volver a él más tarde. Davin se recostó en su asiento, mirando al espacio, al Sol que brillaba en la distancia, apenas más intenso que las estrellas circundantes. Extendió la mano y sintió que Phyla la tomaba, la agarraba. Silencio durante un minuto, solo respirando y asimilando el hecho de que ambos estaban allí. Habían sobrevivido, otra vez. Las puntas de los dedos de Phyla presionaban el dorso de la mano de Davin, cálidas. Algo tan simple, pero Davin no había sentido ese contacto desde el lugar de Lina, allá en Miner Prime. Y antes de eso, Davin apenas lo recordaba. Los viajes espaciales no eran tan románticos como las películas los pintaban.

—Entonces, ¿cuánto nos iba a pagar Bosser? —preguntó Phyla.

—¿Iba? Ni idea. Apuesto a que ahora la cifra va a ser un rotundo cero.

—¿Nada?

—Destrozamos la nave insignia de Eden, ignoramos las órdenes de Bosser de huir y, ah sí, disparamos los valiosísimos diamantes de hielo al espacio —dijo Davin, estirando los brazos. No estaba seguro de por qué no le molestaba decir que habían fracasado en su misión. Entonces tiró de la mano de Phyla y lo recordó.

—No todos —dijo Phyla, y Davin miró para ver una sonrisa de satisfacción en su rostro.

—¿Qué?

—Cuando estábamos flotando por los restos, recogiendo a Viola y Yuan, agarramos algunos que estaban cerca. Trina los está guardando en la parte trasera, cerca de los motores. Para que la tripulación del carguero no tuviera ideas.

—¿Así que no estamos arruinados?

—Estoy diciendo que voy a recibir mi parte, Davin, y tú también.

Alivio. Lo cual sorprendió a Davin. Nada más que alivio filtrándose a través de él. Que podrían pagar el próximo vuelo del *Jumper*. Que Opal, Erick, Trina y los demás recibirían algo de dinero en sus cuentas. Que de alguna manera, habían sobrevivido a un viaje al corazón de Neptuno y de vuelta. Davin se rio, no pudo evitarlo.

—Es bueno verte feliz —dijo Phyla—. No ha habido suficiente de eso últimamente.

—Ni que lo digas —suspiró Davin, pero el peso cínico que había estado allí antes había desaparecido. Entonces sus ojos captaron la luz del mensaje que seguía parpadeando. Davin alargó la mano hacia ella.

—No lo pulses —dijo Phyla—. Ahora mismo, estamos bien. Si reproduces ese mensaje...

—Probablemente sea solo Bosser pidiendo una actualización del estado —dijo Davin, tocando la consola.

—Davin —la voz de Bosser salió de los altavoces—. Idiota. Asumiendo que sigues vivo, claro. Algo que no deberías estar, pero, como las cucarachas de la Tierra, tú y tu tripulación parecéis tener tendencia a escapar de la muerte. No es que importe ya. Eden me informó de que el *Karat* ha desaparecido, junto con los diamantes de hielo. Al parecer salvasteis a uno de sus oficiales, que informó debidamente de cómo lo habíais estropeado todo. Y de cómo salvasteis a su tripulación.

»Vais a llevar vuestra nave directamente a Miner Prime. Eden os va a contratar. Daros la oportunidad de saldar vuestra deuda, por así decirlo. Se os concede otra oportunidad de vida. No huyáis, no penséis que podéis vivir como ermitaños en un planeta exterior. Porque os encontraremos, y lo sabéis. Contactad conmigo cuando lleguéis.» Bosser terminó el mensaje.

—No digas que no te lo advertí —dijo Phyla en el silencio.

Davin tocó la consola, proyectó la visualización de su ruta en el cristal, trazando una flecha amarilla directamente hacia las estrellas. La consola solicitó a Davin cualquier ajuste, un nuevo objetivo.

—¿Crees que podrían encontrarnos en cualquier parte? —dijo Davin.

—No creo que pudieras hacerlo de todos modos —respondió Phyla—. Te volverías loco viviendo en alguna pequeña estación alrededor de Plutón.

La mano de Davin flotaba sobre la consola. Con un deslizamiento, podría enviarlos a Saturno, o ponerlos rumbo a Marte. Incluso a la Tierra. Probar suerte.

—Después de esto, se acabó —dijo Davin, apartando la mano. Phyla la agarró, la sostuvo mientras el *Jumper* dejaba atrás el azul-negro Neptuno y la barra blanca del *Amerigo*.

———

Solo tienes un hogar, y cuando Davin ve el suyo destruido por alguien que conoce, debe decidir: ¿te unes a tu enemigo para detener a tu amigo?

Continúa la aventura con *Un Solo Disparo*:

AGRADECIMIENTOS

Como segundo libro, *Hielo Oscuro* ha sido muy divertido de crear. Ver adónde querían ir Davin y el resto de la tripulación.

Explorar sus viajes simplemente no sería posible sin el inmenso apoyo de familia y amigos. Desde el ánimo, hasta la lectura y los consejos, pasando por compartir *Nueves Salvajes* en sus propios círculos, es una experiencia verdaderamente conmovedora ver cómo tantas manos amigas hacen que esto sea posible.

Y a Nicole, que mientras yo juego en el espacio exterior con la tripulación de Nueves Salvajes, tiene una paciencia infinita, te quiero.

Por último, gracias a todos los lectores por darnos a los autores un público. Si escribir es un acto de amor, entonces que lean tu obra es un acto de alegría.

SOBRE EL AUTOR

A.R. Knight da vida a sus historias desde una gélida casa en Madison, Wisconsin, mayoritariamente gobernada por un par de gatos. Tras verse arrastrado a la rutina laboral durante la crisis económica de 2008, descubrió que durante las reuniones más tediosas podía surcar el espacio y embarcarse en grandes aventuras.

Con el tiempo, tras dedicarse a los podcasts, guiones, relatos cortos y otras novelas, encontró una historia en la que sumergirse y un elenco de personajes tan entretenidos como llenos de corazón.

Los Nueves Salvajes tienen más aventuras por venir, junto con nuevas tramas, escenarios e historias en el futuro. A partir de ahí, A.R. Knight planea saltar a otros mundos y descubrir nuevas historias que contar en los límites infinitos de nuestra imaginación.

¡Gracias, como siempre, por leer!

Para mi padre

Copyright © 2018 por Adam Knight

Todos los derechos reservados.

ISBN:

Ebook - 979-8-88858-407-1

Tapa blanda - 979-8-88858-387-6

Publicado por Black Key Books

Este libro o cualquier parte del mismo no puede ser reproducido ni utilizado de ninguna manera sin el permiso expreso por escrito del editor, excepto para el uso de citas breves en reseñas literarias.

Esta es una obra de ficción. Cualquier similitud entre los personajes y situaciones dentro de sus páginas y lugares o personas, vivas o muertas, es involuntaria y coincidental.

www.blackkeybooks.com

www.ingramcontent.com/pod-product-compliance
Lightning Source LLC
Chambersburg PA
CBHW030000010826
48973CB00007B/2091